ROBYN CARR
Brisas de noviembre

Editado por Harlequin Ibérica.
Una división de HarperCollins Ibérica, S.A.
Núñez de Balboa, 56
28001 Madrid

© 2010 Robyn Carr. Todos los derechos reservados.
BRISAS DE NOVIEMBRE, N° 133

Título original: Angel's Peak
Publicada originalmente por Mira Books, Ontario, Canadá.
Traducido por Victoria Horrillo Ledesma

Todos los derechos están reservados incluidos los de reproducción, total o parcial. Esta edición ha sido publicada con permiso de Harlequin Enterprises II BV.
Todos los personajes de este libro son ficticios. Cualquier parecido con alguna persona, viva o muerta, es pura coincidencia.
™ TOP NOVEL es marca registrada por Harlequin Enterprises Ltd.

® y ™ son marcas registradas por Harlequin Enterprises Limited y sus filiales, utilizadas con licencia. Las marcas que lleven ® están registradas en la Oficina Española de Patentes y Marcas y en otros países.

I.S.B.N.: 978-84-9010-962-5

Para Beki Keene, que se acuerda de cada detalle. Gracias por tu amistad tierna, leal y comprometida. Guardo como un tesoro cada e-mail y cada visita.

CAPÍTULO 1

Cuando en Virgin River se ponía el sol, Sean Riordan no tenía muchas cosas en las que entretenerse, a no ser que quisiera sentarse junto al fuego en casa de su hermano Luke. Pero estar sentado en silencio, tranquilamente, mientras Luke y su flamante esposa, Shelby, se acurrucaban y se hacían carantoñas era un tormento del que Sean podía prescindir. A veces fingían sencillamente que estaban cansados y se iban a la cama a las ocho de la noche. Pero con frecuencia Sean se lo ponía más fácil yéndose a un pueblo costero más grande, donde pudiera disfrutar de las vistas, ver escaparates y, quizá, conocer a alguna mujer.

Sean, piloto de U-2, estaba destinado en la base de la Fuerza Aérea de Beale, en el norte de California, un par de horas al sur de Virgin River. Había acumulado un montón de días de vacaciones y, como sólo podía guardar noventa días para el siguiente año fiscal, tenía un par de meses por delante para dedicarse a matar el tiempo. Su hermano acababa de casarse y Sean había sido su padrino. Después de la boda, había decidido quedarse en Virgin River y pasar allí parte de sus vacaciones. Luke y Shelby llevaban ya juntos cerca de un año, y no tenía la impresión de estar interfiriendo en la luna de miel. Si parecían dos tortolitos no era porque acabaran de casarse, sino porque seguían estando locos el uno por el otro, como si acabaran de conocerse.

Y hablaban mucho de tener hijos, lo cual sorprendía a Sean, que conocía a su hermano. Lo que le sorprendía menos era que Luke estuviera dispuesto a intentarlo una y otra vez, noche tras noche.

De día, Sean tenía siempre montones de cosas que hacer. Había muchas labores de mantenimiento que hacer en las cabañas que su hermano y él habían comprado como inversión y que Luke llevaba ahora y alquilaba a tiempo completo. Había caza y pesca: todavía era temporada de ciervos, los salmones y las truchas estaban grandes y hermosos y el río quedaba prácticamente delante de su puerta. Luke y Art, su ayudante, pescaban tanto que Luke había tenido que construir un cobertizo, llevar electricidad e invertir en un gran congelador.

Virgin River era un lugar atractivo para alguien con tiempo de sobra, de eso no cabía duda. Sean disfrutaba estando al aire libre, y los colores de octubre en las montañas eran asombrosos. No faltaba tanto para que cayera la primera nevada, ni para que tuviera que volver a Beale. Así que, mientras tanto, lo único que quería era encontrar un bar agradable con una chimenea delante de la que relajarse sin tener a su lado a su hermano y a su cuñada haciéndose arrumacos.

—¿Te pongo otra, amigo? —le preguntó el camarero.

—No, gracias. No he venido para admirar la arquitectura, pero las tallas que hay aquí son impresionantes —contestó Sean.

El camarero se rio.

—Hay dos cosas que saltan a la vista: que no eres de por aquí y que eres militar.

—Bueno, reconozco que el corte de pelo me delata. Pero lo demás...

—Esta es zona maderera y este bar es de roble de arriba abajo. Cuando se construyó, la madera costaba posiblemente menos que los clavos. Y por aquí hay mucha gente que sabe tallar. Bueno, ¿qué te trae por aquí?

Sean bebió un sorbo de su cerveza.

—Estoy de permiso y he venido a visitar a mi hermano. Todavía me quedan más de seis semanas de vacaciones. Antes iba a los bares con mi hermano, pero sus días de andar por ahí se acabaron.

—¿Una herida de guerra? —preguntó el camarero.

—Sí, en la guerra de los sexos. Acaba de casarse.

El camarero soltó un silbido.

—Mi más sentido pésame.

Esa noche, Sean había ido a recalar en un bar-restaurante grande y lujoso, en Arcata. Ocupaba un lugar al final de la barra, desde podía ver el local en ángulo de ciento ochenta grados. De momento parecía que todas las mujeres iban acompañadas de sus maridos o sus novios, pero ello no disminuía su placer. Sean no siempre iba buscando ligar. A veces era agradable contemplar las vistas, sencillamente. Pero, dado que iba a pasar algún tiempo en aquella parte del mundo, no era reacio a la idea de conocer a una chica, invitarla a salir y quizás incluso intimar un poco.

De repente, sus pensamientos se interrumpieron y exclamó para sus adentros: «Vaya, creo que acaba de tocarme el premio gordo».

Se oyó un revuelo de risas femeninas cuando se abrió la puerta y entró un grupo de mujeres riéndose. Mientras cruzaban el espacioso restaurante, Sean pudo apreciar sus encantos. La primera era baja, morena y con curvas. Sean le puso una sonrisa en los labios. La segunda era alta, delgada y de aspecto atlético, con el pelo rubio, liso, sedoso y sin complicaciones. Saltaba a la vista que era gimnasta o corredora, una mujer muy atractiva. Luego iba una pelirroja de estatura media y figura curvilínea, ojos brillantes y radiante sonrisa. Todo un festín, pensó Sean con admiración. Él no discriminaba: se sentía atraído por todo tipo de mujeres. La siguiente era...

¿Franci?

No, no podía ser, se dijo. Estaba alucinando otra vez. Creía haberla visto muchas otras veces, y nunca era ella. Además, Franci llevaba el pelo largo y liso y aquella mujer tenía el pelo caoba muy corto, uno de esos cortes de pelo que a cualquier otra mujer le habrían quedado de pena, pero que a ella... Ay, Dios. No se podía ser más sexy. Hacía que sus ojos oscuros parecieran enormes. Se quitó el abrigo. Era más delgada que Franci, pero no mucho. Sin embargo, sus cejas eran idénticas a las de Franci: un arco fino y provocativo encima de aquellos ojos grandes de densas pestañas.

Empezó a echar de menos a Franci otra vez.

Al quitarse el abrigo, la chica dejó al descubierto un vestido suave. No del todo vaporoso, quizá, pero sí sedoso. Era morado oscuro y le caía suelto desde los hombros, se ceñía a su talle con un cinturón y luego volvía a caer con vuelo hasta las rodillas. Realzaba sus pechos perfectos, su cintura estrecha, sus caderas finas y sus largas piernas. Franci rara vez llevaba vestidos, pero a Sean no le importaba: con sus piernas largas y su prieto trasero, lo volvía loco cuando se ponía unos pantalones bien ceñidos. Aquel vestido, sin embargo, estaba bien. Muy, muy bien.

Las cuatro mujeres ocuparon una mesa cerca de la parte delantera del restaurante, junto a la ventana. Llevaban cajas y bolsas. ¿Estarían celebrando un cumpleaños? La que se parecía a su exnovia cruzó las piernas y dejó ver una raja de la falda del vestido que mostraba un muslo apetitoso. Caray. Sean pegó los ojos a aquella pierna. Empezaba a excitarse.

Luego ella se rio. Dios, era Franci. Y si no lo era, era su hermana gemela. Ese modo de echar la cabeza hacia atrás y de reírse apasionadamente... Franci siempre se había reído con toda el alma. Y así lloraba, también.

Sean se sintió inundado de pronto por emociones contradictorias: recordaba las risas maravillosas que habían compartido en la cama, después de hacer el amor, y recordaba también, como un contrapeso, cómo la había hecho llorar y cuánto se arrepentía de ello.

Bueno, sí, él quizá la hubiera hecho llorar, pero ¿acaso no lo había enfurecido ella hasta darle ganas de abrir un agujero en la pared de un puñetazo? Podía ser enloquecedora. ¿Por qué había sido? Seguro que se acordaría si tenía un minuto. De eso hacía casi cuatro años. ¿Qué hacía Franci allí, en Arcata? Después de su ruptura, que había sido muy fea, Sean la había buscado. Pero había dejado pasar demasiado tiempo y ella ya no estaba donde esperaba encontrarla. Se habían conocido en Iraq cuando él pilotaba un F-16 y ella era enfermera de la Fuerza Aérea y aparecía de tanto en tanto para evacuar a los heridos. Más tarde, cuando a él lo trasladaron a la base aérea de Phoenix como instructor, ella estaba allí, trabajando como enfermera en el hospital de la base. Llevaban saliendo dos años cuando en sus vidas se produjo un cambio: el contrato de Franci estaba a punto de acabar y ella tenía previsto dejar la Fuerza Aérea y regresar a la vida civil. Sean iba a ser piloto de pruebas del avión de reconocimiento U-2, el avión espía, y no veía que aquello tuviera que suponer ningún cambio. Le dijo que iba a irse a vivir a la base de Beale, en el norte de California, y que seguramente ella no tendría problema para encontrar trabajo allí si le interesaba.

Ese fue el principio del fin. Después de salir dos años, ella, que por entonces tenía veintiséis, estaba lista para comprometerse. Quería casarse y fundar una familia, y él no. Bueno, eso no era ninguna novedad: Franci había sido sincera al respecto desde el principio de su relación. Siempre había querido casarse y tener hijos. Él, por su parte, no tenía nada que pensar: no se veía metido en aquella dulce ratonera doméstica. Ni entonces, ni nunca. Franci no lo presionaba demasiado, pero tampoco cejaba. Sean era monógamo. Le decía que la quería porque era cierto. Si de vez en cuando miraba una chica guapa, la cosa no pasaba de ahí. Aunque cada uno tenía su casa, pasaban todas las noches juntos a no ser que alguno de los dos estuviera de viaje. Pero en lo tocante al matrimonio y los hijos, eran polos opuestos: ella estaba a favor y él, a sus veintiocho años, en contra.

Franci había dicho:

—Es hora de dar un paso más en esta relación o de ponerle fin para siempre —o algo parecido.

No conviene dibujar una raya en la arena delante de un joven piloto de caza. Los pilotos de caza no aceptaban órdenes de sus novias. Naturalmente, acabaron peleándose y él la hizo llorar con comentarios insensibles y estúpidos del tipo:

—Ni lo sueñes, nena. Si quisiera casarme, ya estaríamos casados.

O:

—Mira, no pienso tener críos, ¿vale? Ni siquiera contigo.

Sí, era brillante.

Ella también había dicho cosas, enfadada, seguramente cosas que no sentía. Bueno, eso no era del todo cierto, ahora que lo recordaba mientras la miraba desde el otro lado de un local lleno de gente, riendo y hablando con sus amigas.

—Sean, si dejas que me marche ahora, me marcho para siempre. No volverás a verme. Necesito una pareja que se comprometa y voy a marcharme.

Y Sean, que era un genio, había respondido:

—¿Ah, sí? Pues ten cuidado con la puerta, no vaya a darte en el trasero.

Hizo una mueca al recordarlo.

Habían tirado cada uno por su lado, amargamente. Él se había ido a Beale porque allí era más probable que ascendiera y llegara a ocupar un puesto de mando. Se había graduado en la Academia de la Fuerza Aérea. Si daba los pasos adecuados, tenía la posibilidad de llegar a general. Franci, por su parte, había abandonado el Ejército.

Sean había supuesto erróneamente que podría encontrarla en casa de su madre, en Santa Rosa, o al menos cerca. Unos meses después, tras completar su entrenamiento con el nuevo avión, cuando estuvo listo para hablar de su situación sensatamente y con calma, ella ya se había marchado. Y también su madre. Al parecer, no habían dejado ninguna dirección.

Y cuatro años después... ¿Arcata, California? Era absurdo, pero aquella mujer del otro lado del local era Franci Duncan, no había duda. Sean lo notaba por cómo le palpitaba el corazón. Y por cómo le costaba contener su erección con solo mirarla desde lejos.

Sus amigas y ella habían pedido algo de beber y estaban bromeando con la joven camarera. Cuchicheaban entre sí, se reían... Cotilleaban y se lo pasaban bien. Una sacó un fular de una bolsa de colores y se lo puso alrededor de los hombros, entusiasmada. ¿Era la que cumplía años? No había ningún hombre cerca y Sean solo distinguía un anillo de boda entre las integrantes del grupo, y no era de Franci. De todos modos, no significaba nada; la gente no siempre llevaba sus alianzas de boda.

—¿Sigues sin querer nada más, amigo? —preguntó el camarero.

Mientras observaba a Franci, Sean la echó tanto de menos que le dolía pensar en ello. Dejarla escapar había sido uno de los mayores errores tácticos de su vida. Debería haber encontrado el modo de convencerla de que podían estar juntos sin casarse y sin un montón de mocosos. Pero a los veintiocho años y lleno de orgullo por sus hazañas a los mandos de un caza, rebosaba confianza en sí mismo. No estaba preparado para que ninguna mujer le diera ultimátums. Ahora, a los treinta y dos, se daba cuenta de lo estúpido que había sido. En esos cuatro años había habido otras mujeres, y por ninguna de ellas había sentido lo que había sentido por Franci, ni por asomo. Lo que había sentido con Franci. Y estaba seguro de que ella tampoco había encontrado a nadie como él.

Eso esperaba, por lo menos. Seguramente no debía poner la mano en el fuego. Franci era increíble; seguro que había tenido a un montón de pretendientes guapos y capaces haciendo cola delante de su puerta, estuviera donde estuviera.

—¿Sigues en mi planeta, amigo? —insistió el camarero.

—¿Eh?

—Parece distraído.

—Sí —dijo mirando otra vez a Franci—. Creo que conozco a una —añadió, y ladeó la cabeza hacia la mesa de las chicas.

—¿Otra copa?

—No, gracias —contestó.

Sus ojos se sentían irresistiblemente atraídos hacia la mujer sentada al otro lado del local.

Pidieron otra ronda de cafés. Siguieron riendo, charlando, hurgando entre regalos, ajenas a todo lo que sucedía en el bar. Estaba claro que no habían salido a ligar. Ni siquiera miraron hacia la barra.

Si miraba hacia él, aunque solo fuera una vez, Sean tendría que pensar en algo ocurrente que decir. Tendría que sonreír, cruzar airosamente el restaurante camino de su mesa, saludar y mostrarse simpático. Tendría que hacerlas reír y caerles en gracia, porque no podía marcharse de allí sin averiguar dónde vivía Franci. Tal vez estuviera visitando a alguna de sus amigas, lo que significaba que, cuando se marchara, desaparecería por completo otra vez. Y eso no podía permitirlo. Necesitaba verla, hablar con ella. Tocarla. Abrazarla.

—¿Por qué no vas a saludar? —preguntó el camarero.

Sean miró a su nuevo amigo.

—Sí, bueno... La última vez que hablamos, no me tenía mucho aprecio.

El camarero se echó a reír.

—¡Qué raro! —comentó.

Sean llevaba largo rato mirando fijamente la mesa de las

chicas y seguramente el camarero lo estaba vigilando, por si resultaba ser una especie de pervertido. Sean se animó de golpe para no parecer tan reconcentrado.

—Bueno, creo que voy a marcharme, aunque aquí el panorama es magnífico —dejó algo de dinero sobre la barra, incluida una buena propia, y se marchó sin acabar su copa. Salió con la cabeza gacha, procurando no llamar la atención.

Aquella noche de octubre hacía más frío de lo normal en la costa. Estuvo paseando por el otro lado de la calle, desde donde podía vigilar la puerta del restaurante. Confiaba en que salieran antes de que muriera congelado. Se ponía enfermo al pensar que Franci pudiera escapársele otra vez.

Tardó menos de quince segundos en decidirse: necesitaba de veras comprobar si podía arreglar las cosas con Franci. Tenían que estar juntos. Solo esperaba que ella fuera de la misma opinión.

Rezó una oración. Tenía que haber un santo patrón de los hombres inmaduros e ignorantes, ¿no? ¿San Hugo, quizá? ¿San Donjuán? «Seas quien seas, dame una oportunidad y te prometo que cambiaré. No me pasaré de listo. Seré sensible. Negociaremos y recuperaremos lo que teníamos antes...». Entonces ocurrió. Las cuatro mujeres salieron del restaurante, una de ellas cargadas de regalos. Se quedaron paradas un momento, se rieron un poco más, se abrazaron y tiraron cada una por su lado. Dos fueron a la izquierda y dos a la derecha. Al final de la manzana, Franci y su amiga tomaron caminos opuestos y Sean, que tenía la impresión de que se le presentaba una oportunidad única, corrió tras ella.

Cuando la alcanzó, ella estaba abriendo la puerta de un pequeño sedán gris plata.

—¿Franci? —dijo.

Ella se sobresaltó, dio media vuelta y se quedó mirándolo con los ojos como platos.

—Eres tú —dijo Sean, dando unos pasos hacia ella—. Tu pelo... Vaya. Por un momento me ha despistado.

Al principio pareció casi asustada. Luego, sin embargo, se rehizo y, temblando de frío, se ciñó mejor el abrigo.

—¿Sean?

—Sí —contestó él, riendo—. No puedo creer que nos hayamos encontrado en este sitio, precisamente.

—¿Qué haces aquí? —preguntó, no muy contenta de verlo.

—¿Te acuerdas de Luke? ¿Recuerdas que te dije que hace mucho tiempo compramos unas cabañas viejas? Fue mucho antes de conocerte. Pues Luke dejó el Ejército y se vino aquí, a trabajar en ellas.

—¿Aquí? —preguntó ella, perpleja. Volvió a ceñirse el abrigo—. ¿Esas cabañas están aquí?

—En las montañas, junto al río Virgin —contestó—. Yo tenía unos días de permiso y he venido a visitarlo. He venido aquí a cenar.

Franci miró a su alrededor.

—¿Dónde está Luke? —preguntó—. ¿Está contigo?

—No —se rio—. Se casó hace poco. Procuro dejarlos tranquilos por las noches porque... —se detuvo y rio en silencio, meneando la cabeza. Luego la miró a la cara—. Estás genial. ¿Cuánto tiempo llevas aquí, en Arcata?

—Yo, eh, la verdad es que no vivo en Arcata. Solo he quedado con unas amigas para cenar. ¿Qué tal va todo? ¿Bien? ¿Y tu familia?

—Estamos todos bien —dijo Sean. Dio otro paso hacia ella—. Deja que te invite a un café, Franci. Para que charlemos un rato.

—Eh... No, creo que no, Sean —contestó, sacudiendo la cabeza—. Será mejor que...

—Te estuve buscando —dijo impulsivamente—. Para decirte que había sido un error cómo acabaron las cosas. Deberíamos hablar. Quizá consigamos aclarar algunas cosas que en aquel momento éramos demasiado tercos para...

—Escucha, no sigas, Sean. Todo eso es agua pasada. No te guardo rencor —añadió—. Así que buena suerte y...

—¿Estás casada o algo así? —preguntó.

Ella se sobresaltó.

—No. Pero no tengo ganas de retomar la discusión por la que rompimos. Tú pudiste pasar página, pero yo...

—Yo no pasé página, Franci —contestó—. Te busqué y no pude encontrarte por ningún sitio. Por eso quiero que hablemos.

—Pues yo no —repuso ella. Abrió la puerta del coche—. Creo que ya has dicho suficiente sobre ese tema.

—Franci, ¿qué demonios...? —preguntó, confuso y un poco enfadado por su rechazo—. Dios, ¿es que no podemos tener una conversación? ¡Estuvimos juntos dos años! Fuimos felices juntos, tú y yo. Nunca estuvimos con otra persona y...

—Y tú dijiste que las cosas no iban a pasar de ahí —estiró la espalda—. Y esa fue una de las cosas más amables que dijiste. Me alegro de que te vaya bien, sigues igual, tan alegre como siempre. Saluda a tu madre y a tus hermanos. Y, en serio, no insistas. Tomamos una decisión. Y se acabó.

—Vamos, no creo que lo digas en serio.

—Pues puedes creerlo —replicó ella—. Decidiste que no querías compromisos conmigo. Y no los tienes. Adiós. Cuídate.

Subió al coche y cerró la puerta de golpe. Sean dio dos pasos adelante y oyó el chasquido de los seguros de las puertas. Franci salió rápidamente del aparcamiento marcha atrás y se alejó. Sean memorizó su número de matrícula, pero sobre todo se fijó en que era de California. Quizá no viviera en Arcata, pero vivía lo bastante cerca para haber ido allí a cenar.

Ahora que la había visto, sabía ya lo que sospechaba desde hacía tiempo: que estaba muy lejos de haberla olvidado.

Le temblaban tanto las manos que le costaba conducir. Siempre había sabido que cabía la posibilidad de que se lo encontrara en alguna parte, aunque procuraba evitar los lugares donde era más probable que eso ocurriera. Lo que jamás se le había pasado por la imaginación era que Sean quisiera hablar del asunto, ¡que quisiera hablar sobre ellos!

Al pensar en los meses que había pasado rezando por que esa charla tuviera lugar, se le saltaron las lágrimas. ¡Lágrimas de rabia! Frunció los labios y pensó: «¡No!». Ya había llorado suficiente por él. No pensaba derramar una sola lágrima más por Sean Riordan.

Después de romper con él, había dejado Phoenix y regresado a Santa Rosa a trabajar como enfermera en un hospital. Estuvo viviendo con su madre y casi un año después encontró un buen trabajo que saciaba su adicción a la adrenalina: un puesto de enfermera de vuelo en una unidad de helicópteros de transporte. El horario era menos exigente, las pagas buenas y tenía mayores oportunidades de ascenso. Pero tenía que mudarse. Como era licenciada en enfermería, podía impartir cursos en la Universidad Humboldt, en Arcata, y labrarse quizá un futuro en la docencia.

Vivian, su madre, también enfermera, estaba lista para un cambio. Encontró trabajo en una clínica de medicina familiar en Eureka. Un trabajo excelente, aunque el horario fuera peor. Así que se mudaron las dos al norte, más cerca del trabajo de Vivian que del de Franci, y dos veces por semana Franci cruzaba las montañas hasta Redding para hacer una guardia de veinticuatro horas como enfermera de vuelo. La mayoría de los vuelos eran traslados rutinarios de pacientes desde clínicas de pueblos pequeños a hospitales más grandes donde se hacían operaciones complicadas; intervenciones cardíacas o cesáreas, por ejemplo. De vez en cuando, sin embargo, atendía también alguna urgencia: víctimas de incendios, de accidentes de coche en partes aisladas de aquellas montañas, o heridos que necesitaban cirugía de emergencia. Le encantaba trabajar como enfermera de vuelo en la Fuerza Aérea, y lo había echado de menos. Aquel nuevo trabajo satisfacía ese anhelo. Se compró una casita muy mona a las afueras de Eureka, en uno de esos vecindarios tranquilos y encantadores que tanto le gustaban, y hasta esa noche pensaba que su vida era casi perfecta.

¿Que Sean la había buscado? No habría puesto mucho empeño. Pasados seis meses, empezó a asimilar que no estaban hechos el uno para el otro. Perseguían cosas distintas: él quería seguir jugando y divirtiéndose hasta que fuera viejo, y ella quería echar raíces y fundar una familia.

Lo que le parecía injusto era sentirse atraída precisamente por lo que parecía impedir a Sean sentar la cabeza. Era guapo, temerario y audaz, y aunque disfrutaba esquiando en nieve o en agua, también estaba dispuesto a acurrucarse en el sofá a ver una película. Naturalmente, veían una película romántica por cada cinco de acción o aventuras, pero a Franci no le importaba: a ella también le gustaba la acción. Creía que su relación podía seguir siendo igual dentro del matrimonio o fuera de él. La mitad de las parejas con las que salían de acampada, con las que viajaban o jugaban eran matrimonios con hijos. A Sean no le molestaban los niños; parecían gustarle. Pero, aun así, se había mostrado inflexible: no necesitaba ningún contrato oficial para demostrar lo que sentía por ella, y no quería sentirse atado por las necesidades de un niño.

El trayecto de quince minutos desde Arcata a Eureka, en dirección sur, no bastó para calmar sus nervios, así que estuvo otro cuarto de hora dando vueltas por el pueblo antes de dirigirse al pequeño barrio en el que vivía. Quería estar completamente calmada cuando llegara a casa. Tendría que haber sabido que se había estado engañando a sí misma: era mentira, nunca había llegado a sentirse del todo en paz con su decisión de dejar a Sean. Aquel mito se deshizo nada más verlo. Dios santo, aún hacía que se le acelerara el corazón. Le bastaba con mirarlo una sola vez a la cara para que la sangre corriera a toda velocidad por sus venas; sentía su ardor en las mejillas. No podría haberse tomado un café con él. Seguramente se habría arrojado sobre él en el Starbucks y le habría arrancado la ropa. Tendría que ser fuerte. Firme. Disciplinarse y mantenerse alerta. Porque era débil. Quizás odiara a Sean, pero también lo quería aún. Y seguía deseándolo. Lo cual significaba que podía volver a hacerle daño.

Aparcó por fin en su pequeño garaje para un coche y medio, bajó la puerta y entró en la casa por la cocina. Oyó el televisor en el cuarto de estar y allí encontró a su madre, durmiendo sentada, y a su hija Rosie, acurrucada en el sofá, a su lado. El único que levantó la vista cuando entró en la habitación fue Harry, su cocker spaniel de color canela.

—Hola, Harry —dijo.

El perro meneó la cola un par de veces y se tumbó de espaldas, por si alguien quería acariciarle la barriga.

—¿Mamá? —Franci zarandeó ligeramente a su madre—. Mamá, ya estoy aquí.

Vivian se removió y se incorporó.

—Ah, hola. Debo de haberme adormilado —se estiró—. ¿Te lo has pasado bien?

—Claro. Siempre me lo paso bien con las chicas. Mañana, cuando hayas dormido a pierna suelta, te cuento los cotilleos.

Vivan se levantó.

—Voy a llevar a Rosie...

—Ya la llevo yo, mamá —dijo Franci—. Arroparla es lo mejor del día. ¿Cuánto tiempo lleva dormida?

—Seguramente menos que yo —contestó Vivian, riendo. Dio una palmadita a Franci en una mejilla y un beso en la otra—. Mañana libro. Llámame cuando te levantes y nos tomamos un café juntas.

—Claro. Gracias, mamá —agarró el abrigo de Vivian del respaldo de una silla y la ayudó a ponérselo—. Me quedo mirando hasta que llegues a casa —dijo.

—No voy a caerme en la calle. Ni van a atracarme.
—Me quedo de todos modos.

Franci, Vivian y Rosie habían vivido juntas en aquella casita de dos habitaciones un par de años, Francine compartiendo habitación con Rosie. Pero hacía más o menos un año Vivian había comprado una casita parecida al final de la manzana. Siempre habían querido tener casa propia, vivir independientes, pero al llegar Rosie habían decidido quedarse cerca para unir fuerzas y cuidar de ella entre las dos. Cuando Franci hacía sus turnos de veinticuatro horas, o las raras veces en que salía a tomar algo, Rosie pasaba la noche en casa de la abuela. Pero si Franci pensaba volver pronto, Vivian iba a su casa para que Rosie pudiera dormir en su cama. Ahora que iba a preescolar, tenían menos problemas para trabajar y ocuparse de la niña.

Franci vio a su madre recorrer la calle y subir por el caminito bordeado de flores que llevaba a su casa. Una vez dentro, Vivian encendió y apagó la luz del porche un par de veces para que viera que había llegado sana y salva, y Franci entró y cerró la puerta.

Colgó su abrigo, levantó a su pelirroja hija del sofá y la llevó a la cama. Estaba completamente dormida. Su edredón estaba apartado y la lámpara de su mesilla de noche encendida. Estaba claro que Vivian había confiado en que Rosie se metiera en la cama a su hora, en lugar de quedarse dormida en el sofá, como prefería. Franci arropó a su hija, remetió el edredón y la besó en la frente. Rosie soltó un bufido, dormida.

—Esta noche he visto a tu padre —susurró—. Con razón eres tan bonita.

CAPÍTULO 2

Sean no había dormido muy bien después de ver a su antiguo amor, así que se levantó temprano y se metió en el cuarto de baño antes de que se oyera siquiera un ruido en la suite nupcial. Estaba comiéndose sus cereales cuando Shelby entró en la cocina en vaqueros y sudadera, lista para irse a Arcata. Estaba estudiando enfermería en la Universidad Humboldt.

—Vaya, vaya. ¡Qué raro, verte antes de volver a casa por la tarde! —comentó, acercándose a la cafetera—. Cuando estás por ahí hasta las tantas de la madrugada, sueles necesitar tu sueño reparador.

Sean soltó un gruñido.

—Imagino que eso era un «buenos días» —dijo ella—. Lo mismo te deseo.

Luke entró en la cocina.

—Caramba, hola, chaval —le dijo a su hermano.

Sean levantó los ojos, pero no la cabeza. Luke se rio al ver su cara de pocos amigos.

—¿Es incómodo el colchón? ¿Raspa nuestro papel higiénico?

—La cama está bien.

—¿Quieres que saquemos dos de los caballos del general y que vayamos a...?

—Voy a estar muy liado. Tengo que hacer unos recados —contestó Sean.

Shelby levantó un montón de notas de agradecimiento que había encima de la mesa y miró a su marido con enfado. Hacía un par de semanas que se habían casado, y se suponía que Luke también tenía que firmar las notas que ella ya había acabado.

—Luke —comenzó a decir—, antes de pensar en salir a montar o a pescar...

—Lo sé, lo sé —dijo, mirando las notas—. Voy a hacerlo.

—¿En serio crees que va a hacer esa cosa de niñas, Shelby? —preguntó Sean.

Shelby se sentó, frunciendo el ceño, confusa. Conocía a Sean desde hacía un año; era el donjuán de los Riordan, el coqueto y el comediante. Solían decir en broma que Sean era capaz de pasárselo bien hasta en un descarrilamiento de trenes. Siempre estaba de buen humor. Luke era el más serio, pero ella había conseguido suavizar su mal genio. Le sorprendía que Sean pareciera de tan mal humor.

—¿Te encuentras bien? —preguntó.

—Sí —contestó él secamente.

Luke se sirvió un café y se sentó.

—¿Has abollado el coche? ¿Te han puesto una multa por exceso de velocidad? ¿Te ha rechazado alguna chica guapa? ¿Tienes una intoxicación alimentaria?

Sean se recostó en la silla.

—Anoche me encontré con Franci —masculló—. Por pura casualidad.

Luke se limitó a fruncir el ceño; no se acordaba de ella. Sean había salido con muchas chicas.

—Franci Duncan —dijo, exasperado—. Prácticamente vivimos juntos un par de años. ¿Te acuerdas? Rompimos cuando dejó el Ejército y a mí me asignaron al U-2.

—Ah, ya me acuerdo —dijo su hermano—. ¿No habías vuelto a verla?

—No —contestó con impaciencia, tomando otra cucharada de cereales—. Intenté verla, pero se había ido. Busqué a su madre para preguntarle dónde estaba, pero también se había mudado, lo cual era absurdo, porque llevaba por lo menos diez años viviendo en esa casa de Santa Rosa. Puede que incluso veinte, no sé.

—¿La buscaste? —preguntó Luke—. No lo sabía.

—Porque no se lo dije a nadie. Y no la encontré —contestó Sean—. Evidentemente.

—¿Y sus amigas? —preguntó Shelby.

Sean se quedó callado. Hizo una mueca y por fin contestó:

—Pregunté a un par de ellas, pero no sabían nada.

—Qué tontería —repuso Shelby—. Las mujeres no dejan a sus amigas así como así. Y menos después de romper con un tío con el que han estado mucho tiempo. Eso es siempre traumático, aunque sea lo mejor. ¿Quién era su mejor amiga? Mi caso fue distinto. Yo cuidaba de mi madre y, aunque tenía buenas amigas, no podía dedicarles mucho tiempo. Pero siempre me mantuve en contacto con ellas cuando...

Luke le puso una mano sobre el brazo para que se callara, porque Sean parecía completamente abatido.

—Ah —dijo ella en voz baja—. Bueno, ¿a quién preguntaste?

Sean se encogió de hombros, incómodo.

—Salíamos mucho con otras parejas, tíos de mi escuadrilla y sus mujeres o sus novias. Íbamos a esquiar, a montar en barca, de acampada, a hacer senderismo... Había dos parejas casadas y otra que no lo estaba, aunque vivían juntos. Pregunté a las chicas. No sabían nada de ella. Pregunté a su antiguo jefe, el coronel de su unidad médica en el hospital de la base. Y también a su vecina.

—Ah —repitió Shelby.

—Está bien, tenía un par de amigas y yo las conocía, pero no quedábamos con ellas y no me acordaba de sus apellidos. Hacía mucho tiempo.

—Eh... ¿mucho tiempo? —preguntó Shelby.

—Vale, lo que pasó fue que nos peleamos. A mí iban a trasladarme y ella iba a dejar el Ejército, todo al mismo tiempo. Ella quería saber... El caso es que me dieron otro destino. Le dije que no había nada que le impidiera mudarse para que estuviéramos más cerca cuando me trasladara, y se enfadó porque no la invitara exactamente a reunirse conmigo. Porque no hiciera planes con ella. Seguramente dije que lo sentía. Me juego algo a que lo dije.

—¿Y rompisteis por eso? —preguntó Shelby.

—Más o menos. No exactamente —reconoció Sean.

Luke puso el codo sobre la mesa de la cocina y apoyó la barbilla en la mano, mirándolo divertido.

Sean respiró hondo.

—Ella quería que nos casáramos —dijo—. Me dijo que, o nos comprometíamos y hacíamos planes para casarnos, como mínimo, o se marchaba. Esas fueron sus palabras exactas —hizo un gesto en el aire con el dedo—. Dibujó una raya en la arena. Me dio un ultimátum.

—¿En serio? —preguntó Shelby en tono irónico—. ¿Después de solo dos años viviendo prácticamente juntos?

—Vale, ahora vas a burlarte de mí —dijo Sean con un mohín—. Reconozco que no debí dejarla marchar. Pero entonces era más joven. Y más engreído.

—Ah, ¿eras? —preguntó Luke.

Sean lo miró con enfado.

—Entonces, ella dijo que quería casarse, tú dijiste que no y rompisteis. ¿Es eso? —preguntó Shelby.

—Sí, eso es —hizo una mueca—. Puede que también dijéramos un par de cosas innecesarias durante la discusión. Ya sabes, estábamos enfadados.

—Seguro que sí —dijo Luke.

—¿Y tú intentaste encontrarla después? —preguntó Shelby.

—Después de incorporarme a mi nueva escuadrilla. Después de entrenarme con el nuevo avión. Cuando pensé que los dos habíamos tenido tiempo de calmarnos un poco. Ya sabes.

Shelby miró a Luke y sacudió la cabeza.

—¿Es cosa de familia? —preguntó. Luke y ella habían vivido una situación parecida, pero Shelby no había dejado que Luke se saliera con la suya y había seguido insistiendo. Pero Luke estaba dispuesto a dejarse domesticar. Lo único que Shelby sabía de Sean era que sus hermanos lo consideraban un playboy. Era la primera vez que oía hablar de una novia formal.

—Es posible —reconoció Luke con un encogimiento de hombros—. Menos en el caso de Aiden. Él quiere casarse, tener familia, pero tiene mala suerte con las mujeres. Ya estuvo casado una vez. Con una lunática.

—¡Señor! —dijo Shelby—. No me extraña que tu madre esté harta de vosotros. Sean, ¿qué pasó cuando te encontraste con ella?

—Me dijo que tenía buen aspecto y que no quería tomarse un café conmigo, ni ninguna otra cosa. Que no quería hablar conmigo. Nunca. Y eso que le dije que me había equivocado. Más o menos.

—Mm —dijo Shelby—. Puede que haya pasado página.

—Pues entonces tendrá que decírmelo. Explicármelo. Porque... —se detuvo. No se le ocurría ningún motivo por el que Franci le debiera una explicación, pero estaba seguro de que así era.

—¿Y ahora qué? —preguntó su hermano.

—Voy a tener que encontrarla.

—¿Por qué? Tú le dijiste que habíais acabado, ella lo aceptó, y unos cuantos años después te la encuentras y no hay nada entre vosotros. No veo el problema.

—No, claro —contestó Sean con un bufido cargado de impaciencia—. Porque tú no conoces a Franci.

—Claro que sí. La conocíamos todos. Una chica muy simpática. Y un bombón, además —sonrió—. Estábamos convencidos de que te casarías con ella. Pero como no te casaste y te fuiste solo a Beale, te dejamos por imposible.

—El caso es que no debería haber roto con ella. Debería haberle explicado por qué teníamos que seguir juntos y por qué no hacía falta que firmáramos un papel para estar a gusto juntos. Éramos jóvenes, solo teníamos veintiocho y veintiséis años. Teníamos un montón de tiempo por delante para pensar en dar el gran paso. Seguimos teniéndolo.

Luke, que tenía treinta y ocho años y había salido a duras penas de una crisis parecida, enarcó una ceja y miró a su mujer, que tenía veinticinco.

—Deberíamos habernos ido juntos a Beale y haber resuelto nuestros problemas. Pero no lo hice porque me sacó de mis casillas.

Se hizo el silencio en la cocina un momento.

—Bueno —dijo por fin Luke con fingida alegría—, me gustaría quedarme aquí charlando sobre tu patética vida amorosa, pero tengo que ir a buscar a Art y pasarme por la ferretería antes de que...

Shelby estaba sacudiendo la cabeza.

—O sea que te pusiste chulito y le dijiste: «Muy bien, pues vete». ¿Es eso? Como si dijeras: «O pasas por el aro, o te largas». ¿No?

—Venga, vamos, Shelby —dijo Sean en tono suplicante—. Tú sabes que yo no tengo mal genio. Soy un sol. No soy un camorrista, sino un amante. Y no me preocupa en absoluto estar con una sola mujer. Es solo todo ese rollo del matrimonio. No era para mí. Me aterraba la idea de casarme. Dos de mis hermanos habían probado suerte y habían fracasado. Y los niños... —sacudió la cabeza—. Puede que cambie de idea cuando sea viejo y esté tan hecho polvo como Luke, pero de momento no me apetece atarme de ese modo.

—Ah —dijo ella—. Entiendo. O sea, que te gustaría charlar un rato con Franci y explicarle todo eso.

—Algo así —contestó—. Pelearse no es un crimen, pero no deberíamos haber dejado nuestra relación. Estábamos bien juntos.

Shelby se levantó.

—No del todo, imagino. Lo siento, pero tengo que irme a clase, Sean. Estás en un buen atolladero y me encantaría ayudarte a salir de él. Ya sabes que te quiero mucho y que me encantaría echarte una mano, pero me reclama la facultad...

Sean también se levantó.

—¿Qué quieres decir con que estoy en un buen atolladero?

—Está bien, te lo resumiré. La dejaste porque no sentías que llevaras las riendas de la relación. Tardaste tanto en buscarla que, cuando por fin lo hiciste, no pudiste encontrar su pista, e imagino que a ella le pareció que te importaba un bledo. Ni siquiera sabías cómo se llamaban sus mejores amigas. Ni las de su madre. No le prestabas atención, excepto en lo que te convenía. Hasta salíais con tus amigos, con gente de tu escuadrilla, y luego te sorprendía que no supieran nada de ella. Y ahora creo que estás un poco dolido porque no está dispuesta a olvidar todo eso y a darte otra oportunidad de tratarla otra vez como a alguien que estaba en segundo plano, siempre a mano cuando te convenía. Mientras que ella, al menos una vez hace unos años, quiso que la consideraras alguien sin quien no podías vivir.

—Tú no lo entiendes —dijo Sean.

—Sí que lo entiendo, ese es tu verdadero problema —repuso Shelby—. No te diste cuenta de lo mucho que significaba para ti hasta que desapareció.

Luke apuró su taza de café. La dejó sobre la mesa.

—Sean, cuando tengas tiempo, deberías tomar lecciones de Shelby. Ha visto todas las películas románticas de la historia del cine. Sabe cosas que a ti y a mí jamás se nos ocurrirían.

Sean tragó saliva. Bajó la mirada y dijo:

—Así, a bote pronto, desde el punto de vista de una chica, ¿qué tengo que hacer ahora?

—Lo que estás pensando, no —contestó su cuñada—. No conviene que hagas lo mismo que la otra vez. Lo que te hizo pensar con total arrogancia que jamás podría dejarte. Eso, no. Será mejor que hagas lo que a ella le gustaba, lo que la hacía pensar que quería pasar su vida contigo. Si es que consigues acordarte. Porque creo que quizá sea demasiado tarde. Y si lo es, vas a tener que aceptarlo y respetarla. Si te vuelves loco y le causas problemas, no me pondré de tu parte.

Cuando se quedó solo en casa, Sean empezó a preguntarse qué era lo que le gustaba a Franci de su relación. Se acordó de un montón de aspectos en los que eran compatibles. De pronto le costaba recordar que, en algunas pocas cosas, se sacaban mutuamente de quicio.

Conseguir que saliera con él había sido un auténtico desafío, al principio. Ella llevaba algún tiempo en la Fuerza Aérea y sabía cómo manejarse con los pilotos de caza, con los que tenía por norma no salir. Tenían fama de idiotas, arrogantes, egocéntricos e incapaces de prestar atención a una mujer mucho tiempo seguido. Sean y ella nunca lo habían hablado, pero Sean suponía que tenía que haber salido al menos con un par de ellos para haberse formado una opinión. Una opinión que, aunque le costara admitirlo, no iba descaminada.

Pero también había habido montones de cosas positivas, y Sean empezaba a sentirse incómodo al imaginar todas las triquiñuelas que solía poner en práctica para volverla loca de deseo, para hacerla ronronear de placer, porque en la cama tenían una química espectacular. Cuando ella no estaba de humor, él siempre sabía qué decir para que cambiara de idea. Cuando la tocaba en ciertos sitios, no solo podía convencerla de que se lo replanteara, sino que era capaz de convertirla en una auténtica salvaje. Ella, por su parte, era capaz de corresponder a aquellas tretas y hacerle gemir, jadear y volverlo loco. Ninguna de aquellas cosas funcionaban con otras mujeres como con Franci. Ella tenía la capacidad de llevarlo mucho más allá del deseo, de hacerle perder la cabeza. Nunca se había acostado con ninguna otra mujer que pudiera hacerlo gozar como Franci, y se había acostado con muchas.

¿Cómo se le había ocurrido dejarla marchar?

Se estrujaba la memoria intentando recordar cómo la convenció para que le diera una oportunidad la primera vez, pero tenía la mente en blanco. Seguramente había insistido incansablemente, porque sí recordaba lo que había sentido al conocerla. Nada más verla había pensado: «¡Jesús, María y José!». Franci tenía algo, ejerció sobre él una especie de atracción animal. Primitiva y descarnada. La había deseado inmediatamente. Y seguía deseándola.

La vio por primera vez cuando ella pasó por Iraq para recoger a un montón de heridos que iban a ser evacuados en avión. Intentó averiguar dónde vivía para poder mantenerse en contacto cuando regresara a Estados Unidos. La vio unas cuantas veces: ella iba y venía, llegaba con un avión medicalizado de transporte aéreo, se quedaba unos días, hasta que reunían a todos sus pacientes y volvía a despegar rumbo a Estados Unidos. No le dio nada, ni siquiera un nombre. Naturalmente, a Sean no le fue difícil enterarse de cómo se llamaba, pero no consiguió averiguar nada más.

Después, cuando la vio en el club de oficiales de la base aérea de Luke, llegó a la conclusión de que lo suyo era cosa del destino; estaban hechos el uno para el otro. No le fue fácil convencerla, sin embargo. Recordaba haber abrigado la esperanza de que fuera tan bella por dentro como por fuera, porque, si no, se le rompería el corazón.

Y lo era. Era inteligente, fuerte, independiente, segura de sí misma, sexy y cariñosa.

Era la clase de mujer a la que miraban los hombres, pero su

atractivo era discreto, no llamativo. No era chabacana, ni vulgar, sino elegante y serena. Tenía las piernas muy largas y el cabello moreno, los ojos grandes, profundos y oscuros y las cejas finas, expresivas y arqueadas. Su boca, suave y carnosa, se fruncía en un pequeño mohín. Recordaba cada detalle de su cuerpo, pero no recordaba, en cambio, cómo la había conquistado. Para seducir a una mujer, solía hacerla reír, lanzarle miradas abrasadoras con los ojos entornados, darle a entender, sin ser grosero, que podía hacerla gozar. Nunca había mostrado ni una pizca de humildad. Siempre había sido muy seguro de sí mismo.

Ahora ya no lo era tanto. Se sentía frustrado, y no tenía ni la menor idea de cómo solucionarlo. Por una vez en su vida no sabía por dónde empezar.

Subió a la habitación de la planta de arriba en la que Luke tenía su ordenador. La mesa estaba tan cubierta de regalos de boda que costaba ver el aparato. Quitó de en medio un montón de cosas y lo encendió. No había dado con el número ni la dirección de Franci al llamar a información, pero tras pasar un par de horas delante del ordenador de Luke buscando en registros de la propiedad, descubrió que Francine Duncan se había comprado una casa. Aun así, no le pareció buena idea presentarse allí sin haber sido invitado. Pero ¿qué opción tenía?

Estaba en la cocina, comiéndose un sándwich, cuando Luke y Art volvieron de la ferretería. Art era un tío estupendo: cada vez que veía a Sean lo saludaba como si hiciera meses o incluso años que no se veían. Tenía treinta años, síndrome de Down y un corazón de oro, y trabajaba con ahínco ayudando a Luke en el mantenimiento de la finca. Luke, por su parte, procuraba en todo momento que Art se sintiera querido y valorado.

—¡Sean! —exclamó Art con una sonrisa de oreja a oreja.

—Hola, Art. ¿Habéis ido a pescar? —preguntó Sean.

—No, teníamos que llevar la basura al contenedor y luego hemos ido a la ferretería a comprar unas cosas. A lo mejor voy luego. ¿Tú sí has ido?

—Algo parecido. He estado buscando cosas en el ordenador.

Luke sacó el pan y los ingredientes para preparar unos sándwiches.

—¿Has encontrado algo sobre Franci? —preguntó.

—Sí, una dirección, pero no su número de teléfono —contestó Sean—. Por lo visto se ha comprado una casa.

—¿Tienes una nueva novia, Sean? —quiso saber Art.

Sin saber por qué, la pregunta avergonzó a Sean. El hecho de que Art diera por sentado que siempre tenía novia le hizo sentirse incómodo. Tal vez Franci tuviera razón al decir que jamás sentaría la cabeza con una mujer porque lo que le gustaba era la caza, la persecución, no el compromiso. Pero no era del todo cierto, tal y como estaba descubriendo. Con ella había sentado la cabeza, aunque no del todo.

—Qué va —contestó—. Tuve novia hace unos años, pero perdimos el contacto. Quiero volver a verla, hablar con ella y ver si... si podemos volver a salir.

—Ah —dijo Art—. Qué guay.

—¿Y cuál es el problema? —preguntó Luke.

—Que cuando me mira le salen chispas por los ojos. Creo que me odia. O, por lo menos, que sigue enfadada. Aunque también puede que signifique que todavía le importo —añadió, esperanzado—. Si supiera dónde puedo encontrármela otra vez, podría intentar persuadirla sin ponerme pesado. Creo que eso fue lo que hice la primera vez. Procurar ir al club de oficiales cada vez que pensaba que podía estar ella, por ejemplo, hasta que se cansó de que la siguiera como una sombra y se dio por vencida.

Luke se rio.

—¡Cuánta sutileza! —comentó.

—¿Crees que debería suplicarle que se apiade de mí? No —se respondió a sí mismo—. Por lo que vi ayer, no creo que se compadezca mucho de mí ahora mismo. Además, la humildad no es precisamente mi fuerte.

Luke se rio otra vez.

—Y los Riordan siempre jugamos nuestras mejores cartas.

—Tú sabes lo que quiero decir. ¿Qué mujer querría a un hombre que se arrastra? ¿Lo hiciste tú cuando Shelby...?

—Lamento desengañarte, pero yo le dije que haría cualquier cosa que le hiciera feliz. Sé que te cuesta imaginar a tu hermano mayor humillándose de ese modo, pero es que sin ella estoy perdido. Es el aliento que respiro —sonrió—. De todos modos, ya no hace que me arrastre. Me deja fingir que soy el que manda.

—¡Qué bien! —dijo Sean, que no entendía las normas de aquel juego—. Ahí lo tienes: a mí se me dan mucho mejor las aventuras pasajeras.

—Bueno, si eso es lo que te va, que te diviertas.

Ese era el problema. Las aventuras pasajeras ya no le servían. A decir verdad, hacía mucho tiempo que no obtenía nada de ellas. De hecho, llevaba algún tiempo preguntándose por qué se sentía tan insatisfecho, tan apagado, y había entendido por qué nada más ver a Franci.

—Oye, ¿te importa que te pregunte una cosa? —preguntó Luke mientras preparaba los sándwiches—. Estuviste con ella un par de años. Fueron un par de años buenos, pero llegaron a su fin, o algo así. Lo dejasteis y has estado bien estos cuatro años. Te las arreglabas perfectamente. ¿Por qué de repente es tan importante?

Era difícil de explicar, pensó.

—¿Nunca te pasa que tienes en la cabeza una idea sobre cómo tienen que ser las cosas y que te atienes a ella aunque tengas la sensación de que estás cometiendo un error?

—¿Yo? —preguntó Luke, riendo—. ¿Es que no sabes que soy un patán que estuvo a punto de perder a la mujer de su vida?

—Yo no estaba preparado para casarme —dijo Sean—. No me gustó que me pusiera contra la espada y la pared, y nos separamos enfadados. Seis meses después pensaba que, aunque no estuviera listo para casarme, tampoco estaba dispuesto a que aquello acabara. Pensé que podíamos llegar a un acuerdo. Así que llamé a su móvil. Dejé un par de mensajes y ella no me devolvió la llamada. Un par de meses después pensé, «de acuerdo, si para que sea feliz tenemos que casarnos, seguramente podré hacerme a la idea, con tal de que me dé algún tiempo para acostumbrarme». Pensé que podíamos tener un noviazgo largo, quizá, solo para asegurarnos de que no estábamos cometiendo un error. Así que volví a llamarla y su número ya no existía. Su e-mail me devolvía los mensajes. Su madre, a la que está muy unida, se había mudado. Me jodió un montón que me ignorara de ese modo, cuando por fin estaba intentándolo — «y me rompió el corazón. Igual que se lo había roto yo a ella al decirle que no. Menudo par de tontos».

—Estás diciendo tacos —dijo Art.

—Perdona, Art. Intentaré no decirlos —respondió Sean, y añadió encogiéndose de hombros—. Seguí pilotando. Estaba muy liado con las misiones, viajaba mucho. Me iban bien las cosas. Pero cada vez que conocía a una chica, no paraba de compararla con Franci — «y la veía allá donde mirara, hasta que empecé a pensar que me estaba volviendo loco».

—¿Seguiste buscándola? —preguntó su hermano.

—No. Pensé que con el tiempo se me pasaría. Pero en cuanto la vi ayer me di cuenta de que no. Creo que, en cierto modo, es culpa mía. Bueno, durante un par de años pensé que la culpa era suya, que era una mandona y una impaciente, y que ninguna mujer iba a decirme lo que tenía que hacer. Ahora creo que fui un idiota.

—¿Lo crees? —preguntó Luke. Al ver que Sean lo miraba con enfado, se rio y dijo—: Mira, no es que quiera fastidiarte, pero yo ya pasé por eso, hermano. Tengo suerte de que Shelby sea más lista que yo, nada más —lo miró, muy serio—. Las mujeres mandan, hermano. Es ley de vida, aunque no nos guste.

Yo me limito a pedirle a Shelby lo que quiero y ella nunca me defrauda.

—Pero yo debo tener cuidado —comentó Sean—. Franci dijo que no quería verme, ni hablar conmigo. No puedo presentarme en su casa como si fuera una especie de acosador. Podría llamar a la policía. Si tuviera su teléfono, la llamaría, pero...

—También puedes intentar deducir dónde puede estar. Es enfermera, ¿no? Y trabaja de enfermera, ¿verdad? Pues llama a todos los sitios donde pueda estar trabajando. Hospitales, consultas médicas, clínicas, ya sabes. Pide que te pasen con ella. Te dirán que no saben quién es, o que es su día libre, o te pasarán con ella.

Sean estaba perplejo.

—Caray —dijo—. Es una idea brillante.

—Y asombrosa, teniendo en cuenta que nunca he tenido que buscar así a una mujer —repuso Luke—. Muy bien. ¿Dónde suelen ir las mujeres como Franci? ¿De compras?

—Hacíamos toda clase de cosas juntos: ir de acampada, montar en quad, bucear, esquiar... Viajábamos siempre que podíamos. Y Franci sola... Al gimnasio —dijo—. Le gusta entrenar. Le encanta leer. Pasaba mucho tiempo visitando librerías. También le encanta el cine, pero no iría sola. Solíamos alquilar películas. En aquella época, aparte de estar conmigo, ir a trabajar y al gimnasio y salir un poco de compras, no recuerdo qué hacía —«ya estamos otra vez», pensó. «No prestaba atención, porque no se trataba de mí». Casi se preguntaba cómo le había soportado ella tanto tiempo.

—En la encimera de la cocina siempre hay una lista de cosas que comprar —dijo Luke—. Shelby suele llamar para ver qué necesitamos cuando viene para acá, después de clase. Podrías ir a hacer la compra a su barrio.

—Sí. Sí, eso voy a hacer —«y dar vueltas en coche por sitios donde quizá pueda encontrármela», se dijo. Solo por si acaso.

CAPÍTULO 3

Sean se prometió que solo iba a dar una vuelta por Eureka, pero su coche era como un misil teledirigido y pronto se descubrió en el barrio de Franci y, luego, en su calle. No tenía intención de molestarla, pero sí un deseo ardiente de ver cómo era su vida sin él. ¿Qué había de malo en pasar por delante de su casa?

La casa le venía como anillo al dedo. Era pequeña, bonita, limpia, tenía cuarenta años por lo menos y era muy acogedora. Parecía uno de esos lugares confortables y hogareños que elegían las mujeres interesadas en fundar una familia: un entorno seguro y agradable, grandes árboles y espaciosos jardines. El sinuoso camino de entrada estaba flanqueado por una mullida capa de hierba verde y por lechos de flores que empezaban a marchitarse con el otoño. Delante de la puerta había un espantapájaros y unas cuantas calabazas en un cuerno de la abundancia. Era una casa mimada. Querida. Una casa familiar.

No era, desde luego, el lugar que Sean habría elegido para vivir. A él le gustaban las casas más modernas, prácticas y llamativas. Tenía montones de juguetes y le gustaba pasar su tiempo libre jugando, no segando el césped o quitando nieve con una pala.

Lo primero que pensó al ver la casa fue: «Dios mío, hay un

hombre en su vida. Un hombre con el que ha sentado la cabeza. Por eso parece todo tan cómodo y tan ordenado».

No frenó al pasar. No quería despertar sospechas. Tras satisfacer su curiosidad, decidió ir a echar un vistazo a los lugares de ocio que había por allí.

Encontrar un gimnasio que pudiera gustar a Franci resultó tarea más difícil. Había varios por aquella zona. Uno era pequeño, pero barato y funcional. Había otro relativamente grande a las afueras del pueblo, cerca de la autopista. Y un gimnasio femenino que sería la opción obvia para cualquier mujer, menos para Franci, que había trabajado en la Fuerza Aérea y estaba acostumbrada a entrenar con hombres. Muy cerca de su casa había un centro municipal que parecía contar con un gimnasio: de él salían y entraban personas vestidas con chándal y cargadas con bolsas de deporte.

Mientras pasaba por delante de los gimnasios, se fijó en que había también un par de librerías de viejo y una librería grande en el centro comercial del pueblo. Santo cielo, cómo odiaba los centros comerciales. Pero tal vez en aquel encontrara a su chica, de ahí que echara un vistazo a la librería y al centro comercial. Mientras estaba allí se compró un par de vaqueros, dos camisas y un chaleco de plumón: el frío empezaba a arreciar por las noches. Compró además un buen montón de libros que sabía que no leería nunca.

Localizó los numerosos supermercados que había por allí cerca y, después, como tenía una lista de clínicas, consultas y hospitales a los que llamar, se compró un café y, aparcado frente a un supermercado, empezó a hacer llamadas desde el coche. Pero después de hacer un sinfín de llamadas, Francine Duncan seguía sin aparecer.

Durante los días siguientes desarrolló una nueva rutina: salía de Virgin River por la mañana, iba en coche hasta Eureka y allí comenzaba a hacer su ronda. O a recorrer su circuito, como lo llamaba él: llegaba primero al barrio de Franci y pasaba luego en coche por delante de los gimnasios, del centro comercial, de las librerías y de los supermercados. Como había hecho el primer día, aparcaba en alguna parte para seguir haciendo llamadas a establecimientos médicos. Gracias a eso, al menos, hacía la compra y le ahorraba esa tarea a Shelby.

Llevaba solo cuatro días recorriendo Eureka cuando empezó a preguntarse si todo aquello no sería una pérdida de tiempo. Empezaba a pensar que, aunque consiguiera su número, ella seguramente colgaría al oírle y no le dejaría otra opción que presentarse en su casa, de todos modos. ¿Llamaría a la policía si iba a verla? ¿Era un delito llamar a su puerta y preguntarle si podían hablar? No iba a suplicarle, ni a amenazarla. ¡Solo quería preguntar! Las vendedoras de Avon y los testigos de Jehová lo hacían constantemente, y él era mucho menos pelmazo.

Ese cuarto día, sin embargo, resultó mágico. Al atardecer entró en un supermercado a comprar un par de cosas. Mientras estaba eligiendo una lechuga, reconoció la mano que hurgaba en el cajón de al lado. Estaba palpando tomates. ¿Eso no demostraba nada? ¡Había reconocido su mano! Se dio la vuelta y la miró.

—No los espachurres demasiado —dijo.

Franci dio un respingo. Soltó el tomate que tenía en la mano y se agarró con fuerza el cuello de la chaqueta.

—¡Qué susto me has dado! ¿Qué estás haciendo aquí?

Sean levantó su cesta.

—Mi cuñada me ha dado una lista de cosas que hacían falta. Pero me alegro muchísimo de que nos hayamos encontrado, Franci, porque...

Antes de que acabara de hablar, ella se apartó, eligió rápidamente tres tomates, los metió en una bolsa de plástico e intentó escapar. Sean se fijó en que llevaba un mono azul marino y una chaqueta a juego con varias insignias en los brazos.

—Oye, ¿estás en la guardia costera o qué? ¿Por qué no pude encontrarte cuando dejaste la Fuerza Aérea?

Franci se detuvo, miró hacia atrás y dijo:

—No tengo ni la menor idea. Me fui a vivir a casa de mi madre y estuve trabajando allí casi un año antes de trasladarme aquí.

—Te dejé varios mensajes en el móvil —añadió él, echando la lechuga a su cesta mientras la seguía.

Franci se volvió hacia él.

—¿Cuántos? Porque no recibí ninguno.

Sean sacudió la cabeza.

—No entiendo por qué...

—¿Cuántos? —insistió ella.

—No lo sé. Algunos. Un par. No sé, pero te llamé —respondió.

De pronto se acordó de su capacidad de acribillarlo a preguntas, de obligarlo a ser sincero. Lo odiaba, porque se sentía expuesto. Ella sonrió, burlona.

—Bueno, Sean, imagino que fue un fallo técnico. Si de veras hubieras querido hablar conmigo hace unos años, habrías intentado dejarme más que un par de mensajes. Bueno, tengo que irme. Ya llego tarde.

Sean la agarró del brazo.

—He intentando encontrar el mejor modo de ponerme en contacto contigo. Encontré tu dirección, pero no tu número de teléfono y...

—¿Sabes dónde vivo?

Sean miró a su alrededor un poco nervioso; Franci hacía que sonara como si fuera una asesino en serie o algo así.

—No grites —dijo—. Necesitaba encontrarte. Te busqué en Internet. Te has comprado una casa.

—Por amor de Dios —dijo ella, frotándose las sienes. Luego pareció rehacerse—. Está bien. ¿Qué quieres?

Sean empezaba a enfadarse otra vez.

—Vaya, ¿es que no está claro? Quiero que tengamos una conversación, que hablemos de lo que pasó. Quería decirte que no tardé mucho en darme cuenta de que no debería haber sido tan... tajante cuando discutimos y acabamos rompiendo.

—Bueno, Sean, la verdad es que sí tardaste mucho tiempo. Demasiado —replicó ella—. En fin, ya está: misión cumplida. Ya me lo has dicho. Ahora, ¿puedes, por favor, marcharte y dejarme en paz?

—No, no puedo —contestó—. Ya entiendo. Sigues enfadada. Y eso no podemos solucionarlo hasta que hablemos.

—¡Pero si te he dicho que no quiero hablar! —replicó, levantando de nuevo la voz.

—Franci —dijo él en voz baja—, ¿podríamos intentar no hacer una escena aquí...?

—Mira, ya te lo he dicho: tengo prisa. ¿Sigues teniendo el mismo número de móvil? —preguntó.

Sean asintió con un gesto.

—Estupendo. Ya te llamaré alguna vez. Ahora, si hicieras el favor de dejarme tranquila, te lo agradecería de todo corazón —dijo, y aunque sus palabras habrían podido sonar amables, estaban cargadas de furia.

La gente había dejado de comprar y empezaba a observarlos.

Franci dio media vuelta y él volvió a agarrarla del brazo.

—Franci, no voy a marcharme. Es importante.

De pronto una enorme sombra cayó sobre ellos y Sean, que medía más de un metro ochenta y estaba en excelente forma, se encontró mirando a un leñador gigante. Y no parecía muy contento. Tenía el ceño fruncido.

—¿Ocurre algo, señora? —preguntó el gigante mirando a Franci.

—No, nada —contestó ella—. Es un exnovio. No hay de qué preocuparse —miró a Sean—. Adiós. Me alegro de haberte visto. Ahora, piérdete.

En un momento de enajenación transitoria, Sean fue de nuevo tras ella.

—Ni lo sueñes. Tenemos que hablar —dijo—. Dado que no puedo llamarte, ¿qué te parece si me paso por tu casa y espero a...?

De pronto sintió que lo levantaban en vilo. Su cesta de la compra cayó al suelo y él aterrizó sobre una pila de melones. Pero el leñador no lo soltó.

—Ha dicho que te largues, amigo.

—Oye, tío, te estás equivocando —dijo—. Yo jamás le...

Franci apareció de pronto para salvarlo.

—Gracias, pero no pasa nada. Es inofensivo.

Sean, que estaba tumbado de espaldas sobre los melones, se enfureció de pronto al oírle decir que era inofensivo. Comenzó a bufar y a gruñir amenazadoramente.

—¿Vas a dejar en paz a la señorita? —preguntó el hombretón.

—O me sueltas ahora mismo o lo lamentarás —replicó Sean.

—Lo dudo, amigo mío. Te soltaré cuando lleguemos a un acuerdo.

—Está bien —contestó Sean, furioso—. ¡Suéltame inmediatamente!

El leñador retrocedió despacio y Sean se apartó de los melones, muchos de los cuales rodaron por el suelo. Un par se abrieron al caer, desparramando sus pipas pringosas por el pasillo. Sean se sacudió la chaqueta y procuró aparentar calma. Después, echó a andar detrás de Franci y le puso la mano sobre el hombro para que no volviera a alejarse.

—Mira... —dijo.

Sintió que una garra de hierro agarraba el cuello de su camisa y su chaqueta y de pronto se volvió hacia el gigante y le asestó un puñetazo en la mandíbula. Sospechaba que se había roto la mano, pero no pensaba quejarse. Aun así, hizo una mueca de dolor. El hombretón, en cambio, se limitó a ladear su cara de ladrillo.

—No deberías haber hecho eso, pequeñín —dijo. Tardó cosa de un segundo en propinarle un puñetazo que lo lanzó de nuevo al montón de los melones. Y de allí al suelo.

Sean vio las estrellas y notó que los melones empezaban a rebotar por la sección de frutas y verduras. Había sangre, además, pero no estaba seguro de dónde procedía, porque tenía la sensación de que toda su cara había pasado por una picadora de carne.

—¡Eh! —gritó Franci—. Pero ¿qué le pasa? ¡Le he dicho que le dejara en paz, que era inofensivo!

—Supongo que no hay acción noble que no tenga su castigo —contestó el hombretón—. Parecía que necesitaba ayuda. Aunque puede que te guste que te agarren así en el supermercado, ¿eh, nena?

Sean masculló algo acerca de que él no era inofensivo e intentó levantarse, sin éxito.

—Quédate donde estás, campeón —dijo el gigante.

Pero Sean estaba empeñado en levantarse y acababa de hacerlo cuando el gigante dio dos pasos hacia él. Aquello bastó para que Franci se abalanzara sobre él con un grito de rabia. Le rodeó el cuello con los brazos y la cintura con las piernas y empezó a gritar a pleno pulmón mientras le golpeaba la espalda.

—¡Te he dicho que lo dejes en paz! —chillaba.

El gigante comenzó a dar vueltas, intentando quitársela de encima, pero Franci se pegaba a él como una garrapata a un perro.

Después, la escena se volvió mucho más interesante.

—¡No! ¡No! ¡No! ¡No! —comenzó a gritar el encargado de la tienda, que se acercó corriendo a ellos, seguido de cerca por otro hombre y un par de chicos de los que embolsaban la fruta.

Se congregó una multitud y los empleados del supermercado consiguieron apartar a Franci del gigante, aunque ella no paró de protestar.

—¡Va a venir la policía! —gritó el encargado—. ¡Paren inmediatamente! ¡Basta!

«Esto no está saliendo como había planeado», pensó Sean distraídamente.

Justo en ese momento intentó levantarse y recuperar su orgullo, pero resbaló con las pipas de un melón y volvió a caer al suelo. No se desmayó, pero le faltó poco. Oía solo a medias la conversación que se desarrollaba por encima de él.

—Él me golpeó primero —decía una voz.

—¡Tú lo tiraste a los melones! —gritaba Franci.

—¡Te estaba agarrando del hombro y le habías dicho que se perdiera y que te dejara en paz! ¡Quería echarte una mano!

—Luego el pequeñajo pegó al grandullón —agregó alguien.

Y Sean pensó: «Yo no soy pequeñajo. Mido un metro ochenta y cinco. Y levanto cien kilos sin ningún problema».

—Pero el grandullón le dio un guantazo que lo dejó noqueado.

—Yo no soy pequeñajo —masculló Sean, pero nadie le hizo caso.

—¡Yo no pedí que me defendieras! —gritó Franci—. ¡Te dije que lo dejaras en paz!

«Sí», pensó Sean. «Porque soy inofensivo. Siempre he querido que me viera así. Inofensivo». Y ese fue su último pensamiento coherente.

Cuando volvió en sí, un enfermero estaba pasándole una especie de amoníaco de olor muy desagradable por debajo de la nariz y sujetando una bolsa de hielo contra su mejilla. El amoníaco hizo que le dieran ganas de vomitar y la bolsa de hielo le hacía un daño de mil demonios.

Pero lo que era aún peor: estaban todos esposados.

—Maldita sea —gruñó—. Maldita, maldita sea.

Tres horas después, seguía en una sala sin ventanas de la comisaría de Eureka, con la puerta cerrada con llave. El médico de urgencias le había dicho que convenía que fuera a un hospital para que le examinaran la cabeza, a lo que él había contestado:

—Vaya, ¿no me diga?

Pero mientras estaba en la celda, su compañero el gigante se disculpó. Sean hizo lo propio y a continuación descubrió que Dennis Avery no era leñador, sino conductor de un tráiler, y que había parado a hacer unas compras para su mujer cuando se vio metido en aquella trifulca doméstica.

Él, por su parte, le contó la historia de su vida. O al menos la parte que tenía que ver con su ruptura con Franci.

—Hombre —dijo Dennis, pasándose una mano por la cabeza—, pero ¿tú eres idiota o qué?

—Cuidado —le advirtió Sean.

—Tío, mido un metro noventa y dos en calcetines y llevo veinte años cargando cajas. ¿Qué vas a hacerme? —se echó a reír—. Así que esa muñeca se echó encima de mí para defenderte, y eso que la habías dejado tirada sin pensártelo dos veces. No me extraña que esté furiosa.

—Ya te lo he dicho —contestó Sean, irritado—. Me dio un ultimátum. O nos casábamos, o se iba.

Dennis se irguió en toda su estatura.

—¿Y tuviste que pensártelo?

Por suerte, el sargento de policía apareció en la puerta.

—Muy bien, chicos. Vais a salir de aquí. Hay alguien que os quiere, y solo os han citado ante el juez por perturbar el orden público, un regalo. Sed listos: que yo no vuelva a veros por aquí en mucho tiempo. O nunca, mejor dicho. De hecho, si sabéis lo que os conviene, os iréis a hacer la compra a otra parte. Vosotros ya me entendéis.

Sean no sabía por qué había tenido tanta suerte, pero la aceptó sin rechistar. Lo último que quería era tener que llamar a Luke para pedirle que fuera a pagar la fianza. Tras recoger su cartera, sus llaves, su móvil, etcétera, se puso la chaqueta y se marchó a toda prisa, preguntándose a qué distancia estaría el aparcamiento del supermercado donde había dejado su coche. Entre tanto, Dennis Avery llamó a su mujer para pedirle que fuera a buscarlo. A Sean le dolía la cabeza y tenía el ojo casi cerrado cuando salió de la pequeña comisaría.

Y allí, apoyada contra su coche, estaba Francine. Tenía muy mala cara.

—Vamos, sube —dijo—. Te llevo a casa. Luke puede traerte mañana a buscar tu coche si es que sobrevives esta noche.

—Lo dices como si desearas que me muera durmiendo —repuso él.

—No seas tonto. Para ti preferiría una muerte mucho más violenta. Venga, sube. No tengo toda la noche.

—Ya —contestó él, enfurruñado—. Tienes prisa. ¿En qué estaría yo pensando?

Cuando subieron al coche, Franci dijo:

—Tendrás que darme indicaciones. No sé muy bien dónde voy.

—Llévame a mi coche. Está en el supermercado.

—No, voy a llevarte a casa de Luke —contestó ella—. No puedes conducir, quizá tengas una conmoción cerebral. Y no quiero tener ese peso sobre mi conciencia. ¿Adónde vamos?

Sean suspiró. No le apetecía pelearse con ella.

—Hacia el sur, hasta que llegues a la autovía Treinta y Seis, y luego al este, unos veinte minutos. Te diré qué desvío tomar. Virgin River está a unos quince kilómetros de la Treinta y Seis, bastante escondido entre las montañas.

—He estado por allí. Es curioso que la llamen «autovía». Solo tiene dos carriles —dijo—. Da miedo.

—Sí, cuesta un poco acostumbrarse a esas carreteras de montaña. Eres muy amable, Francine. ¿O lo haces por venganza? ¿Vas a tirarme del coche en una curva cerrada?

Ella no le hizo caso.

—Mira, Sean, voy a hacer una cosa por ti. Voy a darte mi número de móvil para que puedas llamarme. Cuando tenga un rato libre, media hora, por ejemplo, quedaremos para tomar un café. Podremos tener esa conversación en la que estás tan empeñado. Quizá consigamos aclarar un par de cosas. Después, dejarás de incordiarme. ¿Entendido? Porque no estoy de ánimo para todo esto. Tuviste tiempo de sobra para decidirte y fuiste muy claro. No querías compromisos, ni hijos. Yo he seguido con mi vida y, si tú no has hecho lo mismo, va siendo hora de que lo hagas. ¿Entendido?

Lo que Sean entendía era que ahora tenía media hora más que antes. Tendría que encontrar el modo de sacarle provecho.

—No tenía por qué ser así, Franci —dijo con suavidad, confiando en que su voz sonara tierna.

—Y sin embargo así es —le informó ella.

Después de dejar a Sean en casa de Luke, Franci volvió por la 36, la carretera más oscura por la que había circulado nunca. Tuvo tiempo de pensar y de reconocer que había recibido sus mensajes de voz. Los dos que le había dejado. El primero llegó cuando estaba de parto, seis meses después de que se separaran, y decía:

—¡Hola, Fran! ¿Qué tal te va, nena? Dame un toque. Tenemos que mantenernos en contacto, ¿no?

La segunda llegó cuando estaba en casa de su madre con su bebé de diez días y se pasaba los días dando el pecho, paseándose de un lado a otro por la casa, durmiendo y llorando. No fue mejor que la primera:

—Bueno, Franci, ¿es que no me vas a llamar? Vamos, nena. No hay razón para que no hablemos, ¿no? Quiero contarte lo del U-2. Llámame.

Poco después se dio cuenta de que escuchaba aquellas dos llamadas una y otra vez, deseando sucesivamente matarlo y que fuera a buscarla. Sabía que estaba metida en un buen lío. Pasadas unas semanas, Sean no volvió a dar señales de vida y, para ponerse a salvo, ella cambió de número de móvil y de dirección de e-mail. Luego, empezó a buscar otro trabajo y un modo de salir de Santa Rosa.

Siempre había sabido, desde el momento en que se había despedido de Sean cuatro años antes, que en algún momento tendría que enfrentarse a él. No sabía exactamente cuándo ni cómo, pero había creído que tendría más tiempo para prepararse.

Su hija Rosie, que tenía tres años y medio y era extremadamente precoz, le había preguntado hacía poco:

—¿Dónde está nuestro papá?

Era curioso que hubiera dicho «nuestro papá», pero, por otra parte, aquella idea era completamente nueva para ella: acababa de darse cuenta de que no tenía papá. En el colegio había muchos niños de padres separados, pero casi todos parecían saber dónde estaban su papá y su mamá. Casi siempre se turnaban para ir a recogerlos.

Rosie no había preguntado quién era su papá, sino dónde estaba.

—Está volando en un avión muy, muy rápido, en la Fuerza Aérea —había contestado Franci—. Viaja por todo el mundo y está muy ocupado haciendo un trabajo importantísimo.

—Ah —había dicho su hija.

Seguramente, lo único que había entendido era que Franci sí sabía dónde estaba su padre, y eso era muy importante. Franci sabía, sin embargo, que pasados unos meses, un año o quizá dos, cuando su mundo se hiciera más grande, Rosie comenzaría a preguntar cómo se llamaba su padre o por qué no iba a verlas. Y, al final, acabaría preguntando por qué no estaban casados. Sería cada vez más difícil contestar a sus preguntas, y a Franci le costaba afrontar que, de algún modo, tendría que decirle a Rosie que su papá no quería saber nada de ella porque no le interesaba lo más mínimo ser padre.

No le había hablado a su madre de la pregunta de Rosie porque Vivian le había preguntado muchas veces cómo pensaba afrontar la situación. Y porque desde el principio se había opuesto a su actitud.

—Muy bien, no te cases con él —le decía—. No tengas ninguna expectativa respecto a él. Así no te defraudará su comportamiento. Pero merece saber que tiene una hija.

En otras circunstancias, Franci habría estado de acuerdo.

—Mamá, Sean fue tajante. No quería tener hijos. Y tampoco quería casarse.

—Pero todo eso suele cambiar cuando hay un hijo de camino —había respondido su madre.

—Exacto —había replicado ella—. Por eso quiero hacer esto sola, al menos por ahora. Porque solo me interesa casarme y tener hijos con un hombre que me quiera tanto como yo a él, y que quiera a nuestra hija tanto como la quiero yo. ¿Es que no lo entiendes?

—Claro que lo entiendo. Pero, te guste o no, cuando te quedas embarazada por accidente, tienes el deber de decírselo al padre, y que pase lo que tenga que pasar. Debes decírselo, al menos, aunque luego afrontes su reacción como te parezca más conveniente.

—Lo haré. En su momento —había dicho Franci.

El problema no era que le pareciera bien mantener en la ignorancia a Sean. Pero cuando había descubierto que estaba embarazada y, después, cuando Rosie acababa de nacer, no se había sentido con fuerzas para que Sean volviera a formar parte de su vida. Había pensado que, con el tiempo, estaría lista para afrontar la situación sin que su vida entera se desbaratara. Sabía que se exponía a que Sean rechazara por completo a Rosie, pero esa era una posibilidad tan dolorosa que no se atrevía a contemplarla. En el mejor de los casos, llegarían a un acuerdo de visitas y, poco después, Rosie empezaría a pasar tiempo con él. Con el tiempo quizá tuviera que convivir con la nueva familia de su padre, porque estaba claro que Sean encontraría en algún momento una mujer con la que sí estaría dispuesto a comprometerse. Estar separada de Rosie sería durísimo, y ver a Sean con regularidad... Verlo feliz con otra mujer sería una tortura.

Cuando se habían visto en Arcata, debería haber quedado con él para tomar un café. Pero aún no estaba preparada.

Le avergonzaba pensar que había fantaseado con una reconciliación. Pero ella era, ante todo, razonable y práctica. Y si hubiera habido posibilidad de que se reconciliaran, lo habrían hecho hacía mucho tiempo. Además, le horrorizaba la idea de que Sean llegara a la conclusión de que, dado que tenían una hija, debía hacer lo correcto y casarse con ella. No le apetecía ser una especie de premio de consolación ni ahora, ni cuando estaba embarazada de dos meses.

Al encontrárselo de nuevo en el supermercado, se había enfurecido con él por sorpresa. Si hubiera sabido que iba a verlo, habría estado mejor preparada. Se habría mostrado más sensata y razonable. Pero la había pillado desprevenida por segunda vez.

Desde que había nacido Rosie sabía que algún día tendría que buscar a Sean y explicarle lo mejor que pudiera por qué había decidido tener sola a su hija. Para ella había sido una decisión muy sencilla, aunque no fácil. Sean no la quería lo suficiente para comprometerse con ella antes de saber que estaba embarazada, y ella no quería que se sintiera obligado a casarse solo porque tenían una hija. Sin embargo, como se conocía a sí misma y sabía lo poderosos que eran sus sentimientos, temía que le fuera imposible decirle que no. Y vivir en un matrimonio que no era sincero ni genuino acabaría siendo demasiado doloroso para todos ellos.

Ahora lo más importante era Rosie. Mucho más importante que Sean y que ella. Tendría que tomárselo con calma, impedir que Sean se tomara las cosas a la tremenda y asegurarse de que Rosie llevaba una vida normal, sin sobresaltos. Empezarían por mantener un par de charlas, Sean y ella. Le haría comprender que había seguido adelante con su vida y que había aceptado su decisión de pasar página.

Y después, cuando todo estuviera claro, Rosie podría conocer a su padre.

Esa noche, cuando entró en casa de su hermano, Luke, Shelby y Art estaban sacando la comida preparada que habían comprado en el bar de Jack. Ello se debía, claro, a que él no había llegado a tiempo con la compra. Entró con la mejilla amoratada, un ojo morado y la nariz hinchada, aunque el médico le había dicho que seguramente no estaba rota. Eso por no hablar de su mano, que mantenía en el bolsillo de la chaqueta porque iba a costarle un gran esfuerzo empuñar un tenedor.

Se volvieron los tres cuando entró por la puerta y se quedaron completamente inmóviles, mirándolo boquiabiertos. Por fin Art dijo:

—Hola, Sean. ¿Esa chica no quería salir contigo?

—¿Os importa que no hablemos de ello, por favor? —preguntó Sean.

No hablaron de ello, pero su silencio pendió sobre la mesa como un sudario durante toda la cena. Mientras Shelby y Art fregaban los platos, Sean sacó una cerveza de la nevera, se puso la chaqueta y salió al porche. Dos minutos después, Luke se reunió con él provisto de otra cerveza. Los Riordan eran cinco hermanos. Luke era seis años mayor que él y, cuando no se peleaban, estaban muy unidos.

Sean le explicó que se había encontrado con Franci mientras hacía la compra. Después de escuchar la historia, Luke preguntó:

—Entonces, si no he entendido mal, ¿un forzudo de casi dos metros decidió salir en defensa de Franci y tú lo agrediste?

—Sí, más o menos —contestó.

—¿Y por qué pegaste a un tipo que era más grande y fuerte que tú? Normalmente siempre consigues librarte con tu labia.

—Porque ese tipo intentaba mantenerme apartado de ella, Luke.

Su hermano se quedó pensando un momento. Luego dijo:

—Chico, creo que tienes un problema muy serio. ¿Qué te pasa con esa mujer? ¿Eh?

—No lo sé —contestó Sean, abatido—. Creía que podía olvidarla, pero tiene algo. Puede que estuviera más enamorado de ella de lo que creía.

—Y, solo por curiosidad, ¿por qué hace cuatro años no sabías lo que sentías por ella?

—¿Cómo quieres que yo lo sepa? —después de otro silencio, añadió por fin—: Creía que lo tenía todo bajo control.

CAPÍTULO 4

Un par de días después de la pelea en el supermercado, Franci cumplió su palabra y quedó con Sean para tomar un café. Necesitaba aclarar la situación. Cuando Sean apareció en la cafetería, tenía muy mala cara. Tenía la mejilla magullada, la nariz ligeramente desviada, un ojo morado y más cerrado que el otro, lo cual, por desgracia, no impedía que siguiera estando guapísimo. Tenía el ceño fruncido y llevaba la mano derecha vendada, aunque Franci se consoló pensando que por lo menos no habían tenido que escayolársela. Se acercó a la mesita redonda que ocupaba ella y la miró con enfado. Sus ojos brillaban, entornados. Franci conocía aquella expresión. No la había visto muy a menudo, porque Sean solía estar de buen humor, pero la había visto. «Está harto», se dijo. Se había cansado de hacer el tonto. Era hora de aplacarlo si quería que la escuchara cuando por fin encontrara el momento adecuado para confesárselo todo. Necesitaba que se mostrara razonable. Comprensivo. Atento a sus preocupaciones.

—¿Estás bien? —le preguntó.
—Sobreviviré. ¿Quieres que te traiga algo?

Franci levantó su vaso de café.

—No, gracias —luego respiró hondo mientras él iba a pedir uno. Cuando se sentó frente a ella, preguntó—: ¿Te duele?

—Me duele la cabeza —contestó, irritado—. Pero seguramente no es más que una fractura de cráneo de nada con daños cerebrales.

Franci intentó no sonreír.

—¿Te han hecho radiografías? —preguntó, señalando su mano con la mirada.

—Es un esguince. Está amoratada y dolorida, nada más. Imagino que te decepcionará saber que voy a recuperarme por completo.

—Eh... Bueno... En fin, creo que los dos deberíamos procurar que las cosas no se nos vayan de las manos.

—Tú primera —dijo él.

Bebió un sorbo de café y levantó la barbilla, cerró los ojos y dejó escapar un gemido. Cuando abrió los ojos, los tenía llenos de lágrimas. Se había quemado.

Estaba teniendo unos días muy malos. Franci se tapó la boca para que no se le escapara una sonrisa.

¡No, por favor! No quería que Sean le hiciera gracia. Quería sentir repulsión por él. Quería tenerle rencor, estar furiosa con él. No quería sentir nada por él, como no fuera un poco de odio. Se acordaba muy bien de lo que le había gustado de Sean al principio: era tan guapo y tan divertido... Y después, cuando se quedaban a solas, podía hacerla suplicar. Podía ser tierno y encantador. Podía ser apasionado y vehemente. Pero de eso no quería acordarse.

Esperó un momento. Seguramente Sean también la culpaba por haberse quemado la boca.

—Bueno, Franci —continuó él por fin—. ¿De qué era ese uniforme que llevabas?

—Trabajo en una unidad aérea de urgencias médicas, estoy asignada a los traslados en helicóptero —levantó las cejas—. Soy enfermera de vuelo.

—Supongo que por eso no te he encontrado en las clínicas ni en los hospitales —dijo Sean mientras soplaba su café.

—¿Me has estado buscando? —preguntó ella—. ¿Desde cuándo?

—Desde que me encontré contigo en Arcata y me dijiste que no querías volver a hablar conmigo.

—No dije eso exactamente, ¿no?

—Faltó poco. Encontré tu dirección enseguida porque te has comprado una casa, pero pensé que era mejor tomarse las cosas con calma, dado que evidentemente seguías enfadada conmigo. Me pareció que podía molestarte que me presentara en tu casa. Antes tenías una pistola. Eras militar y estabas en zona de guerra. Pero tenía tantas ganas de verte que aun así estaba dispuesto a arriesgarme.

Ella se echó hacia atrás en su silla.

—Ya no tengo pistola. Pero ¿cuándo decidiste que querías volver a verme? —preguntó—. Nos encontramos después de años sin vernos, ¿y de pronto todo cambia para ti?

—Bueno, la verdad es que no fue así —dijo Sean sin pensárselo—. Cuando nos separamos, estábamos los dos enfadados. Luego estuve muy atareado, incorporándome a mi nuevo destino, tuve que empezar un nuevo programa de entrenamiento y aclimatarme a la nueva base y a mis nuevos compañeros de escuadrilla, pero pasados unos meses ya no podía posponerlo más. Habíamos acabado mal y no podía creer que ninguno de los dos quisiera que las cosas terminaran así entre nosotros. Así que te llamé. No me devolviste la llamada, y lo intenté otra vez. Pero habías cambiado de número de móvil. Tu cuenta de e-mail me devolvía los mensajes. Estuve unos meses más lamiéndome las heridas y luego llamé a casa de tu madre para ver si podía ponernos en contacto, pero no estaba. Tenía el teléfono desconectado, había vendido la casa y se había mudado. En la base de Luke no quedaba ya ninguna de tus amigas, y además no me acordaba de sus nombres, así que no tenía a nadie a quien preguntar.

—¿No te acordabas de sus nombres? —preguntó ella.

Sean hizo una mueca.

—No me acordaba de sus apellidos. Lo siento. No sabía que iba a tener que examinarme. Así que no respondías y habías desaparecido. Pensé que quizá te habías casado o algo así. Dejé de buscar. Pero seguía teniendo esa inquietud por cómo habíamos roto. Las cosas no debieron ser así.

—¿Ah, no? —preguntó Franci antes de beber un sorbo de café.

—Fuimos los dos demasiado tozudos. Estábamos enfadados. Quería encontrarte para decirte que teníamos que volver a hablar de nuestra situación. Con calma.

—¿Has cambiado de idea respecto a comprometerte en una relación y tener hijos? —preguntó.

—Ya estaba comprometido antes —contestó Sean, molesto, con voz baja y rasposa—. No necesitaba que un documento lo demostrara. Por eso quería que habláramos.

Franci se recostó en la silla.

—No veo de qué tenemos que hablar —dijo, exasperada—. Por eso nos separamos. Yo quiero el documento y quiero tener una familia, y tú no.

—Quería otra oportunidad —gruñó él—. No me gustó que me forzaras a pensar en casarme sin estar preparado, sin sentir que también era idea mía. Pero cuando te fuiste lo pasé mucho peor.

—Entonces, ¿por qué no me lo dijiste en tus mensajes?

Sean ladeó la cabeza, esbozó una sonrisa y levantó la ceja del ojo bueno.

—¿En los mensajes que no recibiste? —preguntó.

—Está bien, los recibí. Pero eran tan genéricos que no había nada a que responder. No decías: «Lo siento, quiero que volvamos a intentarlo», ni «no puedo vivir sin ti». Solo decías: «No deberíamos perder el contacto, nena».

Sean se inclinó hacia ella.

—Bueno, ¿y qué quieres, si estaba hablando con el éter, sin

saber de qué humor estabas? Y sin saber quién más podía estar oyendo tus mensajes. Tu nuevo novio, quizá, o tu marido. Quería hablar contigo, no complicarte la vida. Me lo dejaste muy claro: o nos casábamos, o me dejabas. Que yo supiera... —se detuvo, tomó aire—. Que yo supiera, podías haber encontrado a alguien que estuviera dispuesto a casarse. Y haber fundado una familia.

Era tentador confesárselo todo allí mismo, pero Franci se mordió la lengua. Tuvo que bajar los ojos para que no viera que se le habían saltado las lágrimas. De pronto lo revivió todo: lo terrible que había sido su ruptura, sabiendo que Sean no soportaba la idea de cargar con ella de por vida. Después, sintió miedo, miedo a que él quisiera otra oportunidad y a que solo pudieran volver a la situación anterior. O a que él estuviera dispuesto a dar el paso y que al enterarse no le perdonara lo que había hecho.

Su mente era un torbellino.

—Te he dado un montón de oportunidades, Sean. Un montón de tiempo. Y no moviste ni un dedo. No quería seguir teniendo una relación tan precaria el tiempo que tardaras en llegar a la conclusión de que estabas harto y no querías seguir conmigo —tragó saliva—. No quería entregar mis mejores años a un hombre que no podía tomar una decisión.

Sean se inclinó hacia delante y la miró con seriedad.

—¿Qué hice o dije para que pensaras que lo nuestro no iba en serio? ¿No éramos una pareja? ¿Una pareja estable? ¿No vivíamos prácticamente juntos? ¿Creías que iba a estar así contigo un par de años para luego dejarte en la estacada ¿Tan poco confiabas en mí? —preguntó.

Franci se encogió de hombros.

—¿Por qué iba a confiar en ti? Pasábamos las noches juntos, Sean, pero cada uno tenía su casa y tú nunca propusiste que viviéramos juntos. No querías complicarte la vida. Pensabas que tus amigos que se habían casado habían mordido el polvo.

Y que los que tenían hijos estaban atrapados. Yo quería algo sólido, y en aquel momento quería estar contigo, pero si no podía ser, debía tener el valor de pasar página. ¿No? ¿No te parece razonable?

En lugar de responder a la pregunta, él dijo:

—Puede que haya cambiado.

—¿Ah, sí? —preguntó ella en tono descreído—. ¿Y cómo eres ahora?

—Hay cosas que han cambiado, Franci. Para empezar, ya no estamos juntos. Pensaba que podría seguir pasándolo bien, pero sin ti ya no me divertía. Pensaba que los Riordan no sientan la cabeza, hasta que vi morder el polvo a Luke, del que menos lo esperaba...

—Ahí lo tienes otra vez. «Morder el polvo».

—Si lo hubieras visto resistirse, te habrías quedado impresionada. Lo que quiero decir es que me esforcé por seguir adelante sin ti porque pensaba que no tenía elección. Y cuando te vi en ese restaurante de Arcata, comprendí que no podía pasar ni un día más sin intentar comprobar si... Solo quiero saber si podemos arreglarlo. Si no podemos, si tú ya no eres la misma, no soy tonto: no quiero estar con una mujer que no me quiere. Pero...

—Yo tampoco quería estar con un hombre que no me quería —le recordó ella, levantando la barbilla con orgullo. Luego, como si se lo pensara mejor, añadió—: Que no me quería suficiente.

—*Touché*. Lo reconozco: me equivoqué. Pero tú también. Fui un idiota. Pero tú tenías muchísima prisa.

Bueno, en eso tenía razón, pensó Franci. Se inclinó hacia él y sacudió la cabeza.

—No tenía forma de saber si ibas a cambiar. Y no podía quedarme esperando. Mi reloj biológico seguía haciendo tictac —¡y de qué manera!

De nuevo, en lugar de responder, Sean dijo:

—¿Estás con alguien ahora?

Se quedó paralizada. De hecho, estaba con alguien. Pero desde la reaparición de Sean, apenas se había acordado de él. Pensó en decirle a Sean que tenía novio solo para que dejara de presionarla. Pero sentía un deseo igualmente fuerte de decirle que no lo tenía, lo cual le daría alas. Al final respondió:

—He salido con algunos chicos, intentando relacionarme con gente y no estar encerrada. ¿Y tú? ¿Estás con alguien ahora mismo?

Él sacudió la cabeza.

—Vamos a intentarlo otra vez —dijo en voz baja y suplicante. Como si hubiera sido todo un malentendido sin importancia.

—No tan deprisa —contestó Franci—. No sé si quiero volver a intentarlo. Tenemos problemas sin resolver. A no ser que hayas cambiado mucho, no buscamos las mismas cosas en una relación de pareja, ni en la vida. Es demasiado tarde para hacer terapia de pareja. Estoy dispuesta a que seamos amigos, pero hasta eso tenemos que tomárnoslo con mucha calma. El mundo no se detuvo cuando rompimos, Sean. Yo seguí viviendo.

—Claro que sí, Franci —dijo, y tomó su mano sobre la mesa—. Los dos hemos intentado seguir adelante, y hemos acabado aquí.

—Estoy segura de que no hablamos de las mismas cosas —dijo ella—. Estoy segura de que tu vida amorosa en este tiempo ha sido muy distinta de la mía —añadió, refiriéndose a que él se habría acostado con un montón de mujeres.

Era un auténtico donjuán cuando se conocieron, y la había sorprendido un poco tenerlo para ella sola. Lo lógico era que, después de dejar su relación, hubiera vuelto a las andadas.

—He salido con algunas mujeres —reconoció—. Nada muy... Muy satisfactorio.

Ella levantó la barbilla.

—Y yo me he vuelto muy independiente. Hacía años que no sabía nada de ti. No me esperaba esto.

—Pues aquí me tienes —contestó él en voz baja, cargada de intención—. Deja que te invite a cenar esta noche.

—No. Estoy ocupada.

—Mañana, entonces.

—Mañana salgo. Tengo planes. Podemos tomarnos un café el domingo por la tarde, si estás libre. Podemos hablar, Sean. Aclarar cosas y llevarnos un poco mejor.

—Quiero pasar tiempo contigo...

—Será mejor que dejes que me lo piense. Mi vida ha cambiado demasiado como para embarcarme ahora en una relación como la que tenía contigo.

—¿Estás más delgada? —preguntó él, cambiando de tema—. Lo pareces.

—Empecé a correr después de... Cuando me mudé aquí. He corrido dos maratones.

—¿En serio? —dijo, impresionado. Sonrió, hizo una mueca de dolor y se tocó la mejilla—. Bueno, estás fantástica. Creo que correr es lo tuyo. Te sienta bien. Y el pelo... Si me hubieras dicho que pensabas cortártelo tanto, me habría dado un ataque, pero la verdad es que... que estás muy sexy, esa es la verdad.

Franci se acaloró al oírle, y se odió por ello.

—He cambiado mucho más de lo que parece —dijo en tono de advertencia—. Estos últimos años he acumulado mucho lastre emocional. Tengo compromisos. Por ejemplo, mi madre y yo nos mudamos juntas aquí. Ella era viuda, yo soltera... Era lógico.

—Claro. ¿Qué tal está? —preguntó Sean.

—Estupendamente. Trabaja como enfermera de un médico de familia. Se alegra de que nos mudáramos aquí. Le gusta esta zona y ha hecho amigos. Además, tengo dos empleos, Sean. Hago a la semana dos turnos de veinticuatro horas en la unidad aérea y doy un par de asignaturas en la Universidad Humboldt.

Cursos de enfermería. Es un horario que me conviene. Me deja el tiempo que necesito para equilibrar mi vida laboral con mi vida familiar. Y para mí ambas son muy importantes.

—¿Enseñas enfermería? —preguntó él, sorprendido.

Franci hizo un gesto afirmativo con la cabeza.

—Desde hace un año, más o menos. Resulta que me gusta.

—Shelby, mi cuñada, estudia enfermería. Es un encanto. Lo mejor que le ha pasado a Luke. A lo mejor la conoces.

—¿En qué curso está? —preguntó Franci.

—En primero. Se casaron en su primer semestre porque esperaron a que Paddy y Colin volvieran de sus misiones en el extranjero. Querían que nos reuniéramos todos. Es mucho más joven que Luke y acaba de empezar a estudiar.

Franci ladeó la cabeza y sonrió, pensando en lo paradójico que era que Luke, siempre tan mujeriego, hubiera acabado con una joven dispuesta a estudiar una carrera.

—No, seguro que no la conozco. El primer curso, los estudiantes tienen sobre todo asignaturas de humanidades. Yo doy una asignatura de cirugía y otra de tratamiento de pacientes de urgencias. Soy una entre muchos profesores. Doy clase sobre todo a alumnos de los últimos cursos. Comparto despacho con otra profesora y solo doy clase un par de días a la semana. Tengo muchas reuniones, eso sí.

—Nunca te gustaron las reuniones —comentó él con una sonrisa—. Tendré que decirle a Shelby que se presente. Te va a encantar. Es...

—Cada cosa a su tiempo, ¿de acuerdo? —dijo ella con impaciencia—. ¿Qué tal está tu madre?

—Está genial. Sobre todo desde que Luke se ha casado y está intentando ser padre. Puede que por fin consiga que alguno de nosotros le dé un nieto.

Franci se puso colorada. Había tanta gente que iba a enfadarse cuando se enterara de lo de Rosie... No creía que pudiera haberlo hecho de otro modo, de todas formas. Bueno, sí:

podría habérselo dicho a Sean. Pero Sean era un buen chico y se habría casado con ella al instante, o su madre lo habría matado. Si no la engañaba la memoria, Maureen Riordan tenía una influencia muy poderosa sobre sus hijos.

—¡Qué bien! —fue lo único que pudo decir—. Sean, esto va a llevar tiempo. Las cosas han cambiado demasiado.

—No tanto. En gran parte, siguen igual —repuso él.

—Solo se me ocurre una forma de hacerlo y es que empecemos desde cero —dijo ella—. No podemos retroceder cuatro años e intentar desenredar aquel lío. Tenemos que aceptarnos tal y como somos ahora, y seguir a partir de ahí. Has dicho que ya no eres el de antes. Pues yo tampoco soy la misma, ¿sabes, Sean? No soy la que lloraba todos los días, cuando rompimos. Soy mucho más fuerte. Los dos hemos cambiado.

—Puede que sí —convino Sean—. Puede que hayamos mejorado —sugirió—. Pero, te guste o no, Franci, tenemos un pasado, algo en común.

Ella sintió que el corazón le daba un vuelco.

—Sí. No sabes cuánto.

Había, de hecho, un hombre en la vida de Franci desde hacía un par de meses. Conocer a T. J. Brookner había sido una de las grandes ventajas de su trabajo a tiempo parcial en la universidad. Biólogo marino y oceanógrafo, T.J. era un tipo estupendo. Tenía cuarenta años, estaba divorciado y era padre de dos niñas preadolescentes. Franci era una de las pocas submarinistas tituladas del departamento de enfermería y, como tenía tiempo libre, le habían pedido que impartiera un curso breve de primeros auxilios para submarinistas principiantes. Como le encantaba bucear, había aceptado encantada y así había conocido a T.J. Habían quedado un par de veces para bucear y, después de varias llamadas, habían cenado unas cuantas veces para conocerse mejor, y Franci había descubierto que era un hombre muy divertido y que tenían en común numerosas aficiones.

Le gustaba que fuera diez años mayor que ella; parecía sensato y muy seguro de sí mismo. Tenía un trabajo estable y le gustaba su vida. Franci respetaba los parámetros que establecía para tener una relación: si intimaban, no habría nadie más para ninguno de los dos y, aunque no era reacio a tener una relación duradera, dejaba muy claro desde el principio que no iba a tener más hijos. Después de nacer su hija pequeña, se había hecho la vasectomía y procuraba mantenerse alejado de mujeres con ansias de ser madres. Franci sabía que solo quería conocer a una mujer madura, inteligente, divertida y atractiva con la que compartir su tiempo.

A ella le convenía el acuerdo. Era agradable tener a alguien con quien bucear, con quien dar largas carreras o incluso practicar el sexo. Hasta ese momento, no había salido con nadie en serio, solo de vez en cuando con algún compañero de trabajo, o con alguno de los chicos de su club de atletismo. Por primera vez desde hacía mucho tiempo se sentía contenta: tenía a su niñita, a su madre, un trabajo que le encantaba y un novio. ¡Qué alivio era sentirse tan asentada, tan en el buen camino!

Como llevaba poco tiempo en la facultad, las habladurías acerca de T.J. tardaron en llegar a sus oídos. Llevaba un par de meses saliendo con T.J. cuando descubrió que las alumnas lo llamaban «Profesor Cañón». Le divirtió el apodo y bromeó con T.J. al respecto, pero enseguida descubrió que a él no le hacía tanta gracia. Dijo que las chicas coqueteaban con él sin ningún pudor y que esas cosas podían dar lugar a rumores peligrosos y causarle un montón de problemas. Incluso reconoció que tal vez aquellas habladurías habían contribuido a su divorcio, puesto que su mujer era muy celosa.

—Dios mío, espero que tu exmujer no se pusiera celosa

solo porque las chicas de primero se enamoraban de un profesor guapo. Nos pasa a todas. A mí también, y apuesto a que incluso te pasó a ti —le había dicho ella, riendo.

—Te aseguro que yo nunca tuve una profesora que se pareciera a ti —le había informado él con entusiasmo.

—Muchas gracias. Pero debería halagarte tener tantas admiradoras. Profesor Cañón.

—Y me halaga, siempre y cuando no me perjudiquen —había reconocido él.

A decir verdad, el mote le sentaba como un guante. T.J. era increíblemente guapo y tenía una sonrisa muy sexy, de modo que las risitas y las murmuraciones de las alumnas le parecían muy previsibles y no les daba ninguna importancia. Ella misma no tenía ningún problema en reconocer que su sonrisa había sido lo primero que la había atraído de él.

Y justo ahora, cuando pensaba que su vida empezaba a ser normal, aparecía Sean. Pensándolo bien, Sean siempre había tenido un pésimo sentido de la oportunidad, como demostraba la existencia de su pequeña pelirroja de tres años.

De pronto era consciente de un problemilla: cuando pensaba en T.J., se preguntaba qué irían a hacer el fin de semana siguiente (¿irían al cine, a cenar o a bucear?). Pero cuando pensaba en Sean, solo le daban ganas de quitarse la ropa.

Al decirle a Sean que no podían quedar el sábado, Franci había omitido, en cambio, que esa noche tenía una cita con T.J. Pero después de que Sean pusiera su vida patas arriba, no estaba de humor para salir con nadie. Y era imposible que su cita culminara como solía. Estaba demasiado distraída para eso y pensó en cancelarla. Se quejó a su madre de que le dolía la cabeza.

—Tómate algo —le dijo Vivian—. Rosie y yo vamos a pasar la noche en mi casa durmiendo a pierna suelta. ¿Por qué no sales? Intenta divertirte. Puedes quedarte por ahí hasta muy tarde, o irte tú también a dormir a casa de algún amigo —añadió su madre con un guiño.

—¡Vamos, mamá! —dijo Franci con humor.

—Tómate un par de aspirinas y diviértete.

Franci no le había hablado de la súbita reaparición de Sean porque sabía que Vivian no la dejaría tranquila. Empezaría a insistir en que debía decirle la verdad y en que, como padre, tenía ciertos derechos. Y a Franci aquel asunto ya la angustiaba lo suficiente sin necesidad de que interviniera su madre. Así que por fin mantuvo su cita con T.J., más por quitarse de encima a Vivian que por que tuviera ganas de salir.

T.J. fue a buscarla a las seis y, al abrirle la puerta, Franci recordó de inmediato por qué había empezado a salir con él: era un hombre guapísimo. No era de extrañar que las mujeres hicieran cola para ir a investigar o a bucear con él. Ella también se había enamorado de su profesor de Biología cuando estudiaba en la universidad, no hacía tanto tiempo, y aunque la cosa no había pasado de unas cuantas fantasías deliciosas, si él hubiera estado dispuesto, ella se habría lanzado sin pensárselo dos veces.

—Voy a llevarte a un restaurante estupendo que han abierto cerca de la universidad —le dijo T.J. cuando estaban en el coche—. Su especialidad es el salmón, por razones obvias: es el pez que más se pesca aquí. Sus fetuchini al salmón están de muerte.

—Ya sabes que no me gusta el salmón —le recordó ella.

—Eres la única submarinista que conozco que no come salmón —repuso él—. ¿Por qué no lo pruebas? Algún día encontraremos un plato de salmón que te encante.

—¿Vas a pedir algo que me guste a mí para que podamos cambiarnos los platos si no me gustan los fetuchini? —preguntó Franci.

Él suspiró.

—¿No pido siempre lo mejor para los dos?

—No —Franci se rio—. Pides siempre dos platos que te gustan. No sé por qué te molestas siquiera en enseñarme la carta.

—¿No comes lo suficiente? —preguntó él, un poco molesto.

—Claro que sí. No eres nada tacaño, y me encantan los entrantes y las ensaladas que eliges. Cuando llegamos al plato principal, normalmente ya estoy llena, de todos modos.

—Eso suena un poco desagradecido, en mi opinión —refunfuñó.

—¡Qué va! —Franci se echó a reír—. Pides comida suficiente para cuatro personas y no me importa que siempre te lleves la bolsa con las sobras para que puedas volver a disfrutarla. La verdad, T.J., es que deberías ser crítico gastronómico. Bueno, dejemos de discutir por el menú. Todavía ni siquiera hemos llegado al restaurante. Háblame del viaje a Cabo.

T.J. aceptó encantado. Mientras se dirigían al norte de Arcata, le habló de su reciente expedición de buceo a Cabo San Lucas. Había ido con un grupo de instructores y alumnos. Por su conversación, no quedaba claro si habían cumplido todos los objetivos científicos de la expedición, pero sí que habían hecho varias inmersiones fantásticas y que habían comido en algunos restaurantes mexicanos maravillosos. Habían llevado a un total de dieciséis alumnos, doce de ellos chicas, le dijo.

Franci preguntó de pronto:

—¿Nunca sientes la tentación de acostarte con ellas? ¿Con esas alumnas que te idolatran?

Él la miró con sorpresa; luego soltó una carcajada y sacudió la cabeza.

—Pero, Franci, ¿no habíamos hablado ya de eso? —agarró su mano y se la apretó—. ¿Hablas en serio?

—Tengo curiosidad —respondió—. Lo siento, ¿te ha parecido una pregunta ofensiva?

—Eso depende de por qué lo preguntes. ¿Has oído algo? ¿Algún cometario sobre mí?

—No, nada de eso —contestó, riendo—. Pero a veces debe de ser difícil ser un hombre soltero entre tantas chicas jóvenes, sobre todo cuando vais de viaje al extranjero, o cuando salís de expedición en barco varios días. Seguramente estarás rodeado de chicas irresistibles y bellísimas que creen que eres capaz de caminar sobre las aguas y que no se lo pensarían dos veces si pudieran... —se detuvo antes de ponerse realmente ofensiva.

T.J. arrugó el ceño y apretó otra vez su mano.

—Podría ser, si me interesara alguna. Pero me siento mucho más cómodo con mujeres con las que puedo mantener una conversación. No me interesa estar con una alumna de primero o segundo que estaría más que dispuesta a ayudarme a perder mi puesto en la facultad —la miró—. Porque, por si estás pensando en darte a esas actividades, es la manera más fácil de que te despidan: mezclarte con el cuerpo estudiantil, por así decirlo.

—Vamos, por favor —dijo ella con una risa—. Ni en un millón de años. Pero los hombres son distintos.

—No tan distintos. Esto es muy raro, viniendo de ti. Nunca había sacado el tema...

—Claro que sí —contestó ella—. Por lo visto en la universidad todo el mundo sabe que vuelves locas a las chicas. Y como eres divorciado...

—Ten cuidado, o empezarás a hablar como Glynnis, mi ex. Estaba obsesionada con mis alumnas, sobre todo después de tener a las niñas. Ya no se sentía a gusto cuando se ponía en bikini —le sonrió—. Para haber tenido una hija, tú, desde luego, no has perdido tu figura.

—Por eso precisamente me he acordado de ese tema —dijo Franci—. Te vas de viaje al extranjero con una docena de chicas de dieciocho años prácticamente en cueros, que además te consideran una especie de dios... —se aclaró la garganta—. Imagino que a veces te costará concentrarte.

T.J. se echó a reír.

—Nunca me has preguntado en serio cómo me las apaño en esos casos. Solo para que lo sepas, tengo que tomarme un montón de molestias para evitar situaciones comprometidas. Procuro que haya siempre presente un profesor asociado o un ayudante. Jamás recibo a una alumna a puerta cerrada en mi despacho. Y, si por algún motivo tengo que reunirme con una a puerta cerrada, siempre hay un ayudante en el pasillo, junto a la puerta. En los viajes, a todo el mundo se le asigna un compañero o dos. Solo viajo en grupo. En serio: si alguna vez toco a alguna, seguro que pone el grito en el cielo y consigue que me despidan.

—Pero ¿no te dan tentaciones?

—Soy de carne y hueso, Franci: claro que me dan tentaciones. Menos en los dos últimos meses —añadió con una sonrisa—. Pero ¿a qué viene esto? No estarás celosa, ¿verdad? ¿Te preocupa correr riesgos estando conmigo? Porque además de que tenemos cuidado, ya te he dicho que me he hecho análisis y...

Franci se rio, incómoda.

—Nada de eso, T.J. Simplemente, se me ha ocurrido. Acabas de volver de pasar una semana en Cabo, lejos de ojos indiscretos, te lo has pasado en grande y... tenía curiosidad.

—Soy consciente de que de vez en cuando circulan rumores, pero por lo visto lo único que puedo hacer es no darme por aludido. Créeme, si hubiera un ápice de verdad en esas habladurías, ya me habrían pillado con los pantalones bajados —se rio otra vez—. Además, tú me das credibilidad. Tener una novia como tú, con tu físico y tu intelecto, ha conseguido que esos chismorreos se reduzcan casi a cero.

—El gusto es mío —repuso ella.

—Mi exmujer no dormía por las noches pensando en mis posibles aventuras, pero me sorprende viniendo de ti. Soy humano, pero también soy lo bastante listo como para saber que no me conviene.

—Bronson se casó con una alumna. Ella tenía diecinueve y él cuarenta —señaló Franci, refiriéndose a otro profesor.

—Sí, y eso no lo deja en muy buen lugar. Yo prefiero no convertirme en blanco de cotilleos —le sonrió—. Además, eso no es lo que busco. Si vinieras con nosotros de viaje de buceo, solo oirías hablar a los alumnos de lo pesados que son los profesores.

—Sería divertido, T.J. —dijo ella—. Uno de estos días me invitarás a ir contigo a uno de tus viajes y te sorprenderé diciéndote que sí.

—¡Trato hecho! —contestó él con entusiasmo—. En el próximo interesante que organice, vendrás conmigo. Con nosotros —se corrigió—. Con los alumnos y conmigo.

—¿Adónde es el próximo?

—Estoy organizando una expedición a Bahía de Kino, en México, un pueblecito pesquero muy agradable. A ti quiero reservarte para un viaje más exótico, así que ten paciencia. Pero antes de que pueda ir a Bahía de Kino tengo que acabar un estudio sobre corales, y eso son cinco días en el mar...

Llegaron al restaurante, donde se sentaron enseguida, y T.J. pidió vino. También en eso el experto era él, se dijo Franci, pero no le importaba. Después de pedir la comida, T.J. seguía preguntándose si no se habrían equivocado al elegir los entrantes. Franci confiaba en que no cambiara de opinión. No le importara que pidiera por ella, pero odiaba que causara molestias a los camareros. Además, le apetecían muchísimo los champiñones rellenos de cangrejo. Seguramente era lo único que iba a gustarle de la cena, aparte de la ensalada. Era cierto que no le gustaba el salmón, y T.J. se había empeñado en pedirlo. Pero para él cenar en un restaurante era una negociación constante, un proceso complicado. A ella le encantaba, pero él se lo tomaba demasiado a pecho.

Mientras comían, T.J. siguió hablándole de su trabajo, de sus planes para hacer un estudio de corales con una de sus clases y de un par de expediciones de submarinismo al extranjero que pensaba hacer en invierno. Y...

—¿Francine? —dijo de pronto—. ¿Señorita Duncan?

—¿Eh? —ella levantó la mirada—. Perdona, ¿me he distraído un momento?

—Estaba diciendo que creo que me encantarías con el pelo largo —dijo él soñadoramente, mirándola.

—Bueno, que pidas por mí es una cosa, T.J. Pero en mi pelo mando yo. Llevarlo así es tan cómodo...

—¿Ni siquiera vas a pensar en dejártelo crecer? ¿Ni aunque te diga que me encantaría?

Ella había desviado de nuevo la mirada.

—¿Qué? —dijo cuando se dio cuenta de que seguía hablándole—. Perdona.

T.J. bajó su tenedor.

—Llevas toda la noche un poco rara. Estás distinta.

—¿En serio? Perdona —suspiró—. La verdad es que he estado a punto de llamar para cancelar la cena. Me duele la cabeza. Seguramente no soy muy buena compañía.

—No solo estás distraída, sino que además has sacado varios temas de los que no habías hablado nunca. Como lo de las chicas, las alumnas. Y eso no es un síntoma de dolor de cabeza.

Franci miró sus bellos ojos castaños un segundo. Tenía una leve sonrisa y la hizo reír. Era demasiado intuitivo para no darse cuenta de su estado de ánimo.

—Es verdad que tengo un dolor de cabeza. Se llama Sean Riordan.

—¿Ah, sí? —preguntó él—. ¿Puedo hacerme ilusiones de que sea un vendedor de seguros?

Ella negó con la cabeza.

—Es un piloto de la Fuerza Aérea. Lo conocí cuando estaba en el Ejército. La otra noche, cuando salí con mis amigas, me encontré con él.

—Ah —dijo T.J., echándose hacia atrás—. ¿Y ahora no puedes quitártelo de la cabeza?

—Ya lo creo que no —repuso ella, y dejó su tenedor. No solo sentía que necesitaba sacarse aquello del pecho, sino que creía deberle una explicación. A fin de cuentas, eran pareja—. No se lo he dicho a nadie, T.J. Ni a mi madre, ni a mis amigas, y menos aún a Rosie...

—¿Debo sentirme honrado? —preguntó él antes de llevarse la copa de vino a los labios y beber un sorbo—. ¿O debe entrarme el pánico?

—Es el padre de Rosie —añadió ella mirándolo fijamente a los ojos. Pero luego apartó la mirada.

Él dejó su copa.

—No me digas.

Volvió a mirarlo.

—Siempre he sabido que algún día tendría que enfrentarme a esto, pero pensaba que podría elegir el momento y el lugar. Sean me vio por casualidad hace un par de semanas, me buscó y me pidió que fuéramos a tomar un café. Me dijo que nuestra ruptura había sido un gran error, que habíamos sido los dos muy testarudos y que teníamos que volver a hablarlo.

—Vaya, es bastante directo, ¿no? Obviamente, no le diste la razón.

—Le dije que se perdiera, pero fue porque estaba furiosa. No tengo derecho a ocultarle que tiene una hija. Voy a tener que decírselo, T.J. Y no me apetece nada.

—Oh, oh. Esto no tiene buena pinta. Cuando decías que el padre de Rosie no la conocía, yo pensaba que era él quien había decidido largarse, ignorar sus responsabilidades.

—No exactamente —Franci sacudió la cabeza—. No fue así. Pero tampoco fue un error, como dice él. El error de partida fue estar juntos. Él decía siempre que no quería casarse, ni tener familia. Y yo que eso era lo que quería, cuando pasara un tiempo.

—Bueno, ¿y por qué estabas con él, entonces?

—No lo sé. Porque no podía resistirme a él. Suena a amor adolescente, ¿no? Pero yo no era una adolescente. Y fui muy feliz con él. El problema era el asunto del matrimonio y los hijos —sacudió la cabeza—. Yo sabía que, o uno de los dos cambiaba de idea, o acabaríamos separándonos. Se acercaba el final de mi contrato con el Ejército, Sean había aceptado un traslado y llevábamos juntos casi dos años. ¿Y adivinas qué? Me quedé embarazada. Soy enfermera, así que me di cuenta enseguida. Por eso lo obligué a hablar de nuestros planes de futuro como pareja. Me dijo cosas como: «Tú vas a dejar la Fuerza Aérea. Puedes irte donde quieras. Puedes trasladarte donde vaya yo, o no». A partir de ahí, todo fue de mal en peor. Le dije que quería casarme, tener hijos, y contestó que ni hablar.

T.J. tragó saliva. Bajó la mirada un momento. Agarró su tenedor y pinchó la comida, pero no comió. Cuando por fin levantó la vista, dijo:

—Y no se lo dijiste.

No era una pregunta.

Franci hizo un gesto negativo con la cabeza.

—Rompimos porque yo alegaba que necesitaba que nos comprometiéramos como pareja y a él no le interesaba. Le dije que cabía la posibilidad de que nunca estuviera preparado para casarse, que tenía que seguir con mi vida, y me contestó que, si necesitaba que se lo garantizara en aquel momento, ya podía empezar a hacer la maleta.

—Bueno, parece que tiene muy claras las cosas —comentó T.J. con desdén.

—Estábamos los dos enfadados —Franci se encogió de hombros—. Le dije que, si no quería comprometerse conmigo, que me largaba. Y él contestó que tuviera cuidado, no fuera a darme la puerta en el trasero. Dijimos los dos cosas imperdonables. Podría haberle dicho lo del embarazo, T.J. Podría habérselo gritado cuando iba a marcharse.Y seguramente él habría cumplido con su deber —le brillaron los ojos y tragó saliva—. Y yo nunca habría sabido si... —su voz se apagó. Respiró hondo y se enderezó, orgullosa—. No quería que fuera así.

—Santo cielo, Francine —dijo T.J.—. Le mentiste.

—Tenía intención de decírselo. De veras. Pensé en decírselo cuando me enteré de que era una niña, pero luego no pude. Pensé en decírselo antes de que naciera, pero seguía estando tan furiosa, me sentía tan sola...Al final decidí contárselo justo después, pero me dejó un par de mensajes llenos de arrogancia, diciéndome «a ver si nos mantenemos en contacto, nena».Y tampoco pude.Y cuando me di cuenta habían pasado cuatro años.

T.J. sacudió la cabeza y la miró con el ceño fruncido.

—Deberías habérmelo contado antes. Me lo debías si íbamos a ser pareja.Y deberías habérselo dicho a él.

—¿Sabes qué,T.J.? Tengo responsabilidades con un montón de gente, pero sobre todo las tengo con Rosie. A ella le debo mi absoluta protección. No solo física, sino también emocional y psicológica. Sé que Sean va a enfadarse, y que su madre se pondrá furiosa y, créeme, tiene mucho carácter. Pero, al final, ¿qué significaba yo para él? ¡Me dejó marchar por la sola idea de tener un hijo!

—Mira, hay hombres que no quieren tener hijos. Pero aun así necesitan saber la verdad —dijo T.J.

—Cuando Rosie era muy pequeña, tenía solo un par de meses, me di cuenta de que lloraba todos los días. Intermitentemente y durante horas. Me pasé la segunda mitad de mi embarazo llorando y todos los días después de que naciera. Así que tomé una decisión: no podía hacerle eso.Y si el único modo de que Rosie tuviera una madre positiva y feliz era olvidar a Sean Riordan, eso haría. Sí, Sean podía haber estado dispuesto a hacer lo correcto, pero no era lo que quería. Rosie y yo... Merecemos que nos quieran y nos traten bien. Merecemos no dudar de ese cariño.

Se quedaron callados un momento. Luego T.J. respondió:

—Eso explica muchas cosas. Siempre te has reservado una parte de ti. Dime, Franci, ¿qué pensabas respecto a nosotros? ¿Respecto a lo nuestro? Porque tu ex y yo tenemos un par de cosas en común.

—Tú y yo no tenemos por qué acabar mal, T.J. Parece que estamos de acuerdo en todo. En todo, menos en el salmón —añadió con una sonrisa—. Me ha parecido lo más justo contarte por qué estoy un poco distraída.

—¿Qué tal ese dolor de cabeza? —preguntó.

—No mucho mejor, la verdad.

—Entiendo —dijo él—. Y yo que me había hecho ilusiones, sabiendo que Rosie iba a dormir en casa de su abuela...

—Debería haber cancelado la cita —Franci sacudió la cabeza—. Esta noche no puedo invitarte a casa, T.J. No estoy de ánimo para eso.

Él se rio estentóreamente. Se inclinó hacia ella.

—Créeme, Franci: por tentadora que seas, no pienso meterme en esto. Arregla las cosas con ese hombre, traza los límites que necesites como madre soltera, define los detalles de vuestra relación y, cuando esté todo claro, retomaremos las cosas donde las hemos dejado. Aunque hay una cosa más que deberías decirle a ese tipo si vas a ser completamente sincera con él.

—¿Cuál? —preguntó con el ceño fruncido.

—Dile que no lo has olvidado.

Franci soltó una carcajada.

—¿Después de lo mal que me lo hizo pasar?

T.J. no sonreía.

—Dile que has estado con un solo hombre desde que lo dejasteis. Con uno solo, íntimamente.

Ella lo miró con perplejidad.

—Eso no lo sabes.

—Sí, lo sé. Me costó mucho que me dejaras acercarte a ti físicamente. No entendía qué pasaba. Estaba casi convencido de que era por Rosie, porque era todavía muy pequeña y todo eso. Pero una parte de mí siempre se ha preguntado qué demonios ocurría, porque sabía que en ti había mucha más pasión. Si has decidido que ese hombre no va a fastidiarte más la vida, díselo y olvídate de él de una vez —dijo—. Así, cuando estemos juntos, quizá podamos subir la temperatura un poco más. Porque me gusta lo que hay entre nosotros, pero no quiero convertirme en una especie de compañero de cama platónico.

—¿Perdona? —dijo, perpleja, intentando no reírse—. ¿Compañero de cama platónico?

—Quiero algo más que una chica a la que vea solo los viernes por la noche y que, cuando está conmigo, no está conmigo en realidad. Me di cuenta de que algo fallaba la primera vez que nos acostamos.

—No —dijo ella, meneando la cabeza—. No, ha sido siempre muy agradable...

T.J. sonrió al oírla. Ella no dijo más. Porque, ¿qué hombre (o qué mujer) buscaba sexo «agradable»? De pronto la verdad había salid a la luz: T.J. la culpaba a ella. Y Franci se dio cuenta con vergüenza de que tal vez tuviera razón. Aquel hombre apenas encendía una chispa en ella, cuanto menos una llama. Tenía la sensación de haberlo engañado.

Miró su cena a medio comer. No se atrevía a mirarlo a los ojos. Estaba pensando que Sean apenas tenía que acariciar su piel con su aliento para hacerla arder de deseo. Sabía dónde tocarla, cómo provocarla, qué hacer, y nada le procuraba mayor satisfacción que atormentarla con un orgasmo tras otro. Había sido así desde el primer contacto, desde la primera noche. Nunca se habían cansado el uno del otro. Nunca se aburrían, nunca perdían el interés. Y jamás era simplemente «agradable». Sus relaciones sexuales eran, como poco, «magníficas».

Se dio cuenta de que T.J. levantaba la mano para llamar al camarero, de que pedía la cuenta y le ordenaba meter en una caja las sobras de la cena. Casi sonrió: esa noche no habría café, ni postre.

Con la mano en su hombro, T.J. la acompañó rápidamente a su coche. Mientras caminaban por la acera, ella levantó la mirada y vio que una persona cuya silueta le sonaba caminaba hacia ellos. Llevaba la cabeza gacha y las manos en los bolsillos. Justo cuando estaban a punto de cruzarse, levantó los ojos un instante. Franci no dijo nada, no dio muestras de haberlo visto. Siguió andando. Prestó atención por si oía sus pasos tras ellos, pero no oyó nada. Supo entonces que Sean se había parado en seco y estaría mirándolos.

Respiró hondo. En fin... Ahora ya sabían los dos cómo estaban las cosas. Y sin embargo lo ignoraban todo el uno del otro.

El trayecto de vuelta a casa transcurrió en medio de un incómodo silencio. T.J. estaba malhumorado y ella se daba cuenta de que posiblemente había perdido la mejor oportunidad que se le había presentado de tener una relación estable y duradera. O quizá no. Según lo que le había dado a entender T.J., se había arriesgado a perderlo la primera vez que se acostó con él y demostró su impericia como amante. Lo que no se había atrevido a reconocerse a sí misma hasta esa noche era que para ella tampoco había sido del todo satisfactorio.

T.J. aparcó por fin frente a su casa. Cuando la acompañó hasta la puerta, dijo:

—Recuerda nuestro acuerdo, Francine. No íbamos a estar con nadie más. Tengo la sensación de que lo estás olvidando.

—Recuerdo nuestro acuerdo...

—Quiero que me des tu palabra de que vas a solucionar este asunto. Presenta a ese tipo a su hija si es lo que quiere. Y luego dile que estás con otro hombre.

—Pienso solucionar esta situación lo mejor que pueda —

respondió—. Creo que lo mejor es que me des un poco de tiempo para concretar los detalles.

—No tardes mucho. No tengo tanta paciencia.

—Gracias por la cena, T.J. Siento que haya acabado de manera tan negativa.

—Avísame cuando hayas solucionado las cosas con el padre de Rosie. Y no seas tonta, Francine. Puede que te lo hayas encontrado aquí, pero no va a quedarse. Ni por ti, ni por Rosie. Líbrate de él. Avísame cuando lo hayas hecho. No me hagas esperar demasiado. Cuando se haya ido, tendremos otra oportunidad —se inclinó hacia ella y le dio un beso platónico en la mejilla—. Hazlo, sin más.

Y tras mirarla profundamente a los ojos un momento, subió a su coche y se marchó.

CAPÍTULO 5

Era la tercera noche que ocurría lo imposible: que Sean se encontrara con Franci en una calle cualquiera de un pueblecito. Como no tenía nada que hacer, había decidido volver al bar donde la había visto por primera vez por si volvía a encontrársela, aún sabiendo que las probabilidades eran casi nulas. Antes incluso de entrar en el bar la vio caminando por la acera con un hombre. Él la agarraba del codo y llevaba en la mano una bolsa con comida para llevar. Por lo visto, ya habían cenado.

Aquel encuentro se le antojó una especie de milagro. Era cosa del destino.

Los vio alejarse por la acera y doblar la esquina. Se quedó allí como un idiota unos instantes y luego regresó a su coche con intención de seguirles, a pesar de que sabía que estaba mal.

Ignoraba qué planes tenía Franci esa noche, pero si hubiera salido con él del restaurante, la noche estaría apenas empezando. Sentía el impulso irrefrenable de saber si Franci había pasado página de verdad, si había encontrado el amor. Y si era hora de que él desapareciera para siempre.

Cuando llegó a su coche, era ya demasiado tarde para saber en qué coche se habían marchado. No podía seguirlos, lo cual era posiblemente una suerte. Pero, como no lograba quitárselo de la cabeza, se fue a Eureka, a la calle de Franci. Cuando llegó, aparcó al otro lado de la calle, un par de casas más allá, y apagó las luces. Se quedó allí sentado un momento. La casa de Franci estaba a oscuras, salvo por la luz de la puerta principal, y no había ningún coche en el camino de entrada, ni en la calle, delante de la casa.

Justo en ese momento, un coche avanzó lentamente por la calle y se detuvo delante de su puerta. Sean vio que el hombre salía y rodeaba el coche para abrirle la puerta a Franci. La acompañó hasta la puerta. «Si entran», pensó, «tengo que tener el valor de marcharme. Ella dijo que los dos habíamos seguido con nuestras vidas. Se merece la oportunidad de pasar página, como hice yo».

Eso era lo que se decía, aunque no acabara de aceptarlo.

Luego vio que el hombre hablaba con ella, que le daba un beso en la mejilla y se marchaba. Se quedó boquiabierto al ver a Franci parada en la puerta, al resplandor de la luz, mirando marcharse al hombre con el que había salido. Por fin dejó caer la cabeza sobre el volante.

Tenía que marcharse de allí. No debería haber ido, ni tenía derecho a presentarse ante ella en ese momento. Eso podía arruinar todos los esfuerzos que había hecho por que se reconciliaran y no pensaba...

Toc, toc, toc. Unos golpecitos en la ventanilla interrumpieron sus cavilaciones. Levantó la vista y allí estaba Franci, tocando en el cristal con una llave. Bajó la ventanilla.

—¿Ahora me estás siguiendo? —preguntó, furiosa.

—No exactamente —dijo—. Lo siento. Tú sabes que yo jamás te asustaría a propósito.

—No es que me asustes, Sean, es que creo que eres idiota —replicó ella, y dio media vuelta para volver a su casa. Se detuvo en medio de la calle y dijo por encima del hombro—: Como espía, eres muy torpe. Te he visto en Arcata. He visto tu coche al llegar a la calle. ¡Lo conozco del día que tomamos café, merluzo!

Sean salió del coche y corrió tras ella. Cuando llegó a su lado, preguntó:

—¿Por eso le has dicho a tu novio que se vaya?

—¡No! —respondió ella sin dejar de caminar—. No pensaba pasar la noche con él. Pero ¿qué habrías hecho si lo hubiera invitado a entrar? ¿Ponerte a aporrear la puerta? ¿Asaltar la casa? —llegó a la puerta, metió la llave en la cerradura y la hizo girar.

—Iba a marcharme —contestó Sean con calma—. No iba a ser fácil, pero sabía que hacía mal estando aquí, vigilando tu casa y espiándote. Está mal y lo siento, pero no he podido evitarlo. Nunca me había comportado así.

Franci se volvió para mirarlo.

—¿Cómo? ¿Como un loco?

Él asintió. Luego, esbozó esa sonrisa capaz de derretir a Franci.

—Conozco a buenos médicos —dijo ella—. Puedes medicarte.

Él levantó la mano, tocó su mandíbula y acarició su pelo corto.

—Antes prefiero que hablemos.

—¿Qué quieres de mí, Sean?

Se acercó más aún y se inclinó hacia ella hasta que sus bocas quedaron casi unidas.

—Te quiero a ti, Franci. No debí dejarte marchar.

Se le llenaron los ojos de lágrimas. En otro tiempo, habría dado cualquier cosa por oírle decir aquello. ¡Ah! ¿A quién pretendía engañar? Todavía deseaba oírlo. Y esa noche se sentía tan vulnerable... El Profesor Cañón acababa de informarla de que no era muy excitante en la cama. Se había esforzado por estar con un hombre que le convenía, y obviamente no había funcionado.

—¿Y si es demasiado tarde? —preguntó en un susurro.

—¿No crees que eso aún tenemos que descubrirlo? ¿No tenemos que descubrirlo los dos?

—Creo que sería más feliz si no lo supiera...

En lugar de responder, Sean la besó en los labios. Deslizó un brazo alrededor de su cintura, la apretó contra sí y la besó. La emoción se apoderó de ella instantáneamente. Con un gemido de rendición, se apoyó en él y abrió los labios.

De pronto, mientras los labios de Sean se aproximaban a los suyos, le pareció que había retrocedido en el tiempo. Mientras la abrazaba, las bocas de ambos entreabiertas, su mente se inundó de imágenes de otro tiempo y otro lugar. Normalmente aquellas imágenes la asaltaban en forma de sueños que la dejaban malhumorada todo el día. Se sintió envuelta en el viejo jersey rojo de Sean, el que guardaba en su apartamento para las noches frías y que tanto olía a él. Oyó las risas de ambos mientras se deslizaba tras él por una pista de esquí y él se alejaba vertiginosamente; sus risas mientras jugaban en el lago, salpicándose; y en la cama, después de hacer el amor, entrelazados todavía y satisfechos. Las imágenes desfilaban por su cabeza: en la cocina de Sean, removiendo una gran ensalada mientras él daba la vuelta a la carne o el pescado en la parrilla; lavando los coches de ambos frente a la casa de Sean; poniendo sábanas limpias en la cama, los dos a la vez; sentados junto al fuego en el vasto desierto de Arizona, hablando en voz baja bajo un millón de estrellas... Se imaginó en sus brazos, igual que en ese momento.

Una vez, cuando estaban esquiando en Colorado, tenía los labios tan secos y agrietados que no se atrevía a sonreír. Le dijo que, si hacían el amor, no podría hacer nada con sus labios. Sean le dijo que se tumbara en la cama y cerrara los ojos. Después comenzó a untar sus labios con bálsamo reparador, con caricias lentas y suaves. Estuvo así largo rato, haciéndole un masaje en los labios, hasta que se pusieron tersos y se hincharon. No se detuvo: siguió untando con bálsamo sus labios hasta ponerla en trance. Tiernamente, con delicadeza, mimándola, cuidando de ella. A veces, cuando soñaba con eso o lo recordaba, Franci se sentía hipnotizada. A veces se despertaba llorando por él. Al recordar todo aquello, un profundo anhelo se apoderaba de ella.

Y se sintió completamente perdida.

—Sean, no me hagas esto... —susurró.

—Te deseo —susurró él contra sus labios abiertos—. Muchísimo.

Franci intentó sustraerse de aquel ensueño, porque sabía que debían hablar. Pero no sirvió de nada. A veces le sucedía lo mismo en sueños: se negaba a despertarse porque era tan delicioso sentir su piel contra la de Sean...

Consiguió mover débilmente la cabeza y susurró:

—No es buena idea.

Pero Sean siguió besándola, y ella recordó cuánto disfrutaba haciéndola gozar en la cama, cuánto pensaba en su placer. Era como si su propia satisfacción fuera secundaria. A veces bromeaba, le decía que se aprovechaba de él; que era una glotona.

Franci no recordaba que ni una sola vez le hubiera dicho que se cohibía con él.

Sintió que se esponjaba. Que estaba cada vez más débil.

Después, Sean comenzó a besarla con ansia, sin dejar duda alguna de que iba en serio. Franci se rindió por completo. No estaba preparada para aquello, y de pronto solo quería decirle que sí. Hacía tanto tiempo que lo deseaba... Sean respiraba agitadamente y ella apenas podía respirar. Él subió las manos por su espalda mientras ella lo rodeaba lentamente con los brazos, con cautela.

El beso fue largo, vehemente, profundo, delicioso. Ella abrió los labios; lo mismo hizo él. Sean la besaba con ansia, empujándola contra la puerta, y ella lo atraía hacia sí con fuerza al tiempo que dejaba escapar suaves gemidos. Deslizó la mano hasta su nuca y lo apretó contra su boca. Contó los segundos; luego perdió la cuenta y empezó otra vez. El beso pareció durar diez minutos. Franci no podía parar. No podía fingir que no le apetecía, o que había decidido que era mala idea. La verdad había salido a la luz. Deseaba a Sean tanto como siempre.

Luego, él se apartó de mala gana.

—Déjame entrar —susurró.

Ella negó con la cabeza.

—El hombre que acaba de irse... Hemos estado saliendo juntos.

—No me importa. Voy a apartarte de él.

—Tenemos asuntos que resolver...

—Sí, y toda una vida para hacerlo. Franci... Franci, por un rato, pensemos en todas las cosas que nos unen y no en las pocas en las que no nos ponemos de acuerdo.

—No eran cosas sin importancia —le recordó él—. Eran tan importantes que hicieron que...

Sean volvió a besarla con fuerza, apoderándose de su boca. Franci contó los segundos hasta que no pudo resistirse más y abrió los labios. Sean deslizó las manos dentro de su abrigo y las pasó lentamente por sus costados. La apretó contra la puerta y, al sentir su erección, Franci se olvidó de todo. Tal vez lo suyo hubiera sido un simple desacuerdo sin importancia... Fuera como fuese, lo necesitaba. Lo necesitaba...

Un ansia palpitante se apoderó de ella. Sean podía volverla loca de deseo.

Se volvió con ella en brazos y, sin dejar de besarla, abrió la puerta y entró en su casa. Cerró tras ellos de un portazo y la apretó contra el otro lado.

Franci recordaba muy bien aquel truco. Si había algo capaz de debilitarla, aparte de llevarla a la cama, era que la apretara contra la pared. Sean había perfeccionado su técnica. Se aferró a él. Sean comenzó a frotarse contra ella y Franci meneó las caderas, pegada a él. Sabía que ya no había vuelta atrás. Sean llevaba las de ganar: su vida sexual siempre había sido increíble.

Oyó a lo lejos que Harry gemía y luego comenzaba a gruñir. Qué raro, Harry no solía gruñir...

—Franci —susurró Sean contra sus labios—, ¿tienes perro?
—Ajá. Harry. Es muy pequeño. No pasa nada.
—Mm —contestó Sean antes de volver a besarla.

Pasó suavemente las manos por su trasero, hasta sus muslos, y la levantó en vilo. Franci rodeó sus caderas con las piernas y Sean la sostuvo con fuerza, gimiendo de placer. Después deslizó las manos bajo su vestido morado para tocar sus nalgas perfectas. Le encantaba aquel vestido. Era tan sedoso como parecía. Y pensaba librarse de él lo antes posible.

Los gruñidos se intensificaron. Luego se oyó un ladrido furioso y Harry clavó los dientes en la pierna de Sean.

—¡Ay! —gritó él, apartándose bruscamente, y empezó a sacudir una pierna—. ¡Demonios!

—¿Qué? —susurró ella, jadeante.

Sean miró hacia atrás.

—¡No hagas eso! —le gritó al perro, y Harry retrocedió dando un gemido. Luego, Sean miró a Franci—. ¿Dónde está el dormitorio?

Ella ladeó la cabeza.

—Por el pasillo, la primera puerta a la izquierda —dijo débilmente.

Sean la llevó así (las grandes manos bajo su trasero, las piernas de Franci rodeando su cuerpo) por el corto pasillo, hasta el dormitorio. Cojeaba ligeramente. Cerró la puerta nada más cruzarla, dejando fuera al perrillo. Le quitó el abrigo, lo dejó caer al suelo y cayó con ella sobre la cama sin dejar de besarla. Su chaqueta fue a parar junto al abrigo de Franci, en el suelo. Ella sabía, en el fondo, que aquello era un error. Pero era tan perfecto... Era absolutamente perfecto. Y estaba tan excitada que, si alguien intentaba detenerla, le haría pedazos.

Hacía tanto tiempo que no se sentía así... La última vez había sido con Sean. Pasó las manos por su pecho, por sus hombros, por sus brazos y su espalda, pero no era suficiente. Comenzó a tirar de su camisa. La sacó de sus pantalones y metió las manos debajo para acariciar su pecho desnudo. Sus pectorales eran duros, su vientre plano. Tenía una fina capa de vello. Acarició sus pezones con los dedos hasta endurecerlos. Jadeó, gimió, mordió sus labios y tiró suavemente de ellos. Había perdido completamente la cabeza apenas minutos después de decirle que aquello era mala idea. Pero no importaba. Agarró la pechera de su camisa y la rasgó, haciendo saltar los botones.

—Caray —dijo Sean contra sus labios.

Dejó que la camisa cayera de sus hombros y le subió el vestido. Se sentó entre sus piernas abiertas, apoyándose en los talones, la enderezó y le quitó el vestido. Echó mano de sus bragas...

Franci comenzó a desabrochar su cinturón mientras él tiraba del elástico de sus minúsculas braguitas. Se las quitó antes de que ella lograra abrir la hebilla del cinturón, y Franci se descubrió pataleando frenética para quitárselas. Después, siguió intentando quitarle el cinturón, pero no podía. Gimió, llena de deseo.

—Tranquila —susurró él—. Tranquila.

—No quiero estar tranquila, quiero que te desnudes —jadeó ella.

Sean se rio.

—Espera —dijo, y se quitó los vaqueros.

La ropa de ambos voló de repente por la habitación y se entrelazaron, desnudos y jadeantes. Sean besó sus pechos, lamió sus pezones hasta hacerles cobrar vida mientras ella cerraba la mano en torno a su miembro. Sean dejó escapar un gemido y se estremeció. Unieron de nuevo sus bocas, frotaron sus cuerpos, y él deslizó una mano más abajo. Sus dedos se deslizaron suavemente dentro de ella y Franci comenzó a frotarse contra su mano.

—Sí —murmuró él—. Muy bien, muy bien. Solo necesito un segundo, cariño. Aguanta.

Se apartó de ella y recogió sus vaqueros del suelo, los sacudió para sacar la cartera, la registró rápidamente y extrajo de ella un preservativo.

En ese momento, mientras no la tocaba, Franci se quedó paralizada. Tenía los ojos abiertos de par en par, y su cuerpo se enfrió repentinamente en ausencia de Sean. Por un momento recuperó la cordura. Vio una foto suya y de su hija encima de la cómoda, al otro lado de la habitación, y cerró los ojos. Juntó las piernas. No podía seguir, por más que... Sean nunca se olvidaba de los preservativos, no quería tener hijos. Bueno, una vez sí se había olvidado de ellos.

«¿Cómo puedo permitir que pase esto?».

Pero él volvió entonces y la cubrió con su cuerpo cálido y duro. Agarró sus muñecas, le puso las manos por encima de la cabeza, se las sujetó allí, le separó las piernas colocando estratégicamente una rodilla entre ellas y se adueñó de sus labios. «Ah...», pensó Franci. Eso también lo recordaba: su boca, sus labios, aquellas emociones. Sean... La pasión. El ansia. Dejó que la besara, que la penetrara con la lengua. Pero se había enfriado. Le preocupaba lo que estaba haciendo.

Sean dejó de besarla y se irguió sobre ella para mirarla a los ojos.

—Oh, oh —dijo—. Estás pensando. De repente, estás pensando.

—Estoy no debería estar pasando —susurró ella débilmente.

—Pues está pasando —replicó él—. Créeme, está pasando.

—Complicará más aún las cosas —añadió ella.

—Al diablo los problemas por un rato. Deja de pensar. Vuelve a ese otro lugar, en el que solo deseas.

—No sé si puedo —contestó, sacudiendo la cabeza.

Sean tocó sus labios suavemente; luego, con más fuerza. Deslizó por ellos su lengua.

—Claro que puedes —susurró—. Nadie tiene tanta pasión como tú, Franci. Ven, sígueme.

Se apoderó de su boca y luego sus dedos encontraron el lugar más vulnerable entre sus piernas y un gemido delicioso escapó de ella. Levantó las caderas hacia él. Era asombroso, pensó, cómo la boca de Sean, la habilidad de sus manos, podía embotar por completo su mente y hacerla callar. Él soltó sus muñecas, comenzó a acariciar sus pechos y la penetró con una sola, larga y profunda acometida que la hizo gemir y salir a su encuentro.

—Dios mío... —susurró—. Ah, Dios, Dios...

Lo apretó contra sí, pasando las manos por su espalda en lentas y vehementes caricias. Agarró sus glúteos musculosos y lo atrajo hacia sí mientras lo oía gemir. Todas sus fibras sensibles ardían. El ansia que sentía dentro de sí exigía satisfacción inmediata. Hizo exactamente lo que sabía que no debía hacer: dejó de pensar y permitió que su cuerpo tomara el control. Retorciéndose bajo él, gimió, se aferró a su cuerpo, cabalgó con él tan frenéticamente que se quedó sin aliento. Lo rodeó con las piernas, arañó su espalda y sintió que la tensión se hacía añicos dentro de ella y que un calor cegador y palpitante la inundaba, extendiéndose desde el centro de su ser hasta todas sus extremidades.

—Ahhhh —suspiró él—. Ah, cariño —susurró tan suavemente que ella apenas lo oyó—. Así, nena...

Después la penetró con fuerza, se dejó ir y vibró, lleno de placer.

Franci cayó exangüe y satisfecha sobre la cama. Dejó escapar una risa leve. Los orgasmos tan fabulosos como aquel siempre la hacían reír un poco.

Y hacía cuatro años que no sentía nada semejante.

—¿De qué te ríes? —preguntó él.

Franci volvió a reírse suavemente, con ligereza.

—Es que de pronto me siento tan bien...

—No me digas —Sean se apartó de ella cuidadosamente y se tumbó a su lado, agotado.

Luego corrió al baño para deshacerse del preservativo. Cuando regresó, volvió a abrazarla. Se quedaron callados un momento. Después, Franci se volvió de lado, levantó un codo, miró sus hermosos ojos verdes y dijo:

—Bueno, no podemos volver a hacerlo. Tenemos problemas que resolver.

—Ay, Dios —dijo él—. ¿Por qué a mí?

—¿Por qué a ti qué?

—Estamos desnudos —contestó Sean—. Estamos desnudos y acabamos de disfrutar como hacía muchísimo tiempo que no disfrutábamos. Deberíamos estar haciéndonos cariñitos. Tú antes lo hacías. ¿Qué te ha pasado?

Franci lo miró con el ceño fruncido.

—¿Cómo sabes que hacía muchísimo tiempo que no disfrutaba tanto?

—Me has arrancado la ropa. Me has dejado cicatrices en la espalda —le sonrió—. Era solo una observación, no una queja.

—Pues, la verdad... En fin, da igual, no es asunto tuyo.

—Tu perro me ha mordido —dijo Sean—. Creo que me ha roto el tendón de Aquiles.

—Ya te dije que no dejé de vivir cuando me dijiste que me largara —continuó ella, haciendo caso omiso.

—Franci, Franci, no fue eso lo que hice. Tú dijiste que te marchabas y yo dije que bien, que si eso era lo que querías... Venga, ahora no. Esta noche, no. Además, no importa que te hayas acostado con algún hombre. O con cien. Olvida lo que he dicho. No quiero pensar en eso.

—Yo no voy por ahí acostándome con cualquiera, como tú —respondió ella, acurrucándose a su lado—. Esto no puede repetirse —añadió, pero no intentó taparse, ni tampoco lo intentó él. Se quedaron allí, abrazados, desnudos y satisfechos.

—Yo creo que podemos hacerlo otra vez antes de que se haga de día —dijo Sean.

—No, no puede ser. No somos novios, Sean. Somos exnovios. Por eso ha salido tan bien. Pero no hay nada más.

—Lo dudo mucho —contestó él.

—Vamos, cuando nos separamos, habíamos perfeccionado la técnica.

—¿Nos apostamos algo? —preguntó él, y cubrió su cuerpo—. Ya fue perfecto la primera vez. Me acuerdo muy bien, y tú también.

Tenía razón, por desgracia. Franci no veía cómo podía salir de aquel lío.

—Hay un problemilla. Solo tenía ese preservativo. Lo llevaba solo por si acaso. No tengo más.

Franci suspiró, resignada.

—Puede que yo tenga un par.

—Estupendo.

—No te hagas ilusiones.

—Tranquila, nena. No me las hago.

La satisfacción sexual no solo la hacía sentirse bien; también le daba mucho sueño. Hicieron el amor dos veces más. Más tiernamente, con más calma y más despacio, pero con la misma embriaguez. Pasaron horas haciendo el amor. Después, se acurrucó a su lado, como hacía antes. Solía dormir así con él: la espalda pegada a su pecho y la cabeza sobre su brazo mientras los labios de Sean rozaban su cuello. Él solía apartarle la larga melena para besarle el cuello o lamérselo, pero ahora no había pelo que apartar. Tenía el brazo apoyado sobre su cintura y con la mano tocaba uno de sus pechos. Franci se sentía a gusto por primera vez desde hacía mucho tiempo, aunque posiblemente se equivocara de hombre.

En cuanto se hiciera de día, empezaría a sentirse culpable y estúpida. Por eso prefirió dormir.

—¿Nunca te has sentido sola sin mí, Franci? —preguntó él con un susurro, junto a su cuello.

Ella abrió los ojos de golpe, pero no alteró su respiración. Fingió que seguía durmiendo.

—Yo nunca pensaba en eso, en si me sentía solo sin ti —murmuró él—. Pero me preguntaba constantemente por qué me sentía tan vacío —besó su cuello—. Te buscaba en un montón de mujeres y nunca entendía por qué no funcionaba. No entendía que era porque te quería a ti.

Ella cerró los ojos con fuerza para contener una lágrima.

Sean suspiró profundamente y la estrechó entre sus brazos.

—Quiero llevarte a esquiar a los Alpes. Solíamos hablar de eso, ¿te acuerdas? Y quiero que vayamos juntos a Aruba, a bucear y a tumbarnos en la playa. Alquilaremos una de esas chozas sobre pilares... Y haremos el amor al aire libre.

Franci le oyó bostezar. Él volvió a besar su cuello.

—Creía que acabaría por olvidarte. No sabía que era imposible porque te quería.

Entonces dejó de hablar y ella oyó un suave ronquido.

—Sí —susurró muy suavemente—, sí, me sentía sola. No sabes cuánto.

A las seis y media de la mañana, asombrada de haber dormido tan bien, Franci se levantó sin hacer ruido. Se duchó, se secó el pelo con una toalla y se puso unos vaqueros y una camiseta. Al salir del cuarto de baño vio a Sean tumbado boca abajo, con un brazo colgando fuera de la cama y la sábana echada sobre la cabeza y los hombros y una pierna y el trasero destapados. Dormía profundamente.

Franci se estremeció. Lo había dejado exhausto. Hacía más de cuatro años que no experimentaba nada parecido. No habían hecho el amor de la manera más típica entre ellos, pero con Sean no había nada de típico. Podía ser salvaje. O tierno. Dulce. O lujurioso. Nunca era igual. Y siempre era como ella más lo deseaba.

Tenía posiblemente el trasero más bonito que había visto nunca, y algunos arañazos muy poco atractivos en la espalda.

Tenía también la marca de una boca de perro justo en el tendón de Aquiles. Franci se estremeció otra vez. «Ay», pensó. «Lo he estropeado de verdad. Ahora todo va a ser muchísimo más complicado».

Recordaba que en otro tiempo se había sentido muy afortunada por estar con un hombre con el que compartía una química tan poderosa. Ahora lo sentía como una maldición.

Puso boca abajo su foto con Rosie, sobre la cómoda, y salió de la habitación.

Tendría que despertar a Sean y hablar un rato con él antes de ir a buscar a su hija. Estaba muy nerviosa y procuró mantenerse ocupada, primero dando de comer a Harry en el patio y luego haciendo café. Cuando estuvo listo, se sentó a beber una taza y pensó: «Seguramente debería hacerme análisis para comprobar que no tengo ninguna enfermedad de transmisión sexual». Después pensó en la charla que iba a tener con Sean: sería directa. Era evidente que allí vivía una niña. Aunque Sean no se hubiera fijado en la foto del dormitorio, no podía pasar por alto la habitación pintada de color lavanda que había junto a la suya. Había juguetes en el comedor y nada más cruzar las puertas del patio.

Mientras esos pensamientos desfilaban por su cabeza, tuvo que reconocer que le daba miedo cómo iba a reaccionar Sean. Si Rosie sufría por ella, jamás se lo perdonaría, y sin embargo le asustaba la idea de no volver a disfrutar de una noche como aquella. Porque, cuando Sean descubriera lo que había hecho, primero se pondría furioso y luego se marcharía.

Sean rodó por la cama de Franci, dejó escapar un gemido y abrió los ojos. Olía a café. Franci se había levantado ya. Pensó enseguida que tal vez pudiera convencerla para que volviera a la cama. En caso de que tuviera fuerzas, claro. No recordaba la última vez que había pasado una noche como aquella. Hacía al menos cuatro años, pensó con una sonrisa. Se incorporó lentamente. Encontró sus vaqueros en el suelo junto con un montón de ropa. Entró a trompicones en el cuarto de baño y se miró al espejo. Sí, era él. Bien. Temía estar alucinando otra vez. Se enjuagó la boca y se puso los vaqueros.

Encontró a Franci sentada a la barra del desayuno, detrás de una humeante taza de café, y lo primero que pensó fue que parecía una cría: tenía las mejillas coloradas, los labios rosas e hinchados después de horas besándose, y una expresión que era una mezcla de candor y de otra cosa que casi parecía timidez. Era, sin embargo, una amante salvaje. Un fenómeno en la cama. Había habido veces, esa noche, en que Sean había sentido que estaba rozando la eternidad y la muerte al mismo tiempo.

Dio un paso; pensaba besar aquella boca antes de que dijera nada.

—Tenemos que hablar —dijo ella.

«Ay, Dios». Estaba pensando otra vez. Si en algo eran polos opuestos era en eso: Franci se lo tomaba todo demasiado a pecho. A él, en cambio, le costaba trabajo tomarse las cosas en serio, y eso a ella la sacaba de quicio. Se detuvo donde estaba y se quedó allí, intentando orientarse.

—¿Puedo tomar un café, por favor? ¿Antes de que empieces?

—Sírvete —contestó ella, señalando la cafetera con la cabeza.

Sean se apoyó en la encimera y bebió un par de tragos mientras intentaba despejarse. Ella siguió tomando su café en silencio. Sean notaba por su cara que iba a hacer un drama de lo de esa noche. Se preparó mentalmente. Franci iba a advertirle que aquello no significaba que fueran a ser pareja otra vez. Por él, podía decirlo hasta cansarse. No pensaba llevarle la contraria. Pero tampoco iba a marcharse. No permitiría que Franci se le volviera a escapar.

Ella también estaba pensando. Pensaba que quizá lo mejor fuera soltárselo sin más: «Sean, te dejé porque estaba embarazada. Tengo una hija, una hija tuya. Y veinte razones para no habértelo dicho hasta ahora».

Justo en ese momento se oyó un ruido en la puerta y Franci contuvo un grito. Enseguida comprendió lo que pasaba. Tenía un acuerdo con su madre. Si cuando Vivian salía a recoger el periódico a la acera, veía que había un coche en el camino de entrada a su casa, no permitía que Rosie corriera a buscar a su madre hasta después de desayunar tranquilamente en casa de la abuela. Y de llamar para asegurarse de que todo estaba despejado.

¡No había ningún coche en la puerta! El de Sean estaba aparcado al otro lado de la calle, junto a la acera.

Rosie abrió la puerta de un empujón, sonriendo y agitando sus rizos rojos.

—¡Mamá! ¡Anoche vimos una peli de miedo y comimos pizza en el sofá de la abuela! —se acercó corriendo a ella y Franci le tendió los brazos.

La niña se echó a su cuello y Franci la levantó y la abrazó con vehemencia, meciéndola adelante y atrás. En cuanto tuvo a su hija en brazos, ya no temió nada. Así era siempre: aparte de Rosie, había muy pocas cosas en el mundo que de verdad le preocuparan.

—Buenos días, tesoro —dijo—. No has dejado dormir a la abuela, ¿verdad?

Su hija sacudió la cabeza, riendo. Entonces vio a Sean apoyado en la encimera de la pequeña cocina. Tenía una taza de café en la mano, los ojos desorbitados y la boca abierta por la impresión.

—¿Dónde está su camisa? —preguntó Rosie.

Franci la sentó sobre su regazo con más firmeza.

—Creo que se la ha olvidado —dijo—. Rosie, este es Sean. Sean, esta es mi hija, Rose.

—Rosa Silvestre de Irlanda —puntualizó la pequeña.

—Eso es —dijo Franci con una sonrisa—. Mi rosa silvestre de Irlanda.

—Mamá, ¿qué era Irlanda?

—Un país. Un país precioso y tan verde como tus ojos —miró a Sean.

Estaba en estado de shock. Franci confiaba en no tener que reanimarlo delante de Rosie.

Oyó pasos. Se abrió la puerta con un chirrido y un tintineo.

—¡Santo cielo, Franci! ¡Te has dejado las llaves en la cerradura! ¡Qué despiste! Y además no habías cerrado, porque Rosie...

Vivian se paró en seco al ver a Sean. Tragó saliva.

—Mamá, te acuerdas de Sean, ¿verdad?

Sean se rehizo. Había entornado los ojos y su boca tenía una sonrisa amarga.

—Vivian —dijo inclinando la cabeza. Luego bebió un sorbo de su taza.

—Sean —dijo ella, y se llevó la mano a la mejilla, mirando el moratón de su cara.

—Está curando muy bien —dijo él—. ¿Qué tal te va, Viv?

—Bien —contestó con voz un poco débil—. Muy bien, gracias.

—¿Se ha caído, mamá?

—Sí, el pobre. Pero no ha sido nada grave. ¿Puedes hacerme un favor, cielo? Quiero tomarme un café con Sean antes de que se vaya. ¿Te importa desayunar en casa de la abuela? Luego iré a buscarte y, después de limpiar nuestras habitaciones, llevaremos a Harry al parque. Y a lo mejor después hacemos unas galletas y ponemos una de tus películas preferidas.

—Joooo —se quejó su hija.

—Vamos, Rosie —dijo Vivian con firmeza y una nota de angustia en la voz—. Te dejaré revolver los huevos. Vámonos ahora mismo —la levantó del regazo de Franci y se la llevó tan rápidamente que casi pareció un truco de magia.

Franci y Sean se quedaron a solas en la pequeña cocina, rodeados por un silencio ensordecedor. Pasaron los segundos sin que ninguno de los dos se moviera. Luego Sean levantó la cafetera y llenó las dos tazas. Retiró un taburete y se sentó. La miró a los ojos y esperó. Al ver que no decía nada, dijo:

—Dime que no...

Ella asintió con firmeza.

—Estaba a punto de decírtelo cuando ha llegado brincando. Rosie no va andando a ninguna parte.

—¿Estabas a punto de decírmelo? Con unos cuantos años de retraso.

—Te dije que necesitaba un compromiso, que quería tener un hijo... hijos. Tú te negaste en redondo. No te interesaban las mismas cosas que a mí.

—Puede que te dejaras un par de cosas en el tintero. Como que estabas embarazada. Ese pelo rojo y esos ojos verdes... Hace generaciones que forman parte de mi familia.

—¿De veras crees que podía decírtelo después de cómo reaccionaste cuando te lo planteé?

—No sabía qué estaba pasando —contestó él con una nota de enfado.

—¿Recuerdas siquiera cómo fue? ¿Recuerdas que lloré y que te dije que para mí era lo más importante y que me respondiste que contigo no contara y que fuera buscándome otras prioridades? ¿Recuerdas que me dijiste que me largara con viento fresco? ¿Recuerdas que dijiste: «Lo siento por ti, pero ni lo sueñes»?

—¿Y tú recuerdas que me dijiste que era un crío, un irresponsable y un caradura que nunca iba a madurar? ¿Que, si no era capaz de sentar la cabeza y tener mujer e hijos, no te interesaba seguir perdiendo el tiempo conmigo? ¿Lo recuerdas, Franci? ¡Pero no me dijiste que estabas embarazada!

—¡No podía! ¡Me daba miedo!

—Jesús, María y José, ¿miedo? ¡Nunca te di razones para tenerme miedo!

—¡Temía que quisieras casarte conmigo!
—¡Eso era lo que querías!
—¡No quería que te casaras conmigo porque estaba embarazada! ¡Quería que te casaras conmigo porque me querías!
—¡Te quería! ¡Pero no quería casarme!
—¡Ni tener hijos! —gritó ella. Cerró los ojos y respiró hondo para calmarse. Dijo en voz baja—: No quería que fuéramos una carga para ti. Ni que tú lo fueras para nosotras, y que te arrepintieras de haber tenido ese accidente cada día de nuestro matrimonio. Quería tener a mi hija. Y quería que creciera sabiendo cuánto la quería. Tú nunca lo entenderás, Sean, y no espero que lo hagas. Pero, cuando se me retrasó el periodo, empecé a querer a Rosie. Apasionadamente. Y ese amor crecía día a día. Si no podía estar segura al cien por cien de que tú ibas a quererla igual, no valía la pena apostar por ti.

—¿Ibas a decírmelo alguna vez? —preguntó—. Si no me hubiera tropezado contigo, ¿habrías...

—Sí, iba a decírtelo. No iba a quedarme más remedio. Rosie acaba de empezar a hacer preguntas. Me daba miedo, pero iba a decírtelo.

—¿Te daba miedo? ¿Porque sabías lo mucho que iba a enfadarme?

Ella soltó una carcajada. A veces era tan obtuso...

—No, Sean —dijo con paciencia—. No me importa que te enfades conmigo. Lo que temía era que le hicieras daño a Rosie. Que la rechazaras. Que la ignoraras. Que le rompieras el corazón.

Sean puso otra vez cara de perplejidad. No había asimilado aún el alcance de lo ocurrido. A su modo de ver las cosas, solamente acababa de descubrir que Franci había estado embarazada y que no se lo había dicho. Pero la vida se había precipitado a toda velocidad: Rosie tenía casi cuatro años y empezaba a hacer preguntas sobre su padre. Él ignoraba por completo qué hacía un padre de una niña de cuatro años. ¡No tenía ni la menor idea de qué hacía un padre soltero!

—Yo jamás haría eso —afirmó, aunque temía que fuera capaz de hacerlo, por ignorancia.

—Gracias —dijo Franci—. Si no quieres verla a menudo, puedo encontrar el modo de explicárselo sin que se sienta dolida, y si...

—Franci —la interrumpió él prácticamente gritando—. Dame un minuto, ¿de acuerdo? —respiró hondo—. ¡Acabo de enterarme de que estabas embarazada! —sacudió la cabeza, intentando despejarse—. ¿Ella no lo sabe?

Franci negó con la cabeza.

—Todavía no.

—Muy bien, primero tienes que dejar que lo asimile. Creo que estoy en estado de shock. Luego hablaremos de cómo vamos a organizarnos. Cuando hayamos tenido un poco de tiempo para resolver las cosas, se lo diremos. Pero primero... —respiró hondo otra vez—. Tú has tenido unos cuantos años para hacerte a la idea. Yo solo unos minutos —levantó una ceja y la miró—. Y no he dormido mucho.

Franci se sonrojó a su pesar.

—Bueno, voy a vestirme y me marcho. Necesito un poco de tiempo para pensar. Necesito aire fresco, y tú tienes planes con tu rosa silvestre de Irlanda. Esta noche te llamo —ladeó la cabeza—. ¿Me darás ahora tu número?

—Claro —contestó.

—No se lo digas hasta que esté preparado, Franci.

—¿Quieres ayudarme a decírselo? —preguntó ella, sorprendida.

—No lo sé —respondió él con sinceridad—. Pero no quiero que se lo digas hasta que haya tenido un poco de tiempo para reflexionar. Quiero aclarar mis ideas y luego ya... —esbozó una sonrisa—. ¿Rose? ¿Por qué le pusiste Rose?

—Por su pelo —dijo Franci con una sonrisa—. Nació con

una mata de pelo rojo. Pensaba ponerle Taylor, hasta que la vi.

Sean no pudo evitar sonreír. Luego se apartó de la barra del desayuno y entró en el dormitorio para recoger su ropa. Cuando salía de la cocina, Franci vio los arañazos que tenía en la espalda e hizo una mueca.

—Ay, Dios —musitó, avergonzada.

Sean regresó a la cocina completamente vestido, aunque no podía abotonarse la camisa.

—Por favor, decidas lo que decidas, piensa primero en Rosie. En sus sentimientos, en su corazoncito.

—¿Decida lo que decida? —preguntó él—. ¿Quieres decir que crees que hay alternativa? Es hija mía, ¿no? Eso no cambiará, decida yo lo que decida, ¿no¿

—Es hija tuya, sí. Eso salta a la vista.

—Entonces no tienes que preocuparte por su corazón —afirmó él. Se abrochó la chaqueta de cuero sobre la camisa rajada—. Anótame tu número de teléfono. ¿A qué hora se va a la cama?

Franci le anotó el número en una hojita de papel.

—A las ocho, más o menos.

—Te llamaré más tarde para que podamos hablar —dijo, agarrando el papel.

Y sin tocar, abrazar o besar a Franci ni demostrarle el más mínimo afecto, salió de su casa.

CAPÍTULO 6

No eran todavía las ocho de la mañana del domingo cuando Sean se marchó de casa de Franci, así que estuvo un par de horas dando vueltas por Eureka y Arcata, con la esperanza de encontrar un bar abierto.

«Embarazada», se decía una y otra vez. Y luego se recordaba que no, que ya no estaba embarazada. Tenía una hija, una hija pequeña. ¿Cómo podía haberle hecho algo así? Dios, qué bien le sentaría una copa...

De pronto se le agolparon en la cabeza todas las cosas que tendría que hacer. Tendría que dar un paso adelante y pedirle a Franci que se casara con él, y convertirse en padre de algún modo. Tendría que actuar como el padre de una niña pequeña que había vivido sola con su madre desde su nacimiento. Aunque tenía muchos amigos con hijos pequeños, nunca les había prestado atención; no sabía muy bien cómo se hacía. Y, además, no le apetecía. Y luego tendría que decírselo a su familia, que iba a volverse loca, sobre todo su madre, Maureen.

Tendría que sobreponerse a su enfado y convencer a Franci de que se convirtiera en su esposa y se mudara con él a la base de Beale, y solo le quedaban cinco semanas de permiso para lograrlo. Tendrían que compartir cuenta bancaria, cesto de la ropa sucia, saber constantemente dónde estaba el otro y ocuparse conjuntamente del cuidado de su hija. Tal vez pudiera convencerla para que fuera ama de casa y se ocupara de todo.

Empezaba a sentir claustrofobia.

El teléfono móvil le vibró en el bolsillo y luego emitió un pitido. Lo sacó y le echó un vistazo: era un mensaje de texto de Cindy. Un mensaje de texto muy largo. No intentó leerlo mientras conducía. De hecho, quizá no lo leyera nunca.

Cindy y él habían sido novios una temporada muy corta. Debería haber roto su relación, que no era gran cosa, cuando se marchó a casa de Luke de vacaciones, pero no lo había hecho, pensando que, dado que a Cindy le gustaba mucho, con ella siempre tendría el sexo asegurado. Cindy trabajaba en la base, aunque era civil, tenía veinticinco años y era bastante mona. Se habían conocido en el club de oficiales un viernes por la noche. Esa misma noche acabaron en la cama. Aunque sabía que era una imprudencia, Sean la había invitado a salir un par de veces después de aquello. Él sabía que aquello no iba a ninguna parte, pero ella no. Cindy había empezado a llamarlo. Tenía expectativas y quería que se tomaran su relación en serio. Él había intentado pararle los pies, pero era muy apasionada y no se dejaba desanimar tan fácilmente. Sean era un caballero casi siempre y le devolvía las llamadas y los mensajes de texto cuando ella se lo pedía, lo cual era seguramente un error. Así pues, le había dicho que iba a pasar una temporada en casa de su hermano, que estaría fuera un par de meses y que era buen momento para dejarlo. No le interesaba tener una relación seria.

A ella, en cambio, sí. Por lo menos una vez al día le dejaba un mensaje de voz o de texto en el teléfono, a veces alegre, preguntándole cómo estaba, y a veces desesperado, reprochándole que no la llamara a pesar de lo mucho que lo echaba de menos.

Lo que Sean quería ver era un mensaje de Franci que dijera: *Vuelve aquí, puedo explicártelo.* Pero era improbable que fuera a recibirlo. Franci no quería estar con él si iba a limitarse a asumir sus responsabilidades. Quería estar con él de verdad; quería que la amara y que quisiera tener hijos con ella. Pero ¿acaso era un delito no querer tener hijos? Él conocía a un montón de hombres a los que no les apetecía tener familia. No por eso era mal tipo.

Se descubrió conduciendo de vuelta a casa de Luke en Virgin River. Y pensando que le gustaba mucho la clase de persona que era antes de todo aquello, cuando estaba con Franci. Y que le gustaban los planes que tenía. Quería viajar, correr fantásticas aventuras con ella: ver el mundo, esquiar en los Alpes, hacer submarinismo en arrecifes de coral, bucear en aguas cálidas y cristalinas, volar en ala delta, montar en globo, en quad, hacer motocross, escalar montañas... No descartaba nada. Y Franci parecía pasárselo en grande. Estaban muy a gusto juntos. Y un piloto de la Fuerza Aérea y una enfermera sumaban ingresos suficientes para entregarse a toda clase de diversiones.

Franci no tenía derecho a hacer lo que había hecho. Sin decírselo siquiera. Había hecho mal. Era ella quien había hecho mal, no él. ¡Él había sido sincero!

Se detuvo frente al bar de Jack, el único del pueblo. El letrero de «abierto» estaba encendido. Entró y encontró el local desierto. Se acercó a la barra y le dijo hola a Jack.

—Buenos días —contestó Jack, sonriente—. ¿Vas a desayunar?

—Ponme un Chivas solo, si no te importa.

Jack enarcó las cejas.

—Por mí no hay problema —dijo, y sacó el vaso y la botella—. ¿Una mala noche?

Una noche preciosa, pensó Sean. Quizás era eso lo que más le fastidiaba: haber pasado una noche tan maravillosa con Franci y haber empezado a pensar «¡Por fin estoy en casa, en casa con mi mujer!». Había empezado a fantasear sobre cómo serían las cosas: la convencería de que estaban bien así y le aseguraría que con él no corría ningún riesgo. Que la quería y estaba deseando compartir su vida con ella. Era la trampa del matrimonio y los hijos lo que le ponía nervioso, lo que le hacía sentirse atrapado, sin posibilidad de escapatoria ni diversión. Pero si ese era el precio que tenía que pagar para estar con ella, transigiría. Podían casarse, pero lo de tener hijos... Para eso tendrían que pasar unos años.

«Espabila, idiota», le dijo su conciencia. «Ya está aquí. Tu Rosa Silvestre de Irlanda».

—¿Sean? —dijo Jack, poniendo la copa delante de él.

—Ah, gracias. Es que tengo muchas cosas en la cabeza.

—Ah —contestó el barman—. Bueno, no puedo decir que nunca haya recurrido al whisky antes de las diez, un domingo por la mañana, para despejar mis ideas. Una o dos veces —se alejó como un buen camarero y se atareó tras la barra.

Sean no se desabrochó la chaqueta porque su camisa no tenía botones y no quería que se le viera el pecho desnudo. Pasó media hora con el whisky, convenciéndose a sí mismo de que todo aquello era culpa de Franci y que él haría lo que tenía que hacer, pero ella tendría que suplicarle que la perdonara por haberlo engañado. ¡Y eso solo era el principio! Tendría que explicarle por qué no se había puesto en contacto con él para hablarle de Rosie antes de que su hija cumpliera tres años y medio y empezara a cuestionarse dónde estaba su padre. ¡Era imperdonable!

Sacudió la cabeza, desanimado, y pensó: «Espera un momento. Tú no quieres tener hijos, ¿y te molesta no saber que tenías uno?». Estaba confuso. Muy confuso.

—Eh, ¿Sean? —dijo Jack.

Levantó la vista.

—¿Te pongo otro?

—Sí —contestó, empujando el vaso.

Jack le sirvió otro whisky y dijo:

—Mira, el Reverendo está en la cocina si necesitas algo. Yo voy a ir aquí al lado. Estaré fuera una hora, poco más o menos. Luego vuelvo.

—¿Aquí al lado? —preguntó Sean.

—Sí. Conoces al nuevo pastor, ¿verdad? ¿El que casó a Shelby y a Luke? Bueno, nosotros no somos muy religiosos, pero Noah es buena gente y sus sermones son pasables. El Reverendo y yo nos turnamos los domingos. A nuestras señoras les gusta que vayamos. Hacemos lo que podemos por apoyar a la parroquia. Creo que necesitamos que siga abierta. Además, Noah me hace reír mucho más que sentirme culpable. Dentro de una hora estoy de vuelta.

—Claro —dijo Sean—. Que te diviertas.

—Si sigues aquí cuando vuelva, quizá te animes a desayunar para pasar ese Chivas.

—Sí, quizá —dijo Sean.

Se quedó allí un buen rato, pensando en hasta qué punto era culpa suya todo aquello, y por fin se aburrió de sí mismo. Pensó que ya arreglaría cuentas con Jack más tarde y salió del bar sin decir nada. Se sintió inexplicablemente atraído hacia la iglesia por simple curiosidad. Entró por la puerta principal, que daba a la parte de atrás de la nave.

No estaba muy llena. Hasta la mitad, quizá. La mayoría de la gente estaba sentada delante, pero en el banco de atrás, a la izquierda, había unos cuantos montañeses de larga barba gris y coleta. Se sentó en el último banco, al otro lado del pasillo. Hasta allí le llenó un tufo a humanidad procedente del otro lado.

Reconoció a unas cuantas personas a las que conocía bien: Luke, Shelby y Art, para empezar; Mel, Jack y los niños; Paige, la esposa del Reverendo, con sus hijos; Walt Booth estaba sentado delante, con Vanessa, Paul y sus pequeños. De Muriel, la novia de Walt, no había ni rastro. Seguramente estaba de viaje, como solía. También había otras personas que habían asistido a la boda de Luke.

Y allí estaba Noah, en el altar. Llevaba pantalones vaqueros, botas y una camisa de cuadros abierta por el cuello y remangada, con una camiseta azul claro debajo. No traje, ni casulla, como en la boda de Luke. A su lado, escuchando pacientemente, estaba Lucy, su border collie. Noah estaba hablando animadamente de Simón el pescador, el hombre más terco sobre la faz de la tierra, incapaz de comprometerse con Jesucristo incluso después de asistir a incontables milagros. ¡Se aferraba con tanto empeño a su cabezonería que había estado a punto de perderse el acontecimiento más asombroso y decisivo del milenio! Un auténtico cabezota, aquel Simón. Noah empezó a hablar de los años que había pasado faenando en el Pacífico, saliendo del puerto de Seattle, y de su propia obstinación, que, según decía, era legendaria.

Y la mente de Sean comenzó a vagar. «Podría haber sido más comprensivo», se dijo. «Más sensible a su necesidad de tener una familia. Podría haber intentado convencerla, y en vez de hacerlo le dije cosas mezquinas. Le dije: «Muy bien, lárgate y que te diviertas. No vas a encontrar a nadie como yo». ¡Ay, Dios! Con razón no le devolvía las llamadas.

Una vocecilla le dijo: «Intenta imaginar qué habría pasado si hubieras conocido a tu padre a los cuatro años».

Mientras soñaba despierto, Noah acabó su sermón. Después, antes de la bendición, anunció algunos acontecimientos previstos para los días siguientes, un momento perfecto para escabullirse antes de que lo viera Luke y empezara a preguntarse qué hacía en la iglesia.

—El Grupo de Mujeres Presbiterianas tendrá su primera reunión aquí el martes por la tarde, a las siete. Por favor, acudid y traed un postre para compartir. Alguien ha sugerido que hacía falta una guardería durante los oficios para que los padres puedan concentrarse en mis profundos y memorables sermones —se oyeron risas—. Eso significa que necesitamos voluntarios. Si hay alguien interesado, que me llame. Es hora de empezar a pensar en las cestas de Acción de Gracias para los necesitados, y Jack Sheridan se ha ofrecido a dirigir el comité. Él reunirá a los voluntarios y se encargará de organizarlos y de hacer un listado de personas con las que queramos compartir nuestros bienes. Vamos a necesitar un grupo de hombres y mujeres para que echen una mano. Y, por último, un anuncio: por fin he conseguido doblegar a mi voluntad a la secretaria de la parroquia, y Ellie Baldwin ha accedido a casarse conmigo.

Las risas y los aplausos cundieron por la iglesia.

—Es una mujer peligrosa —añadió—. Puede que todavía consiga hacer algo de mí. No hemos fijado la fecha, pero será lo antes posible, una ceremonia pequeña, sencilla y...

Ellie que había estado sentada frente al piano, junto al altar, se levantó.

—Pero vamos a invitar a todo el que quiera venir, ¿verdad, Noah? Por lo que a mí respecta, la boda puede ser todo lo pequeña y sencilla que quieras, menos en cuestión de invitados.

—Desde luego que sí, Ellie. Lo que tú quieras —dijo Noah—. Pero si lo estoy anunciando hoy es porque estamos buscando casa. En mi caravana no cabemos nosotros dos, los dos hijos de Ellie y un perro. Así que cualquier sugerencia será bien recibida. Y con ese último anuncio, inclinemos nuestras cabezas y...

Sean salió de la iglesia discretamente antes de que pudieran verlo. Rodeó el edificio hasta la parte de atrás y enseguida se dio cuenta de que era absurdo intentar pasar desapercibido. Luke vería su todoterreno y Jack no tardaría en decirle lo que su hermano había tomado para desayunar. Así era Virgin River. Aun así, esperó en la parte de atrás hasta que se vació la iglesia y después volvió a la puerta principal.

La trasera de la vieja camioneta de Noah estaba llena de montañeses y el pastor estaba junto a la puerta abierta, listo para subir, aunque todavía rodeaba con el brazo la fina cintura de su prometida. Sean estaba acostumbrado a tratar con pastores, pero le sorprendió por un momento que aquel fuera tan abiertamente cariñoso con una mujer tan sexy como su novia. Pensó que le convenía desaparecer cuanto antes, o haría el ridículo a lo grande.

—¿Sean? —lo llamó Noah—. ¿Estás buscando a alguien?

—No importa —dijo—. Ya veo que estás liado.

—Tengo que llevar a estos chicos a casa, pero después tengo tiempo de sobra. Si no tienes prisa, claro.

—Yo los llevo, Noah —dijo Ellie—. Vamos, ve a hablar con Sean. Luego nos vemos en casa de Jo y Nick.

—¿Estás segura? —le preguntó Noah—. Porque seguro que Sean puede...

—Puedo volver —se apresuró a decir Sean. De pronto le parecía una pésima idea hablar con el predicador acerca de su situación.

Ellie se rio ligeramente, dio un beso en la mejilla a Noah, le quitó de la mano las llaves de la camioneta y dijo:

—Vamos, Noah. No me importa en absoluto llevarlos a casa.

Noah sonrió y la estrechó entre sus brazos.

—Eres la mujer perfecta.

—Sí, lo sé —rio ella.

Noah la ayudó a subir a la desvencijada camioneta y la vio alejarse. Luego se acercó a Sean con la mano tendida.

—¿Cómo estás? —preguntó.

—Un poco agobiado —reconoció Sean.

—¿Puedo ayudarte? —preguntó Noah.

Sean sacudió la cabeza.

—No tengo ni idea. Es la primera vez que hablo con un pastor sobre mis problemas.

—Bueno, no sé si tomármelo como un cumplido —le puso una mano sobre el hombro—. ¿Dónde crees que estarás más cómodo, en el despacho de la iglesia, en mi caravana o en el bar de Jack? Podríamos desayunar, o tomar un café, o quizás incluso un poco más de lo que ya has estado tomando. Como quieras.

Sean sonrió de soslayo.

—He tomado un poco de Chivas para armarme de valor. Acabo de enterarme de que soy padre.

Noah levantó las cejas y sonrió.

—Entiendo que te haga falta una copa, dependiendo de cuál sea tu situación. Vamos a la caravana. Allí es menos probable que nos interrumpan.

—Buena idea. Perdona que no haya fijado una cita.

Noah se rio.

—¿Te habría dado tiempo a fijarla? —preguntó—. En este negocio hay que ser flexible. Vamos.

Poco después, Sean se encontraba acomodado en la cómoda autocaravana del pastor, detrás de la iglesia. Noah cerró su ordenador portátil, retiró algunos papeles y le sirvió una taza de café.

—¿Quieres quitarte la chaqueta? —preguntó.

—Estoy bien así —contestó Sean, aunque empezaba a tener calor.

Se habían sentado a la mesa y enseguida se lanzó a contarle su historia. Empezó por el final, contándole que se había encontrado con Franci cuatro años después de su ruptura y que se había dado cuenta de que había sido un idiota por dejarla marchar. Luego volvió al principio para explicarle cuál era la única cuestión, que él supiera, en la que eran incompatibles. Y por último le habló de la pelea que había puesto fin a su relación.

—Los dos dijimos cosas que no deberíamos haber dicho. Fue todo muy feo. No sé si estábamos enfadados por no poder hacer cambiar de idea al otro, o si solo intentábamos defender nuestras convicciones. La verdad, Noah, ya no lo sé —mientras miraba su taza de café, le contó algunas de las cosas que habían dicho antes de separarse.

—No he podido evitar darme cuenta de que tienes una mano magullada y un ojo morado —comentó Noah.

—Ah —dijo Sean, riendo—. No, hombre, no. ¿Pensabas...? Nada de eso. No hemos llegado a las manos. Yo jamás pegaría a una mujer, ni a un niño. Y a un hombre, solo si la pelea es justa. Esto me lo hice cuando me tropecé con Franci en el supermercado y me puse un poco pesado insistiendo en que teníamos que hablar. La agarré del brazo y un tipo del tamaño de un tráiler me lanzó contra los melones y me hizo papilla. Salió en defensa de Franci, aunque no la conocía. Y Franci saltó sobre él para defenderme a mí. Luego nos detuvieron a todos.

Hubo un momento de silencio.

—Caray, Sean, has tenido unos días muy moviditos.

—Dímelo a mí. Después pasé la noche con ella —lo miró a los ojos, esperando a que le dijera cuántos avemarías iba a costarle aquello, pero Noah no se inmutó—. Fue como volver a casa, te lo juro. No había sido tan feliz en toda mi vida. Había encontrado a mi chica. Le dije cuánto la había echado de menos, cuánto la quería, y cuando estábamos tomando el café del desayuno, apareció brincando su hija, que había pasado la noche en casa de su abuela. Franci no me había dicho nada aún, pero esos rizos rojos y esos ojos verdes son inconfundibles.

—Tú no eres pelirrojo —comentó Noah.

—Hay pelirrojos en ambas ramas de la familia: mi madre, la hermana de mi padre, un par de primos... Créeme, ese pelo es de los Riordan. Además, Franci no... —bebió un sorbo de café y se aclaró la garganta. No quería ni pensar que otro hombre pudiera ser el padre de Rosie.

Noah fue a buscar la cafetera y volvió a llenar las tazas.

—¿Te importa que te pregunte por qué estabas tan empeñado en no querer casarte ni tener hijos? —preguntó.

Sean se encogió de hombros.

—Pensaba que eso no era para mí. En aquel momento, hace cuatro años, tenía veintiocho. Tenía planes de viajar por el mundo con Franci, y necesitaba libertad para hacer las cosas que nos entusiasmaban a los dos. Los chicos de mi escuadrilla que se habían casado con sus novias de la facultad solo podían permitirse ir de camping en vacaciones, y no podían pagar una niñera todos los días, así que tenían que turnarse entre ellos para cuidar de los niños si querían salir algún viernes o algún sábado por la noche. Si se quedaban demasiado tiempo en el bar, se arriesgaban a que sus mujeres les pusieran la maleta en la puerta, y para ir a jugar al póquer alguna noche necesitaban un pase pernocta de ellas. Yo no quería vivir así —dijo—. No estaba listo para eso, y punto. Era joven, pilotaba cazas, vivía a lo grande y tenía una novia preciosa. No quería nada más. Además —añadió, desviando la mirada—, habría sido más fácil si me hubiera dado tiempo para acostumbrarme a la idea. ¡Pero me dio un ultimátum! Ahora o nunca. Así que le dije que iba de farol.

—Eh, Sean —dijo Noah suavemente—, por lo visto no era un farol.

—El póquer se me da mejor —repuso él.

—Eso espero.

—Esto es un lío. Estoy furiosa con ella por no habérmelo dicho antes, pero al mismo tiempo no estoy seguro de querer ser padre.

Noah tosió, tapándose la boca con la mano.

—Ya, pero parece que es un poco tarde para eso.

—Sí, y no sabes cómo me repatea. Además, no puedo dejar que Franci se me escape otra vez. Me ha pedido que por favor no le rompa el corazón a Rosie. Y me saca de quicio que crea que yo podría hacerle daño a una niña intencionadamente. Estoy seguro de que esto es culpa mía, pero ella tiene que tener más culpa aún. Desde luego, sería de gran ayuda que fuera culpa suya.

—¿Quieres que te dé mi opinión? —preguntó Noah—. Los consejos son gratis, y no tienes ninguna obligación de cumplirlos.

—Adelante —dijo Sean.

—Olvídate de todo eso. Es agua pasada. Lo resolveréis, con suerte sin haceros daños mutuamente. Ahora mismo, creo que lo primero es que conozcas a tu hija. Es lo más importante de todo este embrollo. Que llegues a conocer a Rosie. Eres padre, lo quieras o no, así que insiste: empieza a relacionarte con ella enseguida. Tenéis mucho tiempo que recuperar.

—¿Y cómo lo hago?

—Preséntate. Habla con ella. Juega con ella. Yo dejo que la hija de Ellie me ponga cintas, horquillas y cosas en el pelo. De ese modo estamos creando un vínculo. Yo hago el ridículo y ella tiene la sartén por el mango.

—¿Y si me pregunta...?

—Díselo antes de que pregunte —le aconsejó Noah—. Si estás seguro de que eres su padre, más vale que se lo digas en cuanto la veas. Los dos necesitáis un periodo de adaptación. Pero conviene que os pongáis con ello cuanto antes. Y en cuanto a todas esas cosas que os separaron a ti y a Franci... De eso Rosie no tiene por qué enterarse. Eso tenéis que resolverlo Franci y tú. Yo estoy disponible si me necesitáis. Puedo echaros una mano.

Sean se quedó mirándolo un momento en silencio. Por fin preguntó:

—¿En serio?

—En serio —contestó Noah—. Estudié Psicología y antes de ingresar en el seminario me dediqué a la terapia. Tengo el título y todo.

—¿Qué voy a decirle a Luke?

—Todo o nada —dijo Noah—. Lo más importante ahora mismo no es lo que les digas a otras personas, sino lo que le digas a Rosie. Es una niña pequeña. Lo sepa o no, quiere tener un padre. Necesita un padre. Tú eres esa persona. Buena suerte. Vas a tener que aprender a toda prisa lo que eso significa.

—La primera persona que tiene que enterarse de esto es

mi madre. Por si no lo has notado, es una mujer muy fuerte y con las ideas muy claras.

—Las madres no se me dan muy bien —reconoció Noah—. Pero no pasará nada. Apuesto a que te quiere mucho.

Sean sacudió la cabeza.

—Eso nunca le impedía darme una colleja si no hacía lo que ella quería. Era muy estricta, mi madre. Los cinco fuimos monaguillos. Hace muchísimo tiempo que quiere ser abuela. Y cuando se entere de que hace cuatro años que tiene una nieta y no lo ha sabido... Ay, Dios. No quiero ni pensarlo.

Noah se echó a reír.

—Pues agacha las orejas —le aconsejó.

Los domingos por la mañana, después del oficio en la iglesia, no era raro que Paul Haggerty montara su oficina en el bar de Jack. Tenía una caseta que le servía de oficina en el solar de la obra y un pequeño despacho en casa, pero le gustaba adelantar algo de trabajo allí. Colocaba su ordenador portátil al final de la barra, se conectaba a Internet aprovechando la conexión satélite del Reverendo y charlaba un poco con Jack. El bar era menos lúgubre que la caseta y allí no había un par de niños pequeños correteando de acá para allá. En casa tendría a uno de sus hijos sobre las rodillas, o a los dos.

Así que después del servicio religioso, Vanni le había dicho que se llevaba a los niños a casa y que les daría de comer y los acostaría para que durmieran la siesta. «La siesta», había repetido, guiñándole un ojo. Paul pensaba acabar un par de cosas en el bar y volver corriendo a casa.

Jack le llevó una taza de café.

—¿Un proyecto importante? —preguntó.

—Uno pequeño que se ha hecho grande. ¿Te acuerdas de la vieja cabaña de Ian Buchanan? Erin, su cuñada, quiere pasar una temporada allí el verano que viene, pero por lo visto no es de las que se conforman con un inodoro fuera de la casa. Quiere reformar por completo la cabaña, agrandarla y acondicionarla. Ella me manda fotografías de las cosas que se le ocurren y yo le mando fotografías de las cosas que tengo disponibles —sacudió un poco la cabeza—. No piensa pasarse por aquí ni una sola vez antes del verano. Es una abogada muy atareada —sonrió—. Y muy dura de pelar. No pasa nada por alto.

—¿Tienes que comprarle los muebles? —preguntó Jack.

—No —Paul se rio—. Los traerán de Robb & Stucky cuando esté acabado el interior.

—¿Robb y qué?

—Muebles de primera, amigo. La señorita Foley piensa vivir a todo tren en plena montaña. Estamos trabajando a marchas forzadas para construir una habitación más y un cuarto de baño, y aún tenemos que terminar la reparación del tejado y la instalación eléctrica, además de cavar y montar una fosa séptica antes de que caiga la primera nevada. Yo diría que nos queda un mes más para tener acabado lo principal. Llevamos trabajando desde septiembre. Y, si vamos mal de tiempo, siempre nos queda la primavera. Durante el invierno trabajaremos en el interior.

—Me acuerdo de ella —dijo Jack—. Es un poco engreída.

—No la he visto nunca —contestó Paul—. Sus e-mails son muy formales, pero imagino que es normal, siendo abogada. Lo que está claro es que sabe lo que quiere —comentó, y abrió una fotografía y dio la vuelta al ordenador para que la viera Jack.

En la pantalla había un cuarto de estar rústico, pero bellamente decorado, con un suntuoso sofá de cuero, brillante suelo de tarima, paneles de madera en las paredes, elegantes molduras en las ventanas y una gran chimenea de piedra. Entre los accesorios había alfombras, mantas, figurillas y cuadros.

Jack silbó.

—Creía que Ian tenía una estufa de leña antigua.

—Ajá. Los canteros llevan una semana allí, construyendo la chimenea. Esa cabaña ya no es la que era, te lo aseguro.

—Espero que os pague bien.

—Ofreció el trabajo al mejor postor —comentó Paul, riendo—. Esa chica sabe lo que hace. Pero esta es la primera vez que reconstruyo por completo una casa vía e-mail —pulsó la tecla de envío y dijo—: Con eso bastará por hoy —cerró el ordenador—. Tengo que volver a casa, o me perderé la hora de la siesta.

—Pronto tendréis dibujos animados —dijo Jack—. Mel dice que se inventaron para que los padres pudieran hacer el amor.

Paul enarcó una ceja, interesado.

—Lo malo es que, cada vez que oigo una sintonía de dibujos animados, me pongo cachondo.

Después de charlar con Noah, Sean se fue a casa de Luke y descubrió que sus tres ocupantes lo miraban con curiosidad. Estaban sentados en el pequeño cuarto de estar y parecían estar esperándolo. Luke, Shelby y Art.

—¿Qué pasa? —preguntó. Como si no lo supiera.

—Tu todoterreno estaba donde Jack, pero no andabas por allí. Anoche no viniste a dormir. ¿Qué está pasando?

—Voy a darme una ducha y luego me marcharé un par de días. Solo un par de días. Cuando vuelva, os lo explicaré todo.

Le respondió un completo silencio.

—Está bien —dijo Luke por fin—. También podrías decírnoslo ahora, antes de marcharte por la razón que sea. ¿Qué ocurre?

Sean suspiró profundamente.

—Si os lo digo, ¿podréis mantener la boca cerrada hasta que hable con mamá?

—Si eso es lo que quieres —Luke se encogió de hombros.

—¿Shelby? —preguntó él, y ella asintió con la cabeza—. ¿Art? —Se quedó mirándolo; no parecía entender lo que estaba pasando—. Está bien, allá va. Resulta que Franci tenía motivos para darme un ultimátum, para decirme que o nos casábamos y teníamos hijos o se iba. Estaba embarazada. No me lo dijo. Me he enterado por accidente esta mañana. Tiene... —carraspeó—. Tenemos una hija. Rosie. Tiene tres años y medio.

—Caray —dijo Luke con un gruñido, y apoyó la cabeza entre las manos.

—¡Qué maravilla! —exclamó Shelby levantándose de un salto—. ¡Eso es estupendo!

—Rosie todavía no sabe que soy su padre. Tengo que ocuparme de eso. Y tengo que decírselo a mi madre. Voy a tener que ir a Phoenix a decírselo en persona, porque no tengo ni idea de qué va a hacer. Ya sabéis lo... drástica que es para algunas cosas.

—¿Qué quieres decir con que Rosie no sabe que eres su padre? ¿No estuviste con Franci anoche? No te habrás pasado toda la noche por ahí, ahogando tus penas en alcohol, ¿verdad? —quiso saber Shelby.

—Sí, estuve con Franci, pero Rosie estaba pasando la noche en casa de su abuela, que vive en la misma calle. Creo que Franci estaba a punto de decírmelo cuando apareció Rosie y se lanzó en sus brazos —metió las manos en los bolsillos y sonrió, compungido—. Es pelirroja y tiene los ojos verdes. Dice que es la Rosa Silvestre de Irlanda —se rio en silencio—. Su ADN no admite duda.

—Bueno —dijo Luke—, eso sí que es una sorpresa.

—Sí. Así que voy a darme una ducha, a meter unas cuantas cosas en la maleta y a volver a casa de Franci para hablar con mi Rosa Silvestre de Irlanda. Luego, me marcharé a Phoenix para hablar con mamá, aunque estoy seguro de que va a hacerme picadillo.

—Estará encantada —dijo Shelby.

—No, qué va —dijeron Sean y Luke al unísono.

—Le hará feliz tener una nieta —añadió Sean—, pero va a sentarle fatal que tenga tres años y medio y que no conozca a su abuelita. Y va a querer matarme por no haberme casado con Franci. Si no voy a hablar con ella y consigo calmarla, se pondrá hecha una furia y no hará más que jorobar —miró a Art—. «Jorobar» es una palabra muy fea. Tú no la digas, y yo tampoco volveré a decirla.

—Ya sé cuáles son las feas —contestó Art, indignado—. A veces, cuando estamos arreglando el tejado, no decimos «joder», ni «mierda», ¿a que no, Luke?

—No, Art, no lo decimos. Qué bien que te hayas acordado —Luke hizo girar los ojos. Luego volvió a mirar a su hermano—. ¿Y ahora qué va a pasar?

—Que voy a tener que arreglar esta situación. Franci tendrá que casarse conmigo. O algo.

Shelby se rio y enseguida se tapó la boca. Como Sean la miraba con enfado, dijo:

—Solo estaba pensando que tendrás que pulir un poco tu declaración de matrimonio, ¿no? Porque esa es una birria.

Sean apretó los dientes. Todo aquello le venía grande.

—Voy a darme esa ducha —subió los peldaños de las escaleras de dos en dos con la esperanza de que le diera tiempo a pasar un rato con su hija y de llegar a Phoenix antes de que Luke se fuera de la lengua.

CAPÍTULO 7

Dan Brady entró en el bar de Jack y se fue derecho a la barra. Se quitó el sombrero y lo dejó en el taburete de al lado. Era domingo por la tarde, todavía temprano, y el local estaba desierto. El Reverendo tardó un minuto en salir de la parte de atrás.

—Hola, Brady —dijo mientras pasaba la bayeta por la barra—. No solemos verte por el pueblo los domingos. Es tu día libre, ¿no?

Dan asintió con un gesto. Trabajaba para Paul Haggerty y había ascendido al puesto de encargado; tenía más responsabilidades y también trabajaba más horas. Trabajaba cinco días y medio a la semana, y ese medio día, el sábado, solía acabar siendo un día completo.

—¿Me puedes poner un café?

—Claro —dijo el Reverendo, y le sirvió una taza—. ¿No sueles quedar con tu chica los domingos? ¿O es que Cheryl por fin ha espabilado y te ha dejado plantado?

Dan, normalmente tan serio, sonrió.

—Hemos quedado aquí —miró su reloj—. Dentro de unos veinte minutos. ¿Dónde está Sheridan? ¿Tiene el día libre?

—Los días que hay poco trabajo, como los domingos por la tarde, nos turnamos. Y Mel quería que hiciera un montón de cosas en casa —el Reverendo se inclinó sobre la barra—. Me alegraré de ver a Cheryl. La vemos poco por aquí.

Dan lo miró con aire de disculpa.

—Dudo que entre a saludar, Reverendo. Desde que dejó la bebida, prefiere mantenerse alejada de los sitios que le recuerdan sus malos tiempos.

—Sí, es normal. Pero para nosotros es una lástima no verla.

—Hoy tiene pensado enfrentarse a un recuerdo muy duro —comentó Dan—. Si no cambia de idea. Va a venir al pueblo a ver su antigua casa. Solo ha entrado un par de veces desde que se fue a rehabilitación, hace mucho tiempo. Va a venir a verla y, si le parece bien cómo está, hablará con una inmobiliaria para ponerla en venta.

—¿Y dónde vas a vivir tú?

—Tendré que buscarme otro sitio por aquí cerca. Trabajo aquí. No vais a libraros de mí tan fácilmente.

Se quedaron callados un momento. El Reverendo estaba pensando. Siempre se le notaba cuando estaba concentrado: fruncía las pobladas cejas negras, entornaba los ojos y apretaba un poco la mandíbula.

—Quizás algún día puedas decirle a Cheryl de mi parte que, aunque es lógico que piense tanto en los tiempos difíciles, por aquí ya nadie se acuerda de eso. La gente del pueblo solo piensa en lo maravillosa que es, venga a visitarnos o no. Estamos todos muy orgullosos de ella, muy contentos por ella. Es buena gente. Díselo si alguna vez tienes ocasión.

—Lo haré, Reverendo —dijo Dan. Y pensó: «El Reverendo es un tío estupendo».

El Reverendo puso la cafetera encima de la barra.

—Estoy en la cocina, haciendo empanadas.

Dan sacó su cartera.

—Bah, olvídalo —dijo el Reverendo—. No es más que una taza de café entre amigos, hombre —y se marchó.

Unos minutos después se abrió la puerta del bar y Cheryl dijo:

—Ya estoy aquí, Dan. Cuando quieras.

Él se volvió para mirarla y sonrió. Estaba cada vez más guapa. Salieron juntos del bar, tomados de la mano.

—He venido andando. Vamos en tu camioneta —dijo él—. ¿Quieres que conduzca yo?

Cheryl le pasó las llaves y se sentó en el lado del copiloto.

—¿Todavía quieres hacerlo? —preguntó él.

Ella asintió con la cabeza. Había crecido en aquella casa, una de las muchas cosas que había dejado atrás al marcharse de Virgin River, donde también había dejado su desgraciada infancia, su alcoholismo, su mala reputación y su perpetuo fracaso. Su sentimiento de desesperanza se había esfumado al conocer a Dan Brady.

—Resulta que, cuando estoy contigo, puedo hacer un montón de cosas.

A cambio de una moratoria en el alquiler, Dan había estado remodelando la casa. Cheryl solo la había visto una vez desde que Dan vivía allí, y había sido un mes después de darle las llaves. La casa había mejorado muchísimo en ese mes escaso, pero ella no había tenido valor para volver a visitarla. La sola idea de cruzar su puerta, por cambiada y mejorada que estuviera, era una perspectiva penosa para ella. Le traía tan malos recuerdos... Había pasado casi quince años sumida en una especie de estupor alcohólico. Y no era una borracha corriente; era la borracha del pueblo.

Dan, por su parte, también tenía sus fantasmas, pero eran distintos. Había cultivado marihuana y había estado en la cárcel.

—No tienes por qué hacerlo —le dijo Dan, dándole la mano—. Puedes colgar el cartel de «se vende» sin necesidad de entrar. En la agencia inmobiliaria te dirán cuánto puedes pedir por ella con todas las mejoras.

—Puedo hacerlo —dijo Cheryl—. Quiero verla.

—¿Estás segura? Porque quiero que sigamos adelante. No

hay razón para que nos quedemos estancados en el pasado. Lo hemos vencido, los dos. Lo único que tenemos que hacer es mantener fresco su recuerdo, para no volver a tomar ese camino.

Cheryl se volvió y le sonrió con ternura. Apretó su mano.

—Llevo sobria un año y pico —dijo—. Me siento bien. El peor día que paso sobria es infinitamente mejor que mis mejores días borracha. Quiero ver la casa, venderla y compartir mi vida contigo. Eres lo mejor que me ha pasado nunca.

—Entonces, vamos allá —dijo él.

Llevaban juntos más de seis meses. Se lo estaban tomando con mucha calma, pasito a paso. Hacía apenas un par de semanas que habían pasado su primera noche juntos, y ahora tenían planes a largo plazo: vender la casa de Cheryl y empezar a construirse una nueva a las afueras de Virgin River. Como el terreno que habían elegido no estaba dentro del pueblo, Cheryl no tendría que pasarse por allí a menos que le apeteciera.

La decisión de hacerse una casa allí tenía más que ver con el trabajo de Dan que con las preferencias de ella. Desde que trabajaba para Paul, la vida de Dan había dado un vuelco. Sus ingresos eran excelentes, pero empezaba a trabajar temprano y acababa tarde. Hacía, además, un montón de horas extras, lo que significaba más dinero en el banco. Vivir cerca del trabajo era una ventaja para él.

Aparcaron delante de la casa y Dan salió y rodeó la camioneta para abrirle la puerta. Cheryl le dio la mano mientras se acercaban al robusto porche de la bonita casa. Él abrió la puerta nueva y la dejó pasar. Había pasado más de seis meses remozando por completo la casa para que ella pudiera venderla y pasar página, y estaba orgulloso de su trabajo. Estaba deseando que Cheryl la viera.

Ella recordó de inmediato cómo era la casa cuando vivía allí. Tenía treinta años cuando logró marcharse, y los recuerdos volvieron a inundarla. Antes olía tan mal... No recordaba que le hubieran hecho nunca una limpieza a fondo, y su difunta madre se fumaba dos paquetes diarios, de modo que el aire estaba perpetuamente cargado de una nube de humo de tabaco. Había tantas rendijas en las puertas y las ventanas que en invierno siempre hacía frío, por alta que pusieran la calefacción. Y Cheryl se había acostumbrado a que el linóleo estuviera rajado, a que faltaran azulejos en el cuarto de baño, a que los armarios de la cocina no tuvieran puertas y a que hubiera manchas de nicotina en las paredes y las ventanas.

Ahora, en cambio, estaba impecable. Los suelos de madera relucían, las paredes estaban lisas y pintadas de vivos colores, las lámparas eran nuevas. Entró en la cocina: a pesar de ser muy pequeña, era una obra maestra de madera, cristal, granito y electrodomésticos de acero inoxidable.

El único mobiliario que tenía Dan eran algunos taburetes arrimados a la barra del desayuno, recién construida, los muebles del dormitorio y un sillón reclinable de La-Z-Boy en su habitación: su sillón de lectura. Y de dormir, a veces.

—Es increíble —susurró ella—. Increíble. Tienes muchísimo talento. Me muero de ganas de ver qué vas a hacer en nuestra casa.

Dan se encogió de hombros.

—Me han ayudado un poco, ¿sabes? Y me gusta la albañilería. Llevo el oficio en la sangre.

Cheryl abrió la puerta del cuarto de baño. Estaba irreconocible. La ducha vieja, el antiguo lavabo de pie y el inodoro de cisterna con cadena habían desaparecido. En su lugar había una gran bañera y una ducha con mampara de cristal. El suelo, la encimera y el lavabo eran de mármol. Dan había tenido que pedirle prestada a Luke Riordan una de sus cabañas diez días mientras reformaba el baño. Paul lo había ayudado a cambiar la instalación eléctrica, Jack a cambiar las tuberías y el Reverendo a llevar la bañera, el lavabo y el váter y a instalarlos. Entre los cuatro habían instalado y rematado los muebles de cocina en un solo día.

Eso era lo mejor del proyecto: que ahora Dan tenía amigos, cuando hacía uno o dos años no tenía a nadie.

Y el grupo de apoyo de Cheryl a través de Alcohólicos Anónimos había crecido y se había expandido más allá de aquel estrecho círculo. Después de pasar seis meses empleada como camarera, ahora trabajaba en la cafetería de la escuela para adultos y estaba haciendo dos cursos con la esperanza de conseguir algún día su diploma. Hacía un par de meses que había dejado la casa comunitaria en la que vivía para alquilar un pequeño apartamento en una casona victoriana dividida en tres pisos. Aquella independencia recién estrenada le estaba dando una seguridad en sí misma que nunca había tenido.

Dio una vuelta completa, contemplando la impresionante reforma de la casa. Mientras había vivido allí con sus padres, su dormitorio era poco más que un cobertizo pegado a la casa. Dan había echado cimientos y reconstruido la habitación añadiéndole grandes ventanas. La lavadora y la secadora estaban antes en un rincón del porche de atrás. Ahora, ese porche estaba cerrado con ventanas y se había convertido en un solario con un cuartito para la lavadora al fondo. La casa vieja, sucia y destartalada que había conocido Cheryl se había convertido en una casita preciosa.

—Jamás podré pagarte esto —dijo.

Dan la estrechó en sus brazos y la besó. Lo que empezó siendo un beso de cariño acabó siendo un beso apasionado, como solía ocurrir entre ellos.

—Es una suerte que no tengas que hacerlo.

Ella le rodeó el cuello con los brazos.

—¿Y ahora qué?

—Vamos a decirle a la inmobiliaria que ponga el cartel. Es muy probable que no se venda enseguida, sobre todo en esta época del año. Cuando se venda, me buscaré un sitio pequeño en alquiler. Y cuando estés lista, solo cuando estés lista, empezaremos a construir una casa en la que podamos envejecer.

—Juntos —añadió ella—. Cuando llegue el momento, estaré preparada.

Dan pasaba a veces la noche con Cheryl, si lo invitaba, pero no tenían planes de irse a vivir juntos todavía. Sus planes a largo plazo incluían comprometerse, acabar de construir una casa pequeña pero perfecta en una parcela bonita y, al final, casarse. Cheryl prefería tomarse las cosas con calma, y Dan le aseguraba constantemente que él no iba a ir a ninguna parte.

—¿Quieres que comamos donde Jack? —le preguntó.

—Puede que dentro de un tiempo —contestó ella—. Cada cosa en su momento, ¿de acuerdo?

—No hay prisa, nena —dijo él—. Tienes amigos aquí cuando estés preparada.

—Lo sé. No me los merezco, pero los valoro muchísimo.

—Por suerte para ti, no tienes que merecerlos —insistió él—. Vámonos a comer. Verte contenta me da ganas de salir a celebrarlo.

La tarde de aquel domingo resultó mucho menos relajada para Vivian Duncan de lo que esperaba. Tenía pensado darse un día de relajación en casa: manicura, pedicura, limpieza facial y varias horas de lectura, seguida por una siesta. Pero lo sucedido esa mañana había sido tan chocante que le era imposible relajarse. Recordaba cómo, al entrar en casa de Franci esa mañana, se había encontrado cara a cara con el padre de su nieta. Era tan guapo como recordaba, a pesar de que tenía la cara magullada. Estaba de pie en la cocina, en vaqueros, sin camisa y descalzo, y parecía un anuncio de Calvin Klein. Estaba claro que había pasado la noche allí.

Ella se había apresurado a sacar de allí a Rosie para que pudieran hablar, pero en cuanto vio la costa despejada regresó a casa de su hija. Franci y ella habían tenido que hablar en clave y en voz baja en la cocina mientras Rosie estaba en su cuarto con Harry, poniéndose su vestido de princesa y vistiendo al perro con un tutú.

—¿Ha vuelto? —susurró Vivian.

—Ya lo creo —respondió su hija—. Y me ha pedido que no le diga nada a Rosie hasta que tenga las cosas claras. Va a llamar esta noche.

—¿Cuándo apareció? —preguntó Viv.

—Hace más de una semana. No te he dicho nada porque quería tener tiempo de pensar cómo iba a encarar la situación y a decirle lo de Rosie. Estos últimos días han sido muy estresantes.

—¿Es que había más de un modo de decírselo? —preguntó Vivian.

—Está bien, mamá, voy a serte sincera, aunque pueda dolerte. Quería decidir cómo iba a afrontarlo sin tener presiones.

Vivian se quedó callada un momento. Luego asintió enérgicamente.

—Muy bien, has sido sincera, pero no me ha dolido. Eso lo has heredado de mí.

Franci sonrió. Luego se echó a reír.

—Estupendo —dijo Viv—. Nada de lloros. Entonces, ¿está todo resuelto?

—¿Has oído lo que te he dicho, mamá? —dijo Franci—. No tengo ni idea de qué va a pasar.

—Pensé que anoche habías quedado con T.J. —dijo Viv, riendo—. Pero...

—Había quedado con T.J. —susurró Franci—. Durante la cena le dije que me había encontrado con Sean y le expliqué la situación. Me trajo a casa temprano y me dijo que solucionara la situación y que lo avisara cuando hubiéramos arreglado todo lo relacionado con Rosie. Mientras nos despedíamos, yo sabía que el coche de Sean estaba aparcado al otro lado de la calle con el motor en marcha. Estaba esperando a que volviera a casa. Tengo la sensación de que a T.J. no va a gustarle cómo he llevado la situación. Dejé que Sean se quedara a pasar la noche antes de decirle lo de Rosie... —tragó saliva—. No sé quién está más enfadado conmigo, si T.J. o Sean. T.J., porque otro hombre se ha metido en su territorio, un hombre del que hasta ahora no sabía nada. Y Sean porque pensaba que había recuperado a su chica y se ha encontrado con otra cosa.

—Bueno, estoy segura de que tenías tus razones... —comentó Viv.

—Eso es lo malo, ¡que no tenía ninguna! Te juro que ese hombre solo tiene que...

—Ahórrate los detalles —dijo Vivian, y comenzó a abanicarse la cara con la mano.

—No sé qué va a pasar —añadió Franci—. Intentaré solucionarlo con Sean lo mejor que pueda. Primero le daré tiempo para pensar. Tenía razón. Descubrió que, cuando rompimos, yo estaba embarazada al ver los ojos verdes de los Riordan en su hija de tres años y medio.

Después de enterarse de lo ocurrido, Vivian dejó a Franci y a Rosie con sus planes para esa tarde y regresó a su casita. Cuando estuvo sola, llamó al móvil de Carl y le dejó un mensaje. Carl, su amigo especial, también pensaba pasar el día en su casa, haciendo tareas atrasadas y preparando la cena para sus hijos, un chico de diecisiete años y una chica de diecinueve.

Ambos procuraban compaginar sus complejas obligaciones familiares con su relación laboral y romántica, todo ello con gran cuidado. Vivian era viuda desde que Franci tenía siete años, y aunque durante esos últimos veintitrés años había tenido relaciones con varios hombres, ninguna de ellas había sido duradera. Desde el nacimiento de Rosie, compartía con Franci el cuidado y la crianza de la niña.

Carl, por su parte, era viudo desde hacía dos años, y sus hijos seguían siendo básicamente adolescentes que aún lloraban a su madre, una mujer guapa e inteligente, muerta prematuramente de cáncer de mama.

Carl tenía cincuenta años; Vivian, cincuenta y cinco. Los dos eran atractivos y estaban en forma, y no había razón para que no se fijaran el uno en el otro si había buena química. Él era médico de familia en la clínica donde Vivian trabajaba como enfermera desde hacía casi tres años. Carl había sido primero su compañero y su jefe, luego su amigo y, desde hacía un año, su pareja.

A su modo de ver, hacían una pareja magnífica. Ella era bajita, estilizada y rubia; él era mestizo, grande y corpulento. Al mudarse al pueblecito de Eureka, Vivian no esperaba ni mucho menos encontrar a un hombre como él.

Pero, debido a los hijos de Carl y a las obligaciones de Vivian para con su hija y su nieta, soñaban con que llegara el momento en que pudieran concentrarse el uno en el otro. Carl lo llamaba su «renacimiento»; Vivian, el «bendito nido vacío».

Naturalmente, ninguno de los dos ocultaba la existencia del otro, pero sus hijos (por ser eso, hijos) no pensaban en la vida amorosa de sus padres. En absoluto.

Por fin, a eso de las tres de la tarde, sonó su móvil. Era Carl. Antes incluso de decir hola, exclamó:

—¡Carl! ¡Está pasando!

—¿A qué te refieres? —preguntó él, un poco alarmado.

—¡El padre de Rosie ha vuelto! Estoy encantada, en parte. Podrían formar una familia si lo intentaran, estoy segura. Pero por otra parte estoy angustiada. Es piloto militar, Carl. Va a llevárselas lejos de aquí.

—Creo que necesitas alguien que te abrace.

—Posiblemente —contestó—. Pero no cualquiera.

—Después de darles el asado a mis hijos, si es que vienen a cenar, me pasaré por allí un rato.

—Eres un cielo —dijo ella.

Cuando colgaron, se puso manos a la obra con la manicura,

la pedicura y la limpieza de cutis que tenía previstas. Quería estar perfecta si iba a pasar un rato en brazos de Carl. Y se aseguraría de que el cerrojo estuviera bien echado y de que hubiera un coche delante de su puerta.

El domingo por la tarde, Sean preparó su petate en casa de Luke. Luego fue a comprar algo de comida rápida que le sentó fatal y regresó a casa de Franci en Eureka. Tenía el estómago revuelto por los nervios y además había tomado whisky para desayunar. Franci se sorprendió mucho cuando abrió la puerta y lo vio allí.

—Has vuelto —llevaba una sudadera vieja y unos vaqueros, grandes zapatillas peludas y una especie de plumero de mango largo en la mano.

Estaba preciosa. A Sean le dieron ganas de abrazarla allí mismo, pero...

—¿Interrumpo vuestros planes? —preguntó.

—Eso depende de lo que quieras. Estamos limpiando nuestras habitaciones —dijo ella—. Bueno, yo estoy limpiando la mía y Rosie se distrae un poco, pero lo intenta.

—¿Te importa que pase?

—¿A qué has venido, Sean? —preguntó ella, pero se apartó para dejarlo entrar—. Ibas a llamar esta noche.

—Tengo que hablar con Rosie —dijo—. Tengo que decírselo.

—¿No deberías hablarlo primero? ¿Pensar cómo vamos a hacerlo?

Él sacudió la cabeza.

—Solo quiero conocerla un poco, decirle quién soy. Y tengo que hacerlo ahora porque voy a ir a decírselo a mi madre.

Franci puso una mano en la cadera y dejó escapar un suspiro.

—Esto es un poco precipitado —dijo.

—Dímelo a mí. Pero es lo que hay, Franci, así que tendremos que apañárnoslas.

—¿Qué piensas decirle? ¿Quieres que te ayude? ¿Que se lo digamos juntos?

—No sé qué voy a decirle —contestó—. Prefiero hacerlo solo, pero ¿puedes quedarte cerca por si me meto en un lío?

Ella lo agarró del antebrazo.

—Sean, ¿vas a decírselo y a desaparecer? Porque si eso es lo que planeas, necesito saberlo para intentar minimizar los daños. No quiero que sufra.

Él la miró a los ojos. Dios mío, qué guapa era. Y él era un animal; se estaba preparando para decirle a Rosie que era su padre y en ese momento solo podía pensar en quedarse a solas con Franci. Desnuda.

—Pienso entablar con ella una relación que dure muchísimo tiempo. Dame un poco de tiempo. No tengo ni idea de cómo se hace, pero voy a intentarlo. ¿Qué sabe ella?

—Nada. Básicamente, nada.

—Dijiste que había empezado a hacer preguntas —le recordó él.

—Preguntas de niña pequeña, solamente. Se ha dado cuenta de que hasta los hijos de parejas separadas tienen papá. Preguntó dónde estaba nuestro papá. Le dije que estabas en la Fuerza Aérea. Hay que aprender a decirles a los niños solo lo que quieren saber. Ni siquiera preguntó quién eras, solo dónde estabas. Pero me di cuenta de que no podía seguir posponiéndolo, que tendría que empezar a buscarte —se encogió de hombros—. Fue hace muy poco tiempo.

—¿Por qué has esperado tanto? —preguntó Sean.

Franci sacudió la cabeza.

—No lo sé. No quería afrontarlo. Sabía que ibas a enfadarte. Y que sería todo muy confuso para Rosie. Las cosas podían complicarse mucho. Y me daba miedo que... que no quisieras reconocerla.

Sean arrugó el ceño.

—¿Que no quisiera reconocerla? —preguntó, confuso.

Ella respiró hondo e irguió la columna.

—Sabía que no querías tener hijos. Me lo dejaste muy claro. Y la verdad es que yo no quería nada de ti. Así que pensé que quizá dijeras que no era tuya y que no querías...

Sean la agarró de la cintura y la atrajo hacia sí hasta que sus narices casi se tocaron.

—Escúchame. Cuando estábamos juntos, no hubo nadie más, ni para ti ni para mí. Estábamos más casados que la mitad de las parejas casadas con las que me relaciono. Si tenías una hija, era mía. ¿Crees que no iba a reconocerlo?

Ella dejó que sus ojos se cerraran. No lo hizo a propósito: fue su reacción natural. Quería apartarlo de un empujón y tomar las riendas, pero al respirar hondo sintió su aliento, su olor. Y susurró:

—Solo podía tener esperanza, Sean. Había mucha ira entre nosotros.

Sean relajó los brazos sin soltar su cintura, para que tuviera un poco de espacio.

—Franci, las cosas que tenemos que resolver... Eso no tiene nada que ver con Rosie, es cosa nuestra. Tenemos que intentar no mezclar esos asuntos. No quiero que Rosie sufra por la ira que haya entre nosotros. Sería injusto.

Franci ladeó la cabeza y lo miró inquisitivamente.

—Vaya, casi parece que te ha aconsejado un psicólogo o algo así.

—¿Puedo hablar con ella? ¿Te quedarás cerca por si te necesito?

—¿Y si le extraña que se lo digas tú en vez de decírselo yo? —preguntó Franci—. ¿Qué hacemos, entonces?

Sean se encogió de hombros.

—Decirle que te ha sorprendido verme. Y que a partir de ahora siempre sabrá dónde estoy. Podemos hacerlo, Franci.

Ella estaba completamente perpleja.

—Sí, eso parece. Está en su habitación. Yo estoy en la habitación de al lado, en mi cuarto. Buena suerte.

Sean respiró hondo, tembloroso.

—Gracias.

Dio media vuela y entró en la habitación de su hija.

Se quedó un momento en la puerta del cuarto de color lavanda, mirando. Rosie tenía una cocinita de juguete muy grande con la que estaba entretenida. Llevaba un vestido de princesa amarillo que había conocido mejores tiempos: debía de haber sacado mucho partido al disfraz, porque parecía una princesa mendiga. Llevaba puestos unos zapatos de plástico con lentejuelas que le quedaban grandes y una diadema torcida sobre los rizos rojizos. Hablaba en voz baja para sí misma mientras jugaba a remover el contenido invisible de una sartén, sobre uno de los quemadores de la cocinita.

—Hola, Rosie —dijo él con voz serena.

La niña miró hacia atrás, pero siguió cocinando.

—¿Te importa que entre? —preguntó Sean.

Ella respondió encogiéndose de hombros. Sean despejó un espacio lleno de juguetes, muñecas, libros ilustrados y otros cachivaches que no reconoció y se sentó al borde de su cama.

—¿Qué estás haciendo?

—Cosas.

—¿Te gusta cocinar?

La niña asintió con un gesto y se volvió hacia él.

—Me gusta cocinar en la cocina de verdad, pero solo con mamá o con la abuela.

—Claro, es lógico —contestó él.

Rosie se acercó a él sujetando la sartén con una mano y una cuchara en la otra. Le acercó la cuchara a la boca.

—¿Qué es? —preguntó Sean.

—Pollo —dijo, arrimándole la cuchara a los labios.

Sean se preguntó dónde habría estado aquella cuchara e hizo una leve mueca al pensarlo.

—¡Está muy bueno! —insistió ella.

Él abrió la boca un poco y dejó que le diera un poco de pollo imaginario.

—Mmm. Qué rico. ¿No tendrías que estar recogiendo tu habitación?

Rosie se volvió hacia su cocinita.

—No. Estoy haciendo cosas.

—¿Quieres que te ayude a guardar tus juguetes y tus cosas?

—No —se volvió de nuevo hacia él con la sartén y la cuchara en las manos y le acercó la cuchara a la boca.

—¿Más pollo?

—Brócoli. Es muy bueno para la salud.

—Ya. Pero tampoco llena mucho —comentó él—. Oye, quería preguntarte un par de cosas. Por tu papá, por ejemplo. ¿Qué sabes de tu papá?

Rosie se volvió hacia la cocinita y siguió trajinando.

—Tiene un avión muy grande —dijo sin mirarlo—. Es muy importante y tiene un avión muy grande.

—¿Ah, sí?

Ella asintió.

—Pues quiero decirte una cosa, Rose. Resulta que tu papá soy yo. ¿Qué te parece?

Ella miró hacia atrás. No parecía muy impresionada.

—¿Dónde está tu avión?

Sean oyó una risilla procedente del pasillo. Se inclinó para mirar por la puerta, pero no la vio.

—En la base de Beale. Allí es donde guardo el avión cuando no estoy volando. ¿Te gustaría verlo alguna vez?

Rosie asintió vigorosamente y su diadema se torció más aún.

—¿Puedo ir a dar una vuelta en él?

—Me temo que eso está prohibido. Pero puedes montarte conmigo cuando esté aparcado, en tierra.

—Mi mamá vuela en helifróptero.

—¿En helicóptero, quieres decir?

Ella asintió otra vez con entusiasmo.

—Sí. En helifróptero.

—Ya me lo ha dicho —y se preparó para afrontar las preguntas difíciles. «¿Dónde has estado? ¿Por qué has venido? ¿Vas a vivir con nosotras?».

Pero ella preguntó:

—¿Tienes perro?

Sean negó con la cabeza.

—Pero tú sí, ¿verdad?

—Harry —dijo—. ¿Tú tienes abuela?

—Antes sí la tenía —contestó—. Cuando era pequeño, como tú, tenía dos abuelas. La mamá de mi madre y la mamá de mi padre —seguro que ahora llegarían las preguntas difíciles.

—¿Tienes bici?

Sonrió.

—Pues sí. ¿Y tú?

Rosie sacudió la cabeza.

—Pero tengo un cuac.

—¿Un qué? —preguntó él.

—Ven, te lo enseño —dijo y, tomándolo de la mano, lo llevó hasta el garaje. Abrió la puerta y allí, junto al coche de Franci, había un quad de plástico en miniatura de color rosa y morado.

—¡Hala! ¿Funciona?

Rosie le hizo una mueca, como si fuera un perfecto idiota. Luego bajó el escalón del garaje, montó en el quad, pulsó un interruptor y pisó el pequeño pedal. El quad se movió lentamente, hasta chocar con la pared.

—Es increíble —dijo Sean—. Vamos, Rosie. Tu habitación

está hecha un desastre. Te ayudaré a recoger los juguetes mientras hablamos de cosas.

—Noooo —se quejó ella.

—¿No te ha pedido mamá que recojas la habitación? No sé tú, pero cuando a mí mi mamá me pedía que hiciera algo, no me atrevía a decir que no —la tomó de la mano—. Vamos a recoger un poco; luego puedes hacerme más pollo con brócoli. Y yo te lo contaré todo sobre mi avión.

—¿Puedo dar una vuelta en él?

Sean hizo girar los ojos.

—Puedes montar en él cuando esté aparcado y si vas conmigo. Podemos hacerlo alguna vez si quieres. Vamos.

Volvieron al cuarto de Rosie. Sean recogió más juguetes de ella, pero no tuvo que responder a ninguna pregunta traumática. Le preguntó los nombres de sus peluches y sus muñecas, leyeron un par de libros juntos, hicieron la cama, jugaron a cocinar, lo recogieron todo y hablaron. Él le contó que su madre iba a ser también su abuela, y que tenía el pelo rojo y los ojos verdes, como ella, aunque era mucho más vieja. Le dijo que tenía hermanos que serían sus tíos. Ella pareció aceptar la noticia sin mucha emoción. Así que Sean le preguntó por el colegio y por los nombres de sus amigos. Descubrió que tenía varios vestidos de princesa en el armario, todos ellos más o menos hechos jirones, y un montón de zapatitos de tacón alto.

—Me los llevé al cole para que se los pusieran mis amigos, Marisa y Jason.

—¿En serio? —Sean se rio—. ¿A Jason le van esos zapatos?

—¿Qué?

—¿Sabes una cosa, Rosie? Que eres una pasada.

—Yo nunca doy patadas —contestó ella, sacudiendo la cabeza—. No hay que pegar.

—Sí, señorita —dijo él.

Sean perdió la noción del tiempo. La habitación estaba más

o menos recogida. Tuvieron una conversación memorable sobre todo y sobre nada, y Sean comenzó a sentir que le quitaban un peso enorme de encima. Aquello no era tan malo. No había querido hablar con su hija sin que Franci estuviera en la habitación de al lado, pero le parecía que lo estaba haciendo bastante bien, para no tener ni idea.

Le preguntó a Rosie si dormía la siesta y ella le informó de que no quería dormirla. Así que le sugirió que leyeran un par de libros tumbados en su camita. Rosie aceptó a regañadientes. Para él, en cambio, fue un alivio. Estaba exhausto. No había dormido mucho la noche anterior y la mañana había estado llena de estrés. Así que eligió un par de libros ilustrados, se apoyó en el cabecero de la camita, la invitó a sentarse a su lado y comenzó a leer.

No duró mucho.

Franci estaba fregando la ducha del cuarto de baño principal cuando oyó sonar su móvil. Se limpió las manos, sacó el teléfono del bolso y miró el número. Era T.J.

—Hola —dijo.

—¿Qué hay?

—Poca cosa. Estaba limpiando un poco la casa. ¿Y tú?

—Me estaba preguntando si habías resuelto ya ese asunto con el padre de Rosie.

—Bueno —contestó, sentándose en la cama—, he empezado. Se lo dije esta mañana. No le hizo mucha gracia. Necesita tiempo para hacerse a la idea. Ahora mismo está con ella, jugando y charlando.

—¿Y tú? —preguntó él.

—¿Yo? Yo estoy limpiando mi cuarto de baño mientras ellos juegan y hablan.

T.J. se rio sin ganas.

—Francine, ¿le has dicho que tenéis que poneros de

acuerdo en el régimen de visitas y que luego tiene que largarse, como acordamos?

Ella arrugó el ceño y no contestó de inmediato.

—¿Eso es lo que acordamos? Acaba de enterarse, T.J. Creo que ni siquiera sabe lo que quiere.

—¿Le has dicho que...?

—Francamente, no he hablado con él desde que llegó hace un par de horas y me preguntó si podía pasar un rato con Rosie, que es lo que ha estado haciendo desde que está aquí. De momento, están solos.

—¿Te parece sensato dejar a Rosie sola con él? No lo conoces tan bien.

Franci sintió una ira repentina, pero prefirió refrenarla.

—Sí, lo conozco muy bien, T.J. De hecho, lo conozco mejor que a ti. Y ahora...

—¿Le has dicho que estás comprometida y que no tiene ninguna oportunidad de retomar vuestra antigua relación?

Ella suspiró.

—Le he dicho que he estado saliendo con otra persona. Pero ese no es uno de los problemas que tenemos que resolver.

—No parece que estés haciendo muchos progresos.

—Pues los estoy haciendo —replicó ella. Y pensó: «¿Desde cuándo permito que este hombre crea tener tanto poder sobre mis actos?»—. Estoy manejando bastante bien la situación, aunque al parecer con menos rapidez de la que te gustaría. Así que te sugiero que me permitas un poco de tiempo para resolver las cosas y ya te diré cómo va todo. ¿Eh? ¿Qué te parece?

—¿Tengo elección?

—Desde luego que sí —contestó ella—. Puedes negarte a ser paciente y buscarte una novia que disfrute dejando que pidas por ella en los restaurantes. Quizás una con el pelo largo.

—Te estás comportando como una cría —replicó él.

—Y tú intentas controlarme.

—Intenta ser inteligente en este asunto —añadió él—. Utiliza la cabeza.

Si había algo que le molestara más que que le dijeran que era una torpe en la cama, era que dieran a entender que no era muy inteligente.

—Lo intentaré, T.J., puedes contar con ello —contestó—. Puede que me cueste un gran esfuerzo, pero lo intentaré. Ya hablaremos.

Y colgó.

«Caray», pensó. T.J. nunca le había prestado tanta atención desde que habían empezado a salir. Debía de sentirse completamente amenazado.

No sabía si ello le hacía gracia o le preocupaba, pero apagó el teléfono por si acaso T.J. decidía que tenía algo más que decir.

CAPÍTULO 8

Sean despertó en la habitación en penumbra de una niña. Oía a Rosie y a Franci hablando en alguna parte de la casa. Se incorporó en la pequeña cama y pensó: «Me he quedado como un tronco en una cama de bebé». Se sacó de debajo un par de libros infantiles.

La puerta estaba cerrada, pero se oían ruidos en la casa. Se levantó, se desperezó y entró en la cocina. Lo asaltaron los recuerdos al ver a Franci preparando una gran ensalada. Le encantaban sus ensaladas; les ponía absolutamente de todo. Franci estaba a un lado de la pequeña isla del centro de la cocina y Rosie, que llevaba vaqueros, sudadera y calcetines gruesos, estaba arrodillada sobre un taburete, al otro lado. Algo hervía en el fuego y Rosie sostenía un par de cucharas de madera e iba removiendo la ensalada a medida que Franci añadía ingredientes. Después Franci tenía que recoger todas las hojas que caían a la encimera.

Se volvieron las dos para mirarlo. Franci se rio, pero intentó taparse la boca con la mano mientras Rosie sonreía de oreja a oreja.

—¿Has dormido bien? —preguntó alegremente.

—Sí —contestó él—. Perdonad que me haya quedado dormido. Supongo que estaba cansado.

—Hemos hecho galletas y hemos visto una película —dijo Rosie.

—Vaya, ¿cuánto tiempo he dormido?

—Un par de horas, creo —respondió Franci—. Estoy haciendo unos espaguetis. Estás invitado a cenar. Pero luego tendrás que irte, claro, porque mañana trabajo y Rosie tiene cole.

—Pensaba ir a Sacramento en coche y allí tomar un avión para Phoenix. Para ver a mi madre, ya sabes.

Franci hizo una ligera mueca al oír mencionar a Maureen. Lo cierto era que le caía bien, aunque sus hijos tendieran a idolatrarla y, al mismo tiempo, a esquivarla. Pero no quería ni pensar en cómo reaccionaría cuando se enterara de lo de Rosie.

—Puedes usar mi ordenador si quieres ver horarios de vuelos, pero creo que esta noche no podrás tomar ningún avión. Seguramente tendrás que intentarlo mañana.

—Puede que sí —contestó—. ¿Me disculpan las señoras? Tengo que usar el baño.

—Claro —dijo Franci con una sonrisa.

«Bueno», pensó Sean, «parece que a Franci ya no la inquieta que esté aquí. Le parece todo muy divertido». Entró en el cuarto de baño del pasillo que separaba las dos habitaciones y levantó la tapa del váter. Bostezó. Se rascó la cabeza y notó que tenía algo en el pelo. Mientras seguía haciendo pis, se inclinó hacia la izquierda para mirarse en el espejito que había encima del lavabo y estuvo a punto de darle un infarto. Dio un respingo y desvió un poco el chorro.

Tenía un montón de «cositas» de niña en el pelo corto: horquillas, lazos, gomas, pasadores con cuentas de colores. Y había otra cosa, además. Se quitó un trozo de celo de la cabeza. Como tenía el pelo tan corto, ¡Rosie le había pegado los adornos con celofán! Pero eso no era lo peor: de pronto tenía una boca al estilo de Angelina Jolie, roja brillante, pero emborronada. Tenía los párpados pintados de azul y las mejillas coloradas. Parecía un payaso. Se subió la cremallera. Se mojó un dedo en el grifo y se frotó el párpado. Lo único que pasó fue que de pronto vio que tenías las uñas pintadas de verde claro. Se lavó las manos enérgicamente. «Ay, Dios...». ¡Lo habían tatuado mientras dormía! Se llevó a la boca la pastilla de jabón. Pero por más que restregó no consiguió nada.

—¡Fraaaaaaanci! —gritó.

Un momento después ella llamó a la puerta y Sean la abrió de golpe. Franci se estaba secando las manos en un paño de cocina. Sean arrugó el ceño.

—Es rotulador, creo —dijo ella antes de que preguntara nada.

—¿Por qué? —preguntó, desesperado y perplejo.

Franci se encogió de hombros.

—No le dejo tocar mi maquillaje. Y ella cree que estás guapísimo —sonrió.

Sean se irguió y frunció los labios.

—Van a echarme del Ejército.

Franci se rio.

—Ya se nos ocurrirá algo. ¿Te quedas a cenar?

—¡No puedo salir así!

—Vamos a intentar quitarte el color verde las uñas con un poco de acetona. Después de cenar veré qué puedo hacer con tu... maquillaje. Pero, Sean, en serio, la regla número uno con un niño de tres años es no cerrar nunca los ojos.

Franci logró quitarle el rotulador de las uñas e hizo algunos progresos con el «carmín» y la «sombra de ojos», aunque no consiguió quitárselos del todo. De todos modos, aquellos colores iban bien con el azul verdoso de su ojo morado. Franci sacó una barra de corrector de su bolsita de maquillaje y le aplicó un poco.

—¿Por qué te lo quitas? —preguntó Rosie.

—Porque no puedo llevarlo a trabajar —explicó él.

—Pero ¿vas a trabajar? —quiso saber la niña—. ¡Dijiste que estabas de vacaciones!

—En la Fuerza Aérea hay ciertas normas acerca del maquillaje y los chicos —respondió Sean.

—¿Y sobre las chicas y el maquillaje no?

—No, las chicas pueden llevar maquillaje.

—Pero ¿por qué? —preguntó Rosie sacudiendo la cabeza. Luego se volvió hacia Franci—. ¿Por qué, mamá?

—Porque el maquillaje es cosas de chicas y afeitarse cosa de chicos. Y tú no debes pintarle la cara a los demás sin preguntar primero.

—Ah —dijo ella, aparentemente satisfecha—. Vale.

—¿Cómo lo haces? —le preguntó Sean a Franci.

—Cuestión de práctica —le sonrió.

Después de cenar espaguetis y ensalada, llegaron los rituales nocturnos. Franci bañó a Rosie, la acostó y le leyó un cuento. Entre tanto, Sean recogió la cocina y se sentó en el pequeño cuarto de estar a esperar pacientemente. Oyó un leve gruñido y al mirar hacia el extremo del sofá vio al perrillo enseñando los dientes. El pobrecillo llevaba un tutú.

—Como vuelvas a morderme, hago sopa de cocker spaniel —le dijo a modo de advertencia. Harry se bajó de un salto y se alejó—. Estás ridículo, por cierto —añadió Sean.

—¿Con quién hablas? —preguntó Franci al entrar en la habitación.

—Con Harry. Me odia. A los animales suelo gustarles. ¿Qué le pasa?

—Puede que no se fíe de ti —respondió ella—. Si quieres decirle buenas noches a Rosie antes de irte, ve ahora. Dentro de... —consultó su reloj— un cuarto de hora apago su luz.

—De acuerdo —se levantó—. ¿Lo he hecho bien hoy? No ha salido chillando de la habitación, ni nada parecido.

—Lo has hecho muy bien, Sean. Estoy impresionada.

Sean esbozó una sonrisa y se preguntó por qué aquello le hacía sentirse tan bien viniendo de ella. Y por qué de pronto parecía mucho mayor. No parecía vieja, pero sí madura. Centrada. Serena. Si no hubiera tenido pruebas recientes de que, bajo aquella apariencia de serenidad, se ocultaba una tigresa en la cama, habría pensado que Franci tenía una doble.

Con solo pensar en la otra Franci se puso un poco nervioso, y pensó que tal vez fuera razonable que, dado que se había pasado todo el día haciendo de papá, quizás aquella noche acabaran en la cama.

Rosie le dio un abrazo de buenas noches, pero estaba ocupada con su ordenador de juguete, componiendo dibujos y palabras. No parecía cansada en absoluto.

—Gracias, hoy me lo he pasado muy bien —dijo él.

—De nada —se limitó a decir ella.

Cuando volvió al cuarto de estar, Franci estaba sentada en una esquina del sofá con las piernas recogidas. Sean se sentó cerca y tomó su mano.

—Deja que me quede —dijo.

—No. Tengo cosas que preparar para mañana. El lunes y el martes por la mañana doy un par de clases y por la tarde tengo tutoría. Luego, el jueves y el viernes, hago mi turno de veinticuatro horas en Redding. Esta semana estoy muy ocupada y...

—Está bien —dijo él—. Veré la tele mientras preparas lo que necesites.

—No. Me seducirás y hay una niña en casa.

—Vaya, ¿y cómo crees que se las apañaron las parejas con más de un hijo?

—Esos hijos están acostumbrados a que su papá y su mamá duerman juntos en la misma cama, pero Rosie no. A veces viene a dormir conmigo por las noches.

—Llevo un pantalón de chándal en el petate. Puedo ponérmelo para dormir.

—No.

—¿Puedo quedarme en el sofá?

—No, porque te conozco y sé que me seducirás. Creo que para ti lo único que tiene más importancia que el sexo es el aire. Así que compórtate. Ni siquiera se ha dormido todavía.

—Deberíamos dejar claras un par de cosas —dijo Sean. Y pensó: «Y luego me quedaré a pasar la noche»—. Hacer planes.

—¿Qué planes?

—Deberíamos casarnos, supongo.

Ella le sonrió.

—¿Ah, sí? ¿Y eso por qué?

—¿Porque somos padres?

Franci sacudió la cabeza.

—Seremos padres de todos modos. Esa no es razón suficiente. Además, ¿cómo lo haríamos exactamente?

—No sé. ¿Importa?

—Importa, Sean —contestó—. Para empezar, yo vivo en Eureka y tú en la base de Beale, a un par de horas de distancia.

—Bueno —dijo—, yo no puedo dejar la Fuerza Aérea. Confiaba en que consideraras la posibilidad de venirte a vivir a Beale. Con Rosie, claro. Sería lo más sencillo.

Ella le sonrió con el ceño fruncido.

—Eso no es lo que quieres. Tú no quieres casarte, ni tener familia.

—Por citar a un célebre pastor al que conozco: eso ya no tiene arreglo.

Franci se quedó callada un momento, mirándose las piernas cruzadas. Cuando levantó la mirada, sus ojos tenía una expresión sorprendentemente tierna.

—Necesito de veras que intentes comprender lo que voy a decirte, Sean. Hace más o menos una semana que volviste a aparecer en mi vida, y menos de veinticuatro horas que sabes lo de Rosie. En otra época habría vendido a mi madre por casarme contigo, pero al igual que hace cuatro años no quiero que me lo pidas simplemente porque tenemos una hija en común.

—Rosie necesita un padre y una madre —insistió él.

—Y los tiene —contestó Franci—. Pero podríamos cometer un grave error. Además, tú solo quieres hacer planes para poder quedarte a pasar la noche, y no puedes. Esta noche, no.

Él enarcó una ceja.

—¿Vas a decirme que no lo pasamos bien anoche? Porque, si no me equivoco, disfrutaste bastante.

—Como una loca —reconoció ella—. Pero para lo demás necesito un tiempo. No me tomo el matrimonio a la ligera. Si me caso contigo, lo haré con toda seriedad y no cambiaré de idea. Pero creo que tú estás dispuesto a hacerlo ahora mismo por motivos equivocados.

—¿Tiene algo que ver con ese tipo al que no dejaste pasar anoche? —preguntó él.

—¿Mi novio? —dijo ella con una sonrisa, aunque sabía que estaba mal zaherirlo de esa manera. En ese momento no pensaba en T.J. como en su novio—. Si las cosas cambian en mi vida personal, se lo diré. Pero hasta que nosotros no tengamos las cosas claras...

—No, Franci, dile que las cosas ya están claras. ¡No vas a volver a salir con él!

—¿Y qué hay de esa mujer que no para de llamarte?

—¿Qué mujer?

—Tu móvil no para de recibir mensajes de texto y de voz. Tiene que ser una mujer.

Sean respiró hondo. Aquel no parecía buen momento para mentir.

—Salí con ella un par de veces en Beale y le dije que no quería tener una relación estable. Cuando me marché de permiso, le dije que prefería dejarlo porque no estaba a gusto, pero se hace la sorda. Pensé que me dejaría tranquilo cuando me marchara, pero no para de acosarme. Voy a llamarla, Franci, y a decirle que estoy fuera de la circulación. Que voy a casarme. No volverá a llamar. Vamos...

—Pobrecilla —comentó Franci—. Debe de estar tan enamorada de ti como lo estaba yo.

—¿Como lo estabas? —preguntó él, un poco asustado por la posible respuesta.

—Y no he dicho que vaya a casarme contigo.

—A ver si me aclaro. ¿Te he sugerido que nos casemos y me has dicho que no?

—Alucinante, ¿no?

—Pero, bueno, ¿y qué quieres que haga? ¡Creía que era eso lo que debía hacer!

—Sigues sin entenderlo. Escucha atentamente, Sean. Quiero estar absolutamente segura de que de verdad quieres compartir tu vida conmigo y con Rosie, porque no hace falta que te cases conmigo para pasar tiempo con tu hija. Es tu hija, y no voy a ponerte obstáculos. Aunque tengo que reconocer que tu forma de proponerme matrimonio me ha dejado boquiabierta.

Sean no lo habría reconocido nunca, pero su negativa le produjo un alivio inmediato. No estaba preparado para asumir todo aquello. Pero seguramente las cosas serían más fáciles si las hacían como se suponía que había que hacerlas.

Se acercó a ella y, antes de que pudiera protestar, la atrajo hacia sí.

—¿Quieres que te deje boquiabierta, cariño? Porque los dos sabemos que puedo, igual que tú a mí —le puso la mano sobre la nuca y deslizó el pulgar desde el lóbulo de su oreja hasta el hueco de su garganta. Luego la besó en ese lugar—. Te quiero a mi lado, Franci. Esta noche, y a partir de ahora.

—Sean —dijo ella, muy seria—, cuando me rechazaste, hace cuatro años, hubo momentos en que me pregunté si habría perdido la cabeza, además del corazón. Las cosas que nos dijimos el uno al otro... No quiero arriesgarme a tener un matrimonio así. Cuando nos separamos y me mudé a Santa Rosa, a veces sufría tanto que me angustiaba pensando si no estaría perjudicando a la niña con tanto llorar, no comer, ni dormir por las noches. No puedo volver a pasar por algo así.

Sean le pasó un nudillo por la mejilla.

—Nena, yo no te rechacé. Quería estar contigo. Solo tenía problemas con el matrimonio.

—Bueno, pues estamos en las mismas. Piénsatelo.

La vida, pensó Sean, sería mucho más sencilla si podía darle a su madre la noticia de que era abuela y anunciarle al mismo tiempo que iban a casarse enseguida. Pero no iba a reconocerlo ante Franci; no era tan tonto. En lugar de hacerlo, la besó con pasión. Le abrió los labios con la lengua y la apretó contra sí, excitado. Le costó, pero logró apartarse el tiempo suficiente para decir:

—Voy a demostrarte que necesitamos estar juntos esta noche, Franci. Cuando acabe, no te quedará ninguna duda —volvió a apoderarse de su boca.

—¡Maaaaaami! ¿Qué haaaaaces?

Sean se apartó bruscamente y se puso colorado. Allí, al final del sofá, estaba Rosie, sin bragas ni pantalón del pijama y con Harry a su lado, meneando la cola bajo el tutú. Sean agarró un cojín y se lo puso sobre el bulto de los vaqueros, aunque era imposible que Rosie supiera lo que le pasaba.

—Estaba dándole un beso a Sean —contestó Franci con naturalidad—. ¿Dónde están tus bragas?

—¡He hecho caca! Te he llamado para que vengas a ver si me he limpiado bien, pero no venías —dio media vuelta, se inclinó hasta tocarse los dedos de los pies con las manos y les enseñó el trasero.

—¡Puaj! —gruñó Sean y, tapándose los ojos, se hundió en el sofá.

Franci se echó a reír y se levantó.

—Bueno, parece que has hecho un buen trabajo. Pero prefiero que la inspección la dejes para el cuarto de baño —añadió—. Vamos a ponerte las bragas y a la cama.

Sean se recostó en el sofá y pensó: «No estoy preparado para esto. ¿Cómo se prepara uno para esto?».

Franci regresó al poco rato y se rio de él.

—Para de una vez —se quejó él—. Estoy aprendiendo a marchas forzadas.

—Pensándolo bien, te acostumbrarías antes al matrimonio que a muchas otras cosas.

Cuando Sean se marchó de casa de Franci era ya tan tarde que no quiso volver a casa de Luke. Decidió emprender viaje hacia Sacramento y parar a dormir en algún motel limpio y agradable, por el camino. Acababa de parar en uno cuando sonó su móvil.

—Enhorabuena, tío —dijo su hermano Aiden cuando contestó—. ¿Qué te parece?

—¿Qué me parece qué, Aiden? —preguntó con cautela.

—Una hija de tres años y medio... ¿O son cuatro?

—¿Quién te lo ha dicho? ¿Cómo lo sabes?

—¿Quién crees tú? Luke. Dice que has vuelto a encontrarte con Franci. Menuda sorpresa, ¿eh?

—¡Le dije a ese cretino que no os dijera nada todavía!

—No he hablado con mamá, así que relájate. ¿Ya estás en Phoenix?

—No, Aiden, ¡ni siquiera estoy en el aeropuerto de Sacramento! Hace un par de horas que me fui de casa de Franci y he parado a dormir. Saldré a primera hora. Mamá no sabe que voy.

—¿No vas a avisarla?

—No. Mamá nunca sale de viaje sin hablar antes con tres de nosotros, por lo menos, así que en el peor de los casos tendré que esperar a que vuelva de jugar al bridge o al golf. El caso es que no podía irme hasta que hubiera aclarado las cosas con Rosie. Tenía que decirle que soy su padre.

Aiden soltó un silbido.

—¿Cómo se lo ha tomado?

Sean se quedó pensando un segundo.

—¿La verdad? No parecía muy impresionada. Sabía que su padre tenía un avión y quiere que la lleve a dar una vuelta. Se lo tomó con mucha naturalidad, como si estuviera esperando que apareciera en cualquier momento.

—¿Y tú? —preguntó Aiden—. ¿Cómo te lo has tomado?

—Bueno, estaba tan agotado que me quedé dormido en su camita. Estuve durmiendo hasta que se puso el sol. Después de pasar unas tres horas con ella, de comer su pollo con brócoli imaginario, leer libros, recoger juguetes y hablar de bicicletas, perros y amiguitos del colegio, estaba rendido. Tiene zapatitos de tacón y se los pone. Se llevó unos al colegio para que también se los pusiera su amigo Jason —gruñó—. Y mientras estaba dormido me pintó la cara con rotulador.

Aiden soltó una carcajada.

—Sí, ríete. Ya tendrás que vértelas con ella.

—Me encantará —contestó su hermano—. ¿Cuándo puedo conocerla?

—Dame un poco de tiempo, Aiden. Estoy un poco desorientado. No sé nada de niños, y hay muchas cosas que saber. No sabes cuántas.

—Es solo una niña, Sean. No le des muchas vueltas. Disfruta de ella.

—¿Sabías que, cuando hacen caca, hay que comprobar que se han limpiado bien el culete? ¿Lo sabías?

Aiden se rio.

—Sí, Sean, lo sabía.

—¿Dónde demonios lo aprendiste?

—Salí con una mujer que tenía un par de críos. ¿Tú no? ¿Nunca has salido con una madre soltera?

Sean se quedó callado un momento.

—Pues, en realidad, no.

—¿Cómo que en realidad no?

—He salido con mujeres con hijos, sí, pero nunca he estado con los niños. Y tengo amigos con hijos, pero nunca he prestado atención a esas cosas. Estoy muy confuso.

—Franci te echará una mano. ¿Qué tal está?

—Desconfía un poco. Le dije que creía que debíamos casarnos y me dijo que parara el carro. Que quiere estar segura de que no nos equivocamos.

—Tonterías. Lo que quiere es estar segura de que estás enamorado de ella. De que puedes ser al mismo tiempo amante y padre de familia. ¿Es que no conoces a las mujeres?

—No tanto como pensaba —reconoció Sean.

—Mi hermanito el playboy —dijo Aiden—. Ha llegado la hora de tomarse la vida un poco más en serio, ¿eh? Quiero conocer a Rosie. Avísame en cuanto pueda. Y me encantaría volver a ver a Franci.

—Bueno, aunque Rosie se lo ha tomado con mucha naturalidad, puede que conocer a todo el clan Riordan sea demasiado para ella —repuso Sean—. Vamos a tomarnos las cosas con calma, ¿de acuerdo?

—Es pelirroja con ojos verdes, me han dicho —dijo Aiden—. Como mamá y Paddy y la mitad de nuestros primos. Habrá sido toda una impresión.

—Lo supe en cuanto la vi. Además, no podía ser hija de nadie más. Franci y yo estábamos muy unidos —hizo una pausa—. Hasta que dejamos de estarlo.

—Bueno, considérate afortunado: tienes otra oportunidad. Llámame cuando hables con mamá. Estoy deseando saber cómo se toma la noticia.

—Respecto a mamá... Voy a decírselo en persona porque primero me matará y luego irá corriendo a California a abalanzarse sobre Rosie. Y eso no puedo permitirlo, Aiden. ¿Qué voy a hacer?

—Razonar con ella —dijo su hermano tranquilamente—.

Dile que conocerá a Rosie dentro de poco, pero que tienes que presentarle a tu numerosa familia poco a poco y después de resolver las cosas con su mamá. Sé firme y se portará bien. Llámame si me necesitas.

—Te doy dos mil dólares si vas a Phoenix y se lo dices tú.

Aiden se echó a reír.

—Mañana hablamos, hermanito. ¡Buena suerte!

Sean llegó a Phoenix al día siguiente antes de mediodía. Alquiló un coche y se encaminó al complejo de apartamentos donde vivía su madre.

Se acordaba de cuando su madre había comprado el piso, hacía casi diez años. Sus hermanos y él habían nacido y se habían criado en los alrededores de Chicago, pero tras la muerte de su padre, hacía doce años, Maureen Riordan se había hartado de la crudeza de los inviernos en aquella zona. Sobre todo, si tenía que pasarlos sola. Sus hijos la adoraban, pero eran todos militares y no era fácil que estuvieran disponibles para echarle una mano. El mayor era Luke, que en aquel momento estaba en el Ejército de Tierra, pilotando Blackhawks, y el benjamín de la familia, Patrick, o Paddy, como lo llamaban, acababa de ingresar en la academia de Marina. Todos ellos se habían marchado de casa y visitaban a su madre cuando se lo permitía el Tío Sam.

Maureen, siempre tan decidida, había encontrado piso en Phoenix, en una urbanización muy parecida a un complejo hotelero. Había campo de golf, pistas de tenis, centro comunitario, piscinas y un apretado horario de actividades asociativas. Pero lo que era más importante: no había hierba que segar, ni nieve que quitar, y sí, en cambio, amigos garantizados. Lo único que tenía que hacer era apuntarse a algunas actividades y conocer gente. De ese modo había aprendido a jugar al golf y había puesto a prueba su habilidad para el bridge.

Vista desde fuera, probablemente aquella parecía la vida perfecta. Pero, al observarla con mayor atención, Sean tenía la impresión de que su madre se limitaba a llenar sus días para mantenerse ocupada. Se preguntaba si sentía verdadera pasión por alguna de las cosas en las que invertía su tiempo.

A su modo de ver, aquel sitio no parecía encajar con ella. Su padre, que había sido electricista, se había ganado la vida decentemente, pero había tenido cinco hijos que alimentar. Habían vivido siempre en una casa de tres habitaciones tirando a pequeña (tres hermanos en un dormitorio, dos en otro), en una calle arbolada de las afueras de Chicago. La casa tenía ya cuarenta años cuando nació Sean, y sus padres estaban hipotecados hasta el cuello. Al morir su padre, entre el seguro de vida, los planes de pensiones, la Seguridad Social y la venta de la casa, Maureen había podido hacer por fin lo que le había apetecido. Así pues, había trasladado sus enseres al pequeño piso de dos habitaciones que tenía una bañera con hidromasaje en el baño principal y donde por primera vez en su vida iba a tener un lavaplatos, aunque solo tuviera que usarlo una vez por semana.

—No sé —había dicho Sean—. No parece muy propio de ti.

—Da muy poco trabajo —había contestado ella.

—Pero no tendrás huerto.

—Pues compraré los tomates y los guisantes. Además, no tengo que quedarme aquí para siempre. Puede que encuentre otro sitio que me guste más.

—Puede que encuentres otro marido.

—Bah —había bufado ella—. Es más probable que uno de vosotros encuentre una mujer con la que sentar la cabeza. Y me gustaría estar cerca cuando eso pase.

—Estamos todos en el Ejército. Si encontramos esposa, nos pasaremos veinte años llevándola de acá para allá.

—Sean, si algo he aprendido es que es más probable que las cosas cambien que se queden como están.

En diez años, sin embargo, nada había cambiado. Y los muebles antiguos y hogareños de su madre seguían pareciendo fuera de lugar en aquel piso tan moderno. Maureen había vuelto a trabajar un par de veces desde que vivía allí (tres años, en cada caso), pero estaba ya jubilada. Había sido una auxiliar administrativa fuera de serie y había trabajado una vez para el departamento de policía y otra para una agencia bursátil. Sus hijos estaban convencidos de que era el aburrimiento lo que la impulsaba a trabajar y la necesidad de relax lo que la devolvía a casa. Si su padre no la hubiera dejado bastante bien situada, estaban preparados para hacerse cargo de ella. Aiden, que era médico naval, era quien más pendiente estaba de ella y quien mantenía informados a sus hermanos cuando no estaba en el mar.

Para las raras ocasiones en que podían visitarla todos al mismo tiempo, había en la urbanización un par de apartamentos de invitados que podían reservar: la casa de su madre no era lo bastante grande para albergar grandes reuniones familiares. La cocina parecía demasiado pequeña para una mujer a la que le encantaba cocinar, pero, como ella se apresuraba a señalar, sus habilidades culinarias no estaban precisamente muy solicitadas últimamente.

Sean dejó el coche en el aparcamiento para visitas más cercano al edificio de su madre y la llamó desde allí.

—Hola —dijo cuando contestó—, te he pillado en casa. Estoy en tu aparcamiento. ¿Tienes tiempo para charlar un rato?

—¿Sean? ¿Se puede saber...?

—He decidido dejar un par de días solos a los tortolitos. Enseguida voy —colgó, agarró su petate y se dirigió al edificio, situado al otro lado de la piscina más grande de la urbanización. Tenía que reconocer que su madre había encontrado uno de los mejores pisos que había. Claro que lo había comprado cuando la urbanización estaba recién construida y había sido una de las primeras ocupantes del complejo.

Maureen salió a recibirlo a la puerta de su patio. Parecía preparada para salir.

—Cariño —dijo abriendo los brazos.

—Ah, vaya, tenías planes de salir —dijo él.

—No era nada importante. Esta mañana he estado jugando al tenis con el grupo de mujeres y esta tarde iba a ir a una despedida de soltera. ¡De una mujer de sesenta y tantos años! ¿Quién hace una despedida de soltera a esa edad? Llevaré ahora mi regalo y luego nos iremos a comer, ¿qué te parece? De todos modos no me apetecía ir. Iban a hacer jueguecitos picantes —hizo una mueca—. Esa es la mejor razón para ser un hombre, Sean. Que no tienes que ir a las despedidas de soltera.

Los jueguecitos picantes que se le ocurrieron a Sean tenían muy poco que ver con despedidas de soltera y sí, en cambio, con Franci. Se sonrojó a su pesar.

—¿Estás bien, Sean? —preguntó su madre.

—Hace calor, ¿no?

Ella se rio.

—Por fin está empezando a refrescar. Vamos, pasa.

Dejó el petate al lado de la puerta y su madre le preguntó si quería algo de beber. ¿Un refresco? ¿Un té?

—¿No tendrás una cerveza fría a mano? —se sentía un poco débil y nervioso. Estaba ansioso por terminar cuanto antes con aquello.

Cuando estuvieron sentados en el cuarto de estar, ella con un té con hielo y él con una cerveza fría, le preguntó por el tenis, por el club de bridge y por su trabajo como voluntaria. Maureen le sonrió.

—Creo que ya has superado tu límite de charla insustancial, Sean. Y, además, no te estás quieto. Una de dos: o tienes que ir al baño o tienes que decirme algo —entornó los ojos—. ¿Llevas maquillaje?

Arrugó el ceño y luego se acordó del día anterior.

—Ah. Algo parecido. Es una especie de... pomada para tapar

el... sarpullido. Creo que soy alérgico a algo. Debe de ser a la... pizza.

—¿A la pizza? —preguntó ella, extrañada—. ¿Con tu estilo de vida? Eso sería una desgracia.

—No sé qué ha sido, pero me salió un sarpullido, aunque ya casi se me ha quitado.

Su madre tenía una expresión plácida. Estaba esperando que le dijera algo que la hiciera feliz.

—¿Te acuerdas de Franci? —preguntó—. ¿Esa novia que tuve hace unos años? ¿La de pelo largo?

—Claro que me acuerdo, aunque creo que solo la vi cuatro veces en todo el tiempo que salisteis juntos. Cinco, como mucho. Me gustaba. Y pensaba que a ti también.

—Pues sí, desde luego. Me encontré con ella hace poco. Salí una noche y dio la casualidad de que me la encontré no muy lejos de casa de Luke. Había salido a cenar con sus amigas y desde entonces podría decirse que hemos retomado el contacto.

—¡Qué bien! No he conocido a muchas novias tuyas, pero de las pocas que he conocido creo que era la que más me gustaba. Una chica muy agradable. Y muy guapa, además, si no recuerdo mal.

—Ajá. Se ha cortado el pelo —dijo, distrayéndose momentáneamente—. Está fantástica.

Maureen lo miraba expectante. Sean se sintió de pronto como si estuviera otra vez en catequesis, esperando a medias que sor Thekela se pusiera detrás de él a hurtadillas y le retorciera la oreja por no prestar atención.

Intentó concentrarse.

—Mira, mamá, nunca te he contado con detalle por qué rompimos Franci y yo. Yo la quería y ella me quería a mí, pero no teníamos los mismos intereses. Ella quería casarse, fundar una familia y yo huía del matrimonio como de la peste. Así que...

—Santo Dios —lo interrumpió Maureen—, ¿qué hicimos tu padre y yo para que le tengáis todos esa aversión al matrimonio? —preguntó, molesta—. Creía que habíamos sido una pareja feliz, tu padre y yo. Él era tan maravilloso conmigo... Y yo intentaba cuidar bien de él y de vosotros. Siempre me pregunto en qué fallamos para que os dé tanto pánico el matrimonio.

—No es por eso, mamá. Es por las dos bodas que ha habido en la familia y por el Papa, tú ya me entiendes. Aiden y Luke se casaron y fue un completo desastre que estuvo a punto de acabar con los dos, y luego está todo ese asunto de la iglesia católica de no reconocer sus siguientes bodas, si estaban lo bastante locos para volver a casarse. Porque, vamos a ver: la mujer de Luke tuvo un hijo con otro hombre y Annalee, la de Aiden, estaba como una cabra, loca de atar. Los dos aguantaron todo lo que pudieron y, al final, fueron ellas las que los dejaron. ¡Y encima no pueden volver a casarse por la iglesia! ¡Venga, por favor! Tú sabes la clase de... —de pronto se dio cuenta de que estaba despotricando y se detuvo. Bajó la cabeza. Delante de santa Maureen no se metía uno con la iglesia católica. Sin levantar la mirada, añadió—: Si estuviera seguro de que mi matrimonio va a ser como el tuyo con papá, firmaba ahora mismo. Pero... me preocupaban esas otras cosas.

—Siempre has sido un exagerado, Sean. A Luke y a Shelby los ha casado un sacerdote. Su matrimonio es legal a ojos de la iglesia, de eso no hay duda.

Sean se sonrojó y confió en que su madre no se diera cuenta. Solo sus hermanos y él sabían que Luke ni siquiera había intentado obtener la nulidad de su primer matrimonio. Le había dicho al pastor que su boda con Shelby era la primera. A él le daba igual, pero sabía que, si su madre se enteraba, se pasaría el resto de su vida rezando por su salvación, de día y de noche.

—No pasa nada, Sean. Hasta yo reconozco que a veces el

Papa está un poco desfasado —dijo Maureen—. Un poco anticuado. Rezo por que las cosas cambien. El sacerdote de mi parroquia es muy abierto, te gustaría. Seguramente podría ofrecerte consejo.

—Sí, ya. Bueno, volviendo a Francine. Resulta que tenía un secreto guardado. Algo que no me dijo. Tenía sus razones, supongo. Pero verás... El caso es que... tuvimos una discusión muy fea. Ella quería que nos casáramos y tuviéramos hijos, y yo le dije que en mi opinión estábamos bien así. Dijimos los dos cosas muy mezquinas. Nos separamos enfadados. Yo intenté volver a ponerme en contacto con ella después, pero la Fuerza Aérea nos separó: ella dejó el Ejército y a mí me trasladaron. Así que cuando la vi fue tan... —se detuvo. Bebió un sorbo de cerveza y tragó—. Mamá —continuó—, Franci estaba embarazada y yo no lo sabía. Se marchó porque no quería casarme con ella. Lo habría hecho de haberlo sabido, claro. Por eso me lo ocultó. No quería que me casara con ella solo por eso, así que decidió seguir adelante sola.

Observó la lenta transformación del semblante de su madre. Al oír «estaba embarazada», se puso rígida. Al oír «no quería casarme con ella», lo miró con ira. Y ahora lo miraba con ese temible mutismo que Sean recordaba de su juventud.

Se armó de valor para añadir:

—Mamá, tengo una hija. Tiene tres años y medio. Hace solo un día que lo sé. Ni siquiera sé cuándo es su cumpleaños, pero ya le he dicho que soy su padre y que, de ahora en adelante, siempre sabrá dónde encontrarme y que estaré cerca siempre que me sea posible. Y sí, le he pedido a Franci que se case conmigo, que seamos una familia, pero no se fía de mí. Voy a tener que convencerlas a las dos de que merece la pena correr ese riesgo, creo —tragó saliva—. Tienes una nieta, mamá. Es pelirroja. Con los ojos verdes. Y tan lista que da miedo. Se llama Rosie, aunque ella se hace llamar «Rosa Silvestre de Irlanda».

Maureen se marchitó ante sus ojos. Se le saltaron las lágrimas y, como era propio de las pelirrojas, se le enrojeció la nariz y los bordes de los labios se le difuminaron al fruncirlos. Intentó refrenar las lágrimas y recuperarse de la impresión.

—¿Cómo has podido permitir que pasara una cosa así? —preguntó con voz entrecortada.

—Yo no lo he permitido, mamá. ¡Me ha pillado completamente por sorpresa!

—¿Cómo pudiste tener una relación íntima con Franci tanto tiempo y luego negarte a casarte con ella? ¿Así es como te educamos?

Sean se echó hacia delante.

—No, me educasteis de forma completamente distinta, y quizá por eso... Escucha, las cosas han cambiado mucho desde que papá y tú erais jóvenes...

—No tanto —dijo Maureen—. Cuéntamelo todo. Y no te guardes nada, porque al final me enteraré.

—¡Mamá! ¡Que no he hecho novillos, ni me he emborrachado! Claro que voy a contártelo todo. El caso es que acabo de enterarme. He pasado un día con ellas, con Franci y con Rosie, y sabía que lo primero que tenía que hacer era venir a contártelo. Mamá —añadió, echándose hacia delante en la silla—, hay un montón de cosas que tengo que aprender. No sé nada de niños. He pasado una tarde con ella y acabé hecho polvo. ¿Tienes idea de lo agotadora que es una niña de tres años? Sí, claro que la tienes, ¿verdad? En fin, va a costarme mucho hacerme con todo esto. Menos mal que todavía tengo... ¡Dios mío, me quedan menos de seis semanas de permiso! Va a llevarme ese tiempo por lo menos aprender a..

—Háblame de ella. ¿Has traído una foto?

Él negó con la cabeza.

—Ni siquiera se me ocurrió. Pero le haré una y te la mandaré a tu móvil en cuanto vuelva. ¿Recuerdas que te enseñé a mandar las fotos del móvil al ordenador? Y haré más fotos digitales enseguida. Pero lo primero que tenía que hacer era conocer a Rosie y empezar a familiarizarme con ella. Y lo segundo era decírtelo.

—¿Y Franci?

Miró fijamente a los ojos a su madre.

—Tengo que encontrar un modo de que volvamos a estar juntos. Sé que no es como Annalee o como Felicia, la exmujer de Luke. Eso nunca lo he dudado, pero en aquel entonces todavía me resistía a la idea. Ahora ya no. Voy a convencer a Franci y a Rosie y a confiar en que todo salga bien. Hay mucho que hacer. Primero tengo que abrir una cuenta para la universidad de Rosie y averiguar cuánto dinero necesita Franci para los gastos. Tengo que llevar a Rosie a Beale. Quiere ver mi avión. Tengo que aprender a jugar con ella, a hablar con ella, enseñarle cosas... Tengo que...

Pero Maureen se levantó, salió de la habitación y recorrió el corto pasillo, hasta su cuarto. Sean se quedó perplejo un momento. No entendía por qué lo había dejado su madre con la palabra en la boca. ¿Estaba llorando? ¿Estaba furiosa con él? La siguió, angustiado. La puerta de su dormitorio estaba abierta.

—¿Mamá? —dijo.

Ella salió de su vestidor arrastrando su maleta más grande. Se paró en seco y se volvió para mirarlo.

—¿Cómo permitiste que pasara esto, Sean?

—¡Yo no...! ¡Ya te lo he dicho: no lo sabía!

—Obviamente sabes lo que pasa cuando...

—¡Para! —dijo levantando una mano—. ¡No digas ni una palabra más! Los dos conocemos el mecanismo. No voy a hablar de cosas que Franci consideraría demasiado personales, así que dejemos eso, mamá. Tú sabes cómo se conciben los hijos. Franci y yo tenemos una hija. Lo estoy haciendo lo mejor que puedo —se detuvo de pronto—. ¿Qué haces?

—La maleta. Quiero conocer a mi nieta.

—Mamá, es una niña pequeña. Aiden también quiere conocerla. Y también Luke. Y supongo que Shelby... Está bien, espera. Es lo que me temía. No puedes presentarte allí de pronto. Tenemos que tomarnos las cosas con calma.

—¡Ya me he perdido sus primeros tres años de vida! —exclamó Maureen.

—¡Yo también! Cálmate, por favor.

—¡No estoy de humor para calmarme! ¡Quiero conocerla lo antes posible!

—Escucha, si quieres que las cosas salgan bien, tienes que dejar que... Está bien, espera un segundo —se sacó el móvil del bolsillo y marcó el número de Aiden.

Su hermano contestó enseguida.

—Tengo a una parturienta con ocho de dilatación, así que más vale que sea importante.

—Estoy con mamá —dijo Sean—. Está haciendo la maleta. Quiere conocer a Rosie inmediatamente. Voy a pasártela. Convéncela tú.

Maureen agarró el teléfono.

—Pon el manos libres —le dijo Aiden. Luego añadió—: Sean, ¿me oyes?

—Estoy aquí.

—Bien. Vamos a hablar con toda la claridad que sea posible. Los secretos solo traen problemas, como tú bien sabes. Bueno, ¿os estabais peleando?

—Todavía no —contestó Maureen—. Quiero conocer a mi única nieta.

—¿Estás bien de salud? —peguntó Aiden.

—Estuvo jugando al tenis esta mañana. Creo que todavía no está con un pie en la tumba —masculló Sean, irritado.

—Mamá, quiero que esperes a que te inviten. Esta pequeña familia tiene problemas que resolver y hay una niña pequeña que quizá se sienta confusa y desorientada si se producen demasiados cambios a su alrededor.

—¡Pero yo también tengo mis derechos, Aiden! ¡Como abuela!

—En efecto, y tus derechos como abuela serán respetados. Pero lo primero que hay que recordar es que Sean y Francine son los padres y que tú eres solo un familiar. Los dos son personas capaces y eficaces, y tú estás en perfecto estado de salud y puedes tener paciencia. No estás en tu lecho de tu muerte.

—Pero Aiden...

—Tú eres muy lista, mamá. ¿Quieres que la madre de tu nieta te aprecie? Pues no la hagas enfadar. Ella es quien manda. Tiene que saber que lo asumes o te aseguro que habrá problemas.

Maureen se sentó en el borde de su cama, agotada.

—Tienes razón, claro.

—Puedes ir a casa de Luke en Virgin River, mamá —dijo Aiden con más suavidad—. Pero creo que, si eres lista de verdad, le pedirás a Luke que te preste una de esas cabañas tan monas, o tardarás mucho más en volver a ser abuela. ¿Te acuerdas de cómo son las cosas cuando la suegra viene de visita?

Maureen soltó un bufido divertido. Se acordaba muy bien.

—Aunque, teniendo cinco hijos, puede que vuestra abuela no nos visitara lo suficiente —dijo en voz baja.

Aiden y Sean se rieron al oír aquello.

—Espacio y tiempo, mamá —dijo Aiden con firmeza—. O complicarás mucho más las cosas.

—Es que no entiendo cómo ha podido...

—Deja eso ya —dijo Aiden—. Sabes sobre ese asunto todo lo que necesitas saber. Sean, llévale una copa de vino y llama a Luke. Y mamá, contrólate, o no podré hacer nada por ti —de pronto se oyó un ruido fuerte de fondo.

—¿Eso ha sido un grito? —preguntó Maureen.

—Más bien un gruñido entusiasta —contestó Aiden—. Os dejo. ¡Y pórtate bien!

Se cortó la comunicación y Sean y Maureen se miraron. Por fin ella dijo:

—En fin, creo que no hacía falta que pidieras refuerzos.

—No sé por qué, pero a Aiden siempre le haces más caso que a nadie —repuso Sean—. Creo que es porque es médico.

—Siempre ha sido el pacificador de la familia —dijo su madre—. Bueno, vámonos a comer. Luego llamaremos a Luke. Seguro que podemos tomar un vuelo hoy mismo.

—¿Vas a esperar hasta que sea el momento adecuado para conocer a Rosie? —preguntó Sean.

—Te doy mi palabra, pero no me pongas a prueba haciéndome esperar demasiado. Soy una pobre anciana —añadió. Regresó al cuarto de estar y agarró su bolso de la mesa que había junto a la puerta.

—Sí, ya —masculló Sean a su espalda.

—Vamos a comer a un italiano —propuso ella—. Así aguantaremos hasta llegar al desierto.

Sean se rio y salió por las puertas del patio. Su madre lo siguió. Solo habían avanzado unos pasos cuando le propino una colleja.

—¡Mamá! —gritó él, girándose y llevándose la mano a la nuca.

—¡Virgen santísima! ¡Debería darte vergüenza! ¿Es que te criaste con lobos?

CAPÍTULO 9

Cuarenta y ocho horas después de recibir una llamada de Sean y su madre, Luke llegó en su moto a los establos de Walt Booth y aparcó fuera, junto al todoterreno de Shelby. Entró quitándose los guantes. Cuando vio a su mujer en una de las caballerizas, con un rastrillo, hizo restallar los guantes en la palma de una mano para llamar su atención. Ella se volvió para mirarlo, sonrió y sacudió la cabeza.

—¿Dónde está tu tío Walt? —preguntó Luke.

—Creo que tenía planes con Muriel. Me llamó al móvil a mediodía para pedirme que viniera a dar de comer a los caballos cuando volviera de la facultad. Su camioneta no está.

Luke se guardó los guantes en los bolsillos de la chaqueta, le quitó el rastrillo de las manos y lo apoyó contra la pared de la caballeriza.

—Más vale que no vuelva de improviso o nos pillará desnudos.

Shelby se echó a reír.

—¿No puedes esperar a que estemos en la cama?

—Podría, pero nuestra casa está llena de gente. ¿Por qué te empeñaste en que mi madre se quedara con nosotros? No le importaba quedarse en una cabaña.

—En primer lugar, solo tenemos una cabaña libre y estamos

en temporada de caza. Y, además, no voy a permitir que tu madre duerma en otro sitio teniendo dos habitaciones libres en la planta de arriba. Sería una grosería. Además, estamos casados. Podemos hacer el amor en nuestra casa, y en nuestra cama.

Luke agarró sus nalgas perfectas y la apretó contra él.

—Haces mucho ruido cuando te corres —se inclinó hacia ella y la besó con ansia. Luego se apartó un poco y dijo—: Y también antes y después.

—No es verdad —respondió ella.

—Sí que lo es. Y además roncas y hablas en sueños.

—No es cierto.

—Y no te ha venido la regla.

—¿Te has dado cuenta? Solo es un pequeño retraso.

—¿Te has hecho ya la prueba? —preguntó él.

Shelby negó con la cabeza.

—Creo que es demasiado pronto y no quiero llevarme una desilusión. Además, puede que todavía me venga. Estoy un poco llorosa y me duelen los pechos.

—Estás embarazada —afirmó él—. Y quiero revolcarme contigo por el heno. Aquí puedes gritar hasta que los caballos salgan en estampida —le sonrió—. Quizá pueda embarazarte todavía más.

—Luke... No quiero volver a casa con el pelo lleno de paja.

—De eso puedo encargarme yo —dijo.

La levantó en vilo, la sacó de la caballeriza y la llevó a un cuarto de arreos. Le sacó la camisa de los vaqueros y le desabrochó hábilmente el cinturón y el botón del pantalón. Antes de bajárselos, le hizo levantar una pierna, agarró su bota por el tacón y tiró de ella. Luego hizo lo mismo con la otra. Después, los vaqueros y las bragas cayeron al suelo del cuarto de arreos y Shelby se quedó medio desnuda, en camisa y calcetines.

—Deberíamos hacer esto más a menudo —dijo él—. Sexo aventurero —se quitó el cinturón, que tenía una hebilla muy grande, y lo dejó caer al suelo. Luego la atrajo de nuevo hacia sí y la besó con ardor mientras deslizaba la mano hasta su entrepierna y comenzaba a acariciarla lentamente, con suavidad. Sonrió contra sus labios—. Shelby, esto de resistirte no se te da muy bien. Ya estás lista para mí.

—Lo sé —contestó, exasperada—. Y tú estás a punto de reventar —añadió antes de desabrocharle los pantalones. Un segundo después, se los había bajado y había comenzado a acariciar su miembro.

Luke dejó escapar una risa gutural.

—Mi ingenua mujercita, prepárate para gritar.

La levantó. Ella le rodeó las caderas con las piernas y Luke se sentó en el banco, con ella sobre su regazo. Tuvieron que maniobrar un poco para que se acomodara sobre él, pero la sensación dejó a Luke sin aliento y a ella la hizo gemir de placer. Comenzó a moverse sobre él, apretando su sexo.

—Dios —dijo—. Luke, Luke, Luke...

Él solo podía gruñir y mover las caderas, apretándola contra sí. Ella siguió hablando y gimiendo hasta que sucedió, y sucedió enseguida: se deshizo en espasmos y su sexo se tensó alrededor de él. Mordió su labio y lo chupó.

Luke disfrutó cada segundo de su orgasmo antes de dejarse ir. Se convulsionó, como hacía siempre, y dejando escapar un fuerte gruñido la sujetó con fuerza contra su cuerpo. Unos minutos después, se dio cuenta de que hacía frío en el establo. Ninguno de los dos se había dado cuenta hasta ese momento.

Shelby se estremeció y él la estrechó entre sus brazos.

—¿Te encuentras mejor? —le preguntó ella.

—Me sientas de maravilla —respondió—. ¿Y tú?

—Yo estaba fingiendo —bromeó ella.

—¿Sabes qué, nena? Que me da igual, mientras sigas fingiendo tan bien. ¿Y ves? No tienes paja en el pelo —le sonrió—. Gritas muchísimo.

A ella le tembló de pronto la barbilla y sus ojos se llenaron de lágrimas.

—No sé, Luke —dijo en voz baja—. ¿Y si no soy una buena madre?

—No digas tonterías, Shelby. Eres la persona más cariñosa que conozco. ¿Cómo no vas a ser buena madre?

—En ciertos sentidos soy muy egoísta. Me gusta mucho dormir, por ejemplo —sollozó y comenzó a hipar.

—Pero, bueno, estamos aquí medio desnudos y estás llorando por ser madre —dijo él—. Sugiero que nos vistamos, que acabemos con los caballos y que nos vayamos a casa. Y que mientras yo hago un buen fuego, tú te hagas la prueba del embarazo. En serio.

Que su madre estuviera en casa de Luke, esperando impaciente la oportunidad de conocer a Rosie, no contribuyó precisamente a relajar a Sean. Antes de presentarle a Maureen a la niña, tenía que resolver un asunto con su otra abuela. Telefoneó a Vivian Duncan a la clínica donde trabajaba y le preguntó si podía invitarla a comer. Vivian se mostró muy sorprendida por la invitación.

—Claro —contestó un poco indecisa.

—Iré a recogerte —dijo Sean—. Dime una hora y tus coordenadas.

La encontró esperando frente a la clínica a las doce y media en punto. Salió del coche y le abrió la puerta.

—Gracias por aceptar mi invitación, Viv —dijo—. No le he dicho a Franci que vamos a comer juntos, pero creo que tú y yo tenemos que hablar.

—No sé por qué, pero pensaba que ibas a venir con tu madre —respondió ella—. Franci me ha dicho que está en casa de Luke, esperando.

—Esperando con mucha impaciencia —reconoció él—. Primero quería hablar a solas contigo. Hay un restaurante italiano justo al otro lado de la esquina. ¿Qué te parece?

—Muy bien. Pero ¿debería temer esta conversación? —preguntó con cierto nerviosismo.

—Espero que no —Sean intentó tranquilizarla con su tono, pero no supo si lo consiguió. Luego se echó a reír—. Seguramente soy yo quien debería temerla —alargó el brazo y le apretó la mano—. Quería decirte un par de cosas, eso es todo.

Por suerte para él, Vivian dejó correr el asunto mientras duró el corto trayecto y no hizo más preguntas. En el restaurante, se sentaron a la mesa más tranquila que encontraron y Sean la convenció para que pidieran algo antes de que empezaran a hablar.

—Está bien, Sean, el suspense me está matando —dijo Vivian, impaciente—. ¿De qué se trata?

—Quería disculparme contigo —dijo él precipitadamente—. Franci me ha dicho que no te gustó cómo afrontó la situación cuando se quedó embarazada. La verdad es que tengo que decirte que hizo lo único que podía hacer. Las cartas boca arriba, Vivian: no le di la oportunidad de darme la noticia. Si ella quería seguir adelante con el embarazo, yo habría insistido en que nos casáramos. Y habría sido un terrible error. En resumen, que Franci tenía razón.

Vivian levantó una de sus cejas rubias.

—¿Tenía? —preguntó.

Él se rio y se puso un poco colorado.

—He cambiado mucho desde entonces, pero quizá no lo suficiente. La verdad es que lo pasé muy mal sin Franci antes de darme cuenta de que necesitaba recuperarla. Y esto de enterarme de repente de que soy padre... Va a costarme algún tiempo hacerme a la idea, pero estoy en ello. Quiero que sepas que estoy haciendo todo lo que puedo —respiró hondo—. Debiste ponerte en contacto conmigo para decírmelo. Así podría haber aprendido sin tener una hija de tres años y medio observándome.

Vivian pareció sorprendida.

—Lo pensé —reconoció—. Pero al final pensé que no podía traicionar los deseos de mi hija.

—Dado que no podemos dar marcha atrás, más vale que olvidemos nuestras equivocaciones. ¿Qué te parece? —sugirió él.

Vivian se quedó callada un rato durante el cual la camarera les llevó el té con hielo que habían pedido. Midió sus palabras con todo cuidado antes de volver a hablar:

—Escúchame, Sean, quiero que mi hija sea feliz, pero Rosie es la niña de mis ojos. Cuando Franci me dijo que iba a tener un bebé y que iba a tenerlo sola, lo primero que sentí fue rencor. ¡Solo tenía cincuenta años! Sentía que todavía me quedaba mucha vida por vivir. Y yo ya había criado a una hija sola, así que sabía por propia experiencia lo duro que sería para ella. Franci iba a necesitarme mucho, y yo no tenía mucho que dar. Pero en cuanto tuve en brazos a esa niña, sentí que era tan mía como de mi hija. Si piensas por un segundo que voy a tener paciencia contigo mientras intentas decidir si tienes lo que hay que tener para ser un buen padre, te equivocas. Te equivocas por completo.

Sean se preguntó fugazmente si en una vida anterior se habría ganado la enemistad de un montón de diosas. Estaba rodeado de mujeres fuertes y decididas.

—Lo entiendo perfectamente. Tengo mucho que aprender sobre ella. Sobre Rosie.

—Me da igual lo que ocurra entre Francine y tú. Ella ya es mayorcita y puede soportar un desengaño. Pero más te vale no dejar en la estacada a mi nieta, Sean.

—Lo sé —dijo él—. En ese aspecto vas a tener muchísimo apoyo. Mi madre está en ello: me atiza con el bastón de la culpa cada vez que tiene oportunidad, y no hay nadie mejor para eso que una madre católica irlandesa. ¿Vas a darme una oportunidad?

—Sí —contestó ella, relajándose en su silla—. Todas las oportunidades. Pero no lo estropees.

—Estoy haciendo todo lo que puedo por las dos. Lo estoy intentando.

—Bien —dijo ella, y respiró hondo—. Al menos eres sincero.

Él bebió un sorbo de té con hielo.

—Um, bueno, la sinceridad no me ha servido de gran cosa.

—¿Y te sorprende? Mira, cuando el corazón de una niña pequeña está en juego, no hay espacio para andarse con tonterías.

Sonrió a pesar de sí mismo. Sacudió la cabeza y se echó a reír.

—Creo que va a gustarte mi madre —dijo.

Aiden había hecho recordar a Maureen lo que ocurría cuando la suegra, o la madre, iban de visita. A la pareja de recién casados no le quedaba mucha intimidad, pero lo bueno era que Maureen podía echarles una mano con las faenas domésticas. Aunque Shelby y Luke llevaban juntos bastante tiempo, hacía menos de un mes que se habían casado y el dormitorio que ocupaba Maureen estaba lleno de regalos de boda que todavía había que guardar. Shelby acababa de empezar a estudiar en la universidad y Luke trabajaba duro en la finca, en las cabañas y la casa, todo el día, siete días a la semana. Y luego estaba Art, que le tenía mucho cariño y pasaba buena parte del día con ella.

Maureen procuraba pasar todo el tiempo que podía con él, saliendo a pescar a menudo, y procuraba limpiar la casa y guardar los regalos de boda. Se aseguraba de que cuando Shelby y Luke llegaban a casa la cena estuviera preparada, la ropa recogida y doblada sobre la cama y la casa limpia y bienoliente. Era lo que había aprendido de su madre y de su suegra.

En cuanto a nueras, no tenía mucha experiencia con ellas. Sean había descrito con penosa exactitud los desastrosos matrimonios anteriores de Aiden y Luke. Ella iría un paso más allá y calificaría a sus exmujeres de egoístas, exigentes e inaguantables. Shelby no era ninguna de esas cosas, y aunque hacía años que no veía a Franci, la recordaba como una chica cariñosa y con buen carácter. Shelby, sin embargo, estaba muy taciturna últimamente, y Maureen se preguntaba si no empezaría a pesarle su presencia. Por otra parte, aún no la habían invitado a conocer a Rosie, aunque no estaba segura de si era por Sean o por Franci. Sospechaba que el responsable era Sean. Se había vuelto muy protector con su hija. Estaba, además, extrañamente callado. Había algo que le preocupaba. Maureen sospechaba que el motivo era el poco tiempo que le quedaba de permiso: en poco más de un mes, Sean iba a tener que decidir su futuro.

En cuanto a ella, no se había sentido tan sola desde la muerte de su marido, hacía doce años, cuando se descubrió aislada en un oscuro invierno de Illinois. Eso fue lo que la impulsó a mudarse a Phoenix, donde podía trabajar, hacer amigos, estar al aire libre todo el año y vivir en un lugar al que sus hijos les apeteciera ir a visitarla.

Pero esperar en casa de Luke mientras todo el mundo a su alrededor estaba atareado empezaba a sacarla de quicio. Habían pasado cuatro días y aún no había novedades. Sean ayudaba a Luke hasta media tarde, cuando iba a buscar a Rosie al parvulario y la llevaba a casa. Luego cenaba con Franci y Rosie y volvía a casa de Luke antes de las diez. Apenas abría la boca, pero al menos había mantenido su promesa y todos los días le llevaba fotografías.

En su quinto día en Virgin River, por fin tuvo un respiro. Sean la invitó a acompañarles a Rosie y a él a la base aérea de Beale al día siguiente, un sábado. Iba a presentarle a Rosie a su abuela y a su avión, por el que la niña había demostrado enorme interés.

—¿Vendrá Franci? —preguntó Maureen.

—Está haciendo su guardia de veinticuatro horas en Redding y Rosie duerme esta noche con su abuela. Franci se marcha a eso de las cinco de la mañana para llegar a tiempo al trabajo, así que iré a recoger a Rosie a casa de Vivian a primera hora de la mañana y se la devolveré mañana por la noche. Así que la tendremos todo el día para nosotros solos.

—¿Qué voy a decirle? —se preguntó Maureen en voz alta.

—Dile que estás muy contenta de conocerla. Y hazle una o dos preguntas, como de qué color es su habitación, qué ropa le gusta ponerse o qué le gusta cocinar en su cocinita. Enseguida empezaréis a hablar. Y procura descansar. ¡Es agotadora!

Sean se daba cuenta de que lo que más le costaba a Maureen era intentar refrenar su entusiasmo para no abrumar por completo a Rosie. No debería haberse preocupado: Rosie se encargó de romper el hielo en un abrir y cerrar de ojos.

—¡Tienes el pelo rojo, igual que yo! —exclamó.

Desde ese instante, las dos pelirrojas charlaron por los codos todo el camino hasta Beale: más de tres horas de viaje en coche. Llevaban libros y un par de juguetes de los que más le gustaban a Rosie, como su ordenador, que la ayudaba a practicar las letras, los números y la escritura. Maureen se sentó con ella en el asiento de atrás y estuvieron todo el tiempo leyendo y jugando mientras Sean conducía. Antes de que llegaran a la base, Franci llamó dos veces a su móvil para ver qué tal estaban.

Una escuadrilla de la fuerza aérea era un poco como un pueblecito. Los hombres que trabajaban y volaban juntos estaban muy unidos, y Sean tenía una relación muy estrecha con su comandante, el teniente coronel Jacob Sorrell. Sean lo había llamado con antelación para contarle por qué iba a regresar a Beale antes de que acabara su permiso: quería enseñar la base y el avión a su madre y su hija y sabía que, dadas las medidas de seguridad que rodeaban la base, necesitaría un permiso especial y un escolta.

—¿A tu hija? —había preguntado Jake Sorrell durante su conversación telefónica—. ¿Nuestro soltero más notorio tiene una hija?

—Pues sí —había contestado, y por primera vez se había dado cuenta de la suerte que tenía por que aquel pequeño accidente le hubiera sucedido con una mujer con la que había tenido una relación seria. Después se le ocurrió pensar qué habría pasado si, en vez de con Franci, hubiera sido con otra mujer a la que apenas conociera, como Cindy—. Ya te lo explicaré con más detalle, pero obviamente acabo de enterarme de su existencia y lo único que me ha pedido es ver mi avión. Y da la casualidad de que mi madre también está aquí de visita.

—Muy bien —había dicho Jake—. Así podrá quedarse con la niña mientras tú y yo charlamos un rato.

—¿Un sábado? —preguntó Sean.

—Estaré en la oficina cuando acabéis de visitar la base.

Sean dio una vuelta en coche con Rosie y con su madre por la base y les enseñó el hangar y uno de los aviones que estaban allí en reparación. Se rio cuando Rosie se puso las manos en las mejillas y dejó escapar una exclamación de sorpresa al ver el tamaño del U-2. Le hizo una foto en la cabina sin que en el encuadre apareciera ningún instrumento del panel de control. De hecho, pensaba decirle a Jake que descargara las fotografías, que las borrara de su cámara y que las enviara al e—mail de Franci después de comprobar que no quebrantaban lo más mínimo las normas de seguridad.

También le enseñó los aviones nodriza KC-135 que surtían a los cazas en el aire, un grupo de C-130 y un enorme C—5. A las tres de la tarde, Rosie estaba completamente exhausta y Maureen también empezaba a parecer algo cansada. Sean las llevó a la sala de espera de la escuadrilla, un lugar no muy acogedor, y les pidió que se quedaran leyendo veinte minutos o media hora.

—No tardaré mucho. Podemos cenar en el viaje de vuelta. Seguro que Rosie se quedará dormida en el coche después de llenarse la barriga.

Jake Sorrell se levantó al verlo entrar en su despacho y rodeó su mesa para estrecharle la mano.

—Me alegro de que tuvieras una excusa para volver en vacaciones, Sean. Estaba pensando en llamarte...

—¿Qué ocurre? —preguntó Sean antes de sentarse.

—Cuatro años, eso es lo que pasa. Estás en lista de espera para entrar en la Escuela Militar Superior desde que ascendiste a mayor. Solo hace falta que quede una plaza libre para que entres. Llevas mucho tiempo en Beale y tú sabes que aquí ya has tocado techo. Es hora de buscarte otro destino. ¿No lo has pensado?

Sean bajó la mirada y sacudió la cabeza.

—¿Crees que hay posibilidades de retrasarlo unos meses más? Acabo de conocer a mi hija. Y su madre y ella viven cerca de aquí.

—Me encantaría que me lo contaras, si puedes hablar de ello, claro.

—Me imagino lo que pensará la gente, pero en realidad no hay nada turbio. Franci y yo éramos pareja —procedió a explicarle que le había dado a la madre de su hija razones sobradas para pensar que estaría mejor sin él. De pronto se daba cuenta de lo distinta que le parecía ahora la situación. En menos de una semana había pasado de echarle a Franci la culpa de todo a cargar con toda la responsabilidad—. Necesito algún tiempo para aclarar las cosas, Jake. Franci no quiere precipitarse y yo no puedo marcharme y dejar a Rosie al poco tiempo de conocerla. Podría fastidiarle la vida para siempre.

—¿Hay alguna posibilidad de que arregles las cosas con la madre?

Sean puso una expresión compungida.

—¿Con la mujer a la que hace cuatro años le dije que no

pensaba casarme no ella ni tener hijos? Creo que no se fía mucho de mí.

Jake, que era padre de cuatro hijos, se reclinó en su silla.

—No me extraña.

—Necesito tiempo, Jake.

—Tienes que sopesar tus opciones —dijo—. Ya te has pasado de plazo.

—He sopesado mis opciones, pero las cosas han cambiado de repente. Ahora tengo una hija. Pensaba que, si no entraba en la Escuela al primer intento, iría a Iraq o a Arabia Saudí con el U-2 y así me ganaría mi plaza en la Escuela. Pero ahora mismo no tengo muchas ganas de hacerlo así.

Sean había estudiado en la Academia de la Fuerza Aérea, había sido piloto de caza y se había graduado con honores en varios programas de entrenamiento, todo lo cual le hacía acreedor no solo de un puesto de mando en un futuro no muy lejano, sino del rango de general si seguía por el mismo camino. Desde los dieciocho años, esa había sido su aspiración: acabar su carrera dirigiendo el mundo desde el Pentágono. Naturalmente, había muchas etapas en el camino: misiones que cumplir, programas de entrenamiento que le servirían para ascender, destinos en lugares remotos...

—Pues sugiero que vuelvas considerar tus alternativas —le aconsejó Jake—. Estás de permiso hasta finales de noviembre, pero si no solicitas ningún destino te asignarán uno sin consultarte. Y ya sabes lo que eso puede significar: que te envíen con el U-2 al extranjero, que tengas que hacer trabajos de personal en alguna parte o, si tienes suerte, que quede una vacante en la Escuela Militar Superior y puedas entrar —se inclinó hacia delante y cruzó las manos sobre la mesa—. Eso es lo peor de tener familia y ser militar: que tenemos que ir adonde se nos necesite. La Fuerza Aérea te da la posibilidad de elegir destino en algunos casos, pero ya sabes lo que se espera de nosotros, y el Ejército siempre se cobra su parte.

Sean se quedó callado un momento. Por fin dijo:

—Han estado aquí todo este tiempo y yo me enteré la semana pasada.

—Lo siento, pero, Sean, si haces bien tu próxima misión, tendrás las estrellas de general en el bolsillo. Aquí no puedes quedarte más. Ponte en contacto con la gente del Centro de Personal Militar que se encarga de asignar destinos para ver qué plazas hay libres. Aprovecha, antes de que te manden lejos. Yo lo único que puedo hacer es avisarte, Sean.

—Sí —contestó.

Jake se levantó.

—Escucha, sé sincero con esa mujer. Dile cuál es la situación, pídele su opinión. Quizá si siente que cuentas con ella para tomar una decisión...

—Sí, claro —dijo Sean. Pero estaba pensando: «Prácticamente acaba de organizar su vida como quiere y aparezco yo sin anunciarme. Y ahora, cuando acabamos de encontrarnos, la Fuerza Aérea va a mandarme lejos»—. Seguramente pensará que lo hago a propósito.

—Tú sabías que esto iba a pasar. Nadie aguanta tanto tiempo en un destino. Tendrías que haberlo previsto.

Sean se levantó.

—Hasta hace una semana, creía tener un plan. Iba pasar un par de años duros en el desierto y en la Escuela Militar Superior y luego a iba a quitarte el puesto. Solo quería volar y luego tomar el mando de una escuadrilla de vuelo. Hasta ahora no había nada que me retuviera en un lugar.

En otras circunstancias, Sean habría agradecido que su jefe lo avisara de lo que iba a pasar. Era muy difícil entrar en la Escuela Militar Superior. El solo hecho de llegar a la lista de espera era ya un logro. Tenía ganas de llamar al Centro de Personal Militar, pero no habría nadie en las oficinas un sábado por la tarde, así que llevó a su madre y a Rosie a cenar a una cafetería y después volvieron a Eureka.

Las chicas volvieron a sentarse en el asiento de atrás y, mientras hubo luz, estuvieron mirando libros juntas. Cuando se puso el sol y Rosie se quedó dormida, Sean llamó a Franci al móvil.

—Llamo para informarte —dijo cuando ella contestó— de que ha cenado macarrones con queso, palitos de pescado y un poco de ensalada. Y un vaso de leche, además. Y le han encantado los aviones.

—¿Se lo ha pasado bien? —preguntó Franci—. ¿Qué tal se ha portado?

—Perfectamente, y se lo ha pasado en grande. Se ha quedado dormida en el asiento de atrás, con el cinturón puesto, claro. Se supone que no puedo conducir y hablar por el móvil, así que voy a colgar. ¿Quieres que te llame cuando lleguemos a casa?

—Sí. Y Sean... ¿Maureen está enfadada conmigo?

—Que yo sepa, ni siquiera está enfadada conmigo ya —contestó él, riendo—. ¿Me invitas a cenar mañana?

—Sí, pero voy a necesitar una siesta para recuperarme después de la guardia. ¿Por qué no entretienes tú a Rosie y... haces la cena?

—Encantado —contestó—. ¿Alguna petición especial?

—Lo que quieras, pero acuérdate de que la dieta tiene que ser variada. Rosie está creciendo.

—¿Qué te parece si hago tallarines con carne a la Stroganoff, guisantes y ensalada? Se me da bien el Stroganoff. Puedo hacerlo de pollo, en vez de carne, por Rose. Prefiere el pollo.

—Eso sería estupendo —dijo ella.

—Muy bien, entonces. Y algunos aperitivos ricos y un buen vino blanco.

Cuando llegaron a casa de Vivian, aparcó y tomó a Rosie en brazos. Le pidió a su madre que llevara los libros y los juguetes a la casa mientras él le ponía el pijama a su hija.

Rosie tenía su propia habitación en casa de Vivian, pintada de color amarillo. Iba tan abrazada a su cuello que le costó desasirse.

—Ya estamos en casa, tesoro. Vamos a ponerte el pijama.

Rosie se removió y murmuró algo sin soltarle el cuello. Sean se rio y dijo:

—No puedo cambiarte de ropa si no me sueltas.

Con la cara escondida en su cuello, la niña preguntó:

—¿Sigues siendo mi papá?

A Sean le dio un vuelco el corazón. De pronto tenía un nudo en la garganta y veía borroso. Volvió la cabeza y la besó en la mejilla.

—Siempre seré tu papá, amorcito.

—Eres un papá muy tonto —dijo ella.

—Y tú eres una Rosa Silvestre de Irlanda. Me alegro de haberte encontrado.

CAPÍTULO 10

Mientras Sean ayudaba a Rosie a ponerse el pijama, Maureen le dio los juguetes a Viv. No se habían conocido hasta ese día y solo habían pasado juntas diez minutos cuando Sean y ella habían ido a recoger a Rosie esa mañana.
—Quiero darte las gracias —dijo Maureen—. Rosie es una niña inteligentísima y maravillosa, y estoy segura de que en parte se debe a que ha tenido una abuela fantástica.
Viv le puso una mano sobre el brazo.
—Tengo cosas que contaste —dijo en voz baja—. Cosas importantes sobre Rosie: lo que le gusta, lo que no le gusta, los momentos decisivos de su pequeña existencia, sus ataques de mal genio, sus risas, sus otitis y su amor por los animales. También quiero que sepas que discutí mucho con Franci para que buscara a Sean y le dijera que tenía una hija. Pero como madres podemos hacer muy poco cuando nuestros hijos son mayores y tienen problemas de pareja. De hecho, normalmente cuanto más hacemos más empeoramos las cosas.
Maureen se rio con desgana y asintió con la cabeza.
—Sí, lo sé. Tengo cinco hijos. ¿Crees que me hablan de sus parejas, aunque pudiera aconsejarles? Es verdad lo que dicen sobre los hijos y las hijas: tu hija es tu hija toda su vida, pero tu hijo...

—Solo es tu hijo hasta que se casa —Viv asintió—. Las dos hemos estado casadas. Y seguramente estaríamos de acuerdo en que es mejor así.

Maureen volvió a reír.

—Me encantaría quedarme y pasar más tiempo con Rosie, no solo para conocerla mejor, sino para que se acostumbre a mí. Pero llevo casi una semana en casa de Luke y Shelby y necesitan recuperar su intimidad. Y Sean necesita libertad para arreglar las cosas con Franci y Rosie. No quiero estorbar. Lo que quiero es que mi nieta tenga un padre y formar parte de su vida.

—Y así va a ser. No te preocupes por eso, por favor. Tengo una idea. Estoy segura de que mañana querrán pasar la tarde y la noche juntos, como la semana pasada, pero Sean puede dejarte aquí, conmigo. Podemos mirar álbumes de fotos, ir al cine por la tarde, cenar fuera, y luego puedo llevarte en coche a Virgin River para que Sean y Franci no tengan que preocuparse por nosotras.

—¿En serio? —preguntó Maureen—. ¿Lo dices de verdad?

—Me encantaría. Sé que tu situación en estos momentos debe de ser bastante difícil.

—No lo sabes tú bien —Maureen se echó a reír. Luego susurró—: Mi nueva nuera está embarazada, no hay duda, pero creo que todavía no lo sabe. Está tristona, tiene náuseas, llora por cualquier cosa y quieren tener un bebé. Tengo que salir de allí para que puedan hablar de ello y estar solos. Me acuerdo de cuando me quedé embarazada de Aiden y mi suegra no se iba. ¡Pensé en matarla mientras dormía!

Viv se rio.

—Tengo una habitación libre si crees que tu vida corre peligro.

—No puedo quedarme mucho más o lo estará, aunque intento ser útil...

—Lo sé. Y a veces cuanto más intentas ayudar, peor es.

—¡Y que lo digas!

—Yo no he tenido cinco hijos, pero llevo treinta años ocupándome de Franci. Ven mañana a pasar el día. Quizá podamos hacer planes juntas. Por ejemplo, puedes quedarte aquí cuando vengas de visita. De ese modo podrás pasar mucho tiempo con Rosie y al mismo tiempo dejar a esos chicos a solas con sus mujeres. Y así yo tendré compañía.

—¡Pero si ni siquiera me conoces! ¿Estás segura de que no seré una carga? ¡Puede que sea una invitada espantosa!

Viv ladeó la cabeza y sonrió.

—Trabajo como enfermera en una pequeña clínica de medicina familiar, aquí, en el pueblo. Y a veces hago horas extras. Apuesto a que cocinas de maravilla.

—Umm, ¿sabes en qué te estás metiendo?

—Viví con mi hija embarazada y luego con Franci y con su bebé. ¿Crees que tú vas a darme más problemas?

Cuando Sean salió de la habitación de Rosie, se estaban riendo, abrazadas. Se paró en seco, las miró y dijo:

—Oh, oh.

El sábado por la noche, después de que la llamara Sean, Francine se reclinó en un sillón del puesto de emergencia. En la misma sala había dos tripulaciones de vuelo: otra enfermera, un par de médicos, dos pilotos y dos copilotos. Compartía las instalaciones con otros servicios de emergencias: dos brigadas de bomberos, dos quirófanos móviles de emergencia y una ambulancia con su tripulación completa. Había tenido que salir un par de veces ese día en traslados hospitalarios de rutina, graves pero no críticos: un enfermo del corazón que necesitaba un bypass y una embarazada de gemelos que se había puesto de parto.

Estaba pensando en dormir un poco por si acaso la noche era ajetreada cuando sonó su móvil. Reconoció el número. T.J., un sábado por la noche. Se levantó de un salto del sillón reclinable y salió de la sala para no molestar a los que estaban viendo la tele.

—Hola —dijo al entrar en la habitación de al lado, que era la cocina—. ¿Qué tal estás?

—Un poco decepcionado —respondió él—. Ha pasado una semana, Francine. Pensaba que a estas alturas ya tendrías algo que decirme.

Ella sacudió la cabeza.

—¿Algo que decirte? Estoy completamente desconcertada. Te he estado poniendo al corriente de las novedades casi a diario. Sean está intentando familiarizarse con Rosie. Su madre está aquí y hoy ha visto por primera vez a Rosie. Sean me llamó hace un cuarto de hora para decirme que Rosie se lo ha pasado muy bien y que parece llevarse estupendamente con su nueva abuela...

—¿Y él? —preguntó T.J.

Ella se rio un poco.

—¿Qué pasa con él? —preguntó—. No sé a qué te refieres.

—Claro que lo sabes. Piensa, Francine. Tienes que darle a ese tipo derechos de visita que no interfieran con tu vida personal y profesional. Dile que estás comprometida, que no puede quedarse rondando por aquí eternamente.

—Eso ya lo he hecho —replicó ella—. Me ha pedido ir a recoger a Rosie al colegio por las tardes, traerla a casa y cenar con ella. Está haciendo todo esto porque ahora mismo está de permiso, pero el permiso no durará siempre. Y no solo es bueno para Rosie. También me descarga a mí de trabajo.

—Y yo no te he visto ni un solo día —dijo T.J.

—Solo nos vemos una vez a la semana de todos modos, y eso si no estás en Cabo o en Alaska o en el barco de investigación. Los dos somos personas muy atareadas, con hijos y horarios difíciles. De hecho, nunca me habías llamado tantas veces durante la semana. ¿No será que te sientes amenazado por lo que está pasando?

—Estoy preocupado —repuso él—. Pensaba que una semana sería suficiente para que aclararas las cosas con ese hombre y pudiéramos seguir con nuestras vidas como antes.

—Bueno, pues entonces eres mucho más optimista que yo —contestó ella—. Familiarizarse con una niña pequeña cuya existencia ni siquiera conocías requiere tiempo y paciencia, y desde luego no pienso encasquetarle a Rosie y que se las apañe como pueda. ¡Es mi hija, por amor de Dios!

—¿Estás...?

¡Bendita sirena! Saltó de pronto, seguida por la voz algo mecánica que daba las coordenadas de un accidente de tráfico sucedido en la autovía 5 con heridos en estado crítico. Eran necesarios un helicóptero, una unidad médica móvil y dos ambulancias, una de las cuales acudiría desde otro puesto de emergencia. Tenía que ser grave.

T.J. oyó el estruendo de la alarma.

—¡Tengo que irme! —dijo ella, y colgó.

Corrió al helicóptero con el resto de la tripulación y no volvió a pensar en él hasta la mañana siguiente.

El domingo por la mañana, Ellie Baldwin, la secretaria de la iglesia presbiteriana, estaba preparándose y preparando a sus hijos para el oficio religioso.

Su vida había cambiado tanto en apenas unos meses que apenas se reconocía. Para empezar, había crecido en la pobreza. En la pobreza más abyecta. Había vivido en dos habitaciones junto a su abuela, con la que toda su vida había compartido sofá-cama. Se las habían arreglado con los cheques de la Seguridad Social y las cartillas de alimentos. Después había tenido dos hijos sin estar a casada y no había tenido ayuda alguna para mantenerlos. Su abuela había cuidado siempre de los niños mientras ella trabajaba día y noche para que no les separaran. Aceptaba cualquier clase de trabajo. Tras la muerte de su abuela, incluso había trabajado como stripper una temporada. Así pagaba las facturas y ponía comida en la mesa.

Ahora, a sus veinticinco años, vivía más cómodamente que nunca, igual que sus hijos, Trevor, de cuatro años, y Danielle, de ocho. Tenía alquilada una habitación pequeña pero preciosa encima del garaje de los Fitch. De momento, sus hijos vivían abajo, en la casa grande, con Jo Ellen Fitch y su marido, Nick. Ellie levantaba a los niños por la mañana y los acostaba por la noche. Tenía una maravillosa amistad con Jo y Nick, y no se habría quejado si las cosas hubieran seguido así eternamente. Pero justo cuando pensaba que no podían mejorar, se había enamorado de Noah Kincaid, el reverendo local, un hombre maravilloso.

Noah, ahora su prometido, estaba buscando una casa en la que pudieran vivir como una verdadera familia. Ellie sabía que era lo mejor. Noah se colaba en su habitación alquilada casi todas las noches, lo cual no era muy recomendable para un reverendo. Pero Noah no se preocupaba demasiado por eso y, conociendo el pueblo, Ellie suponía que todo el mundo estaba al tanto de lo que ocurría, aunque no dijeran nada delante de ellos.

Justo antes de que empezara el oficio de ese domingo, Noah le dijo en voz baja que había una casa que quería que viera.

—No es gran cosa —le dijo—, pero no se sale de nuestro presupuesto y podemos reformarla. Lo único que quiero es que nos casemos y que vivamos todos bajo el mismo techo.

«Eres un cielo», se dijo Ellie con una oleada de cariño. Si lo que una quería era un hombre apasionado, el sentido común dictaba que no fuera a buscarlo en una iglesia. Pero si algo había aprendido Ellie con Noah era que los hombres apasionados y comprometidos no limitaban su pasión y su entrega a un solo aspecto de su vida: su capacidad de compromiso, su honor y su coraje impregnaban todas las facetas de su existencia.

Noah la amaba apasionadamente y la hacía sentirse colmada. Él llenaba su vida.

En el oficio de esa mañana actuó por primera vez el coro de la iglesia presbiteriana de Virgin River, acompañado por Ellie al piano. La actuación fue poco menos que un horror. Pero los vecinos de aquel pueblo se apoyaban tanto los unos a los otros que hasta se levantaron y aplaudieron. Ellie se sonrojó, pero se alegró de haber pasado el mal trago. Después, tras tomar un café y unas galletas en el sótano de la iglesia, Noah le dijo que era mejor que mandaran a los niños a casa con Jo y Nick y que ellos se fueran a ver la casa que quería enseñarle.

No estaba lejos de la iglesia, justo a las afueras del pueblo, pasado el casco urbano. Noah aparcó su vieja camioneta a un lado de la carretera, entre hierbajos y matorrales crecidos. Se volvió hacia ella.

—Ellie, si no te parece bien, seguiremos buscando. Te advierto que necesita muchísimo trabajo, pero es amplia, aunque esté en mal estado, y tiene una parcela muy grande, no un jardín minúsculo. No está en el centro del pueblo, pero está a un kilómetro. Y tiene una cocina enorme —se detuvo y carraspeó—. Una cocina muy grande sin un solo electrodoméstico que funcione, pero eso se puede arreglar. Y...

—Noah, ¿cómo has dado con esta casa? —preguntó ella.

—Bueno, Buck Anderson conoce a alguien que conoce a alguien que llevaba años alquilando la casa, pero solo porque no podía librarse de ella. Me dijo que, si era listo, el dueño podía dejármela barata. No sé si se me da muy bien regatear, pero con el martillo soy un as. Me ha parecido que la casa prometía y quería enseñártela antes de descartarla.

—Buena idea, Noah. Porque yo soy un as administrando el dinero, por suerte para ti. No me ha quedado más remedio.

Noah sonrió.

—¿Me he quejado alguna vez de tus muchas virtudes?

Ellie se inclinó para besarlo en la mejilla.

—Al principio no hacías más que quejarte —le dio unas palmaditas en la mejilla—. Pero te estás portando muy bien. Bueno, vamos. El suspense me está matando.

—Espero que no te lleves una desilusión al verla —puso la camioneta en marcha y avanzó por un corto camino lleno de hierba, hasta llegar a una casa con la pintura tan descolorida que parecía gris. Estaba rodeada por un jardín totalmente abandonado, lleno de malas hierbas, arbustos descontrolados y lechos de flores podridos, árboles sin podar, un caminito agrietado y numerosos desperdicios. Era imposible calcular su antigüedad. Podía ser más vieja o más nueva de lo que parecía. Estaba hecha un desastre.

Tenía dos plantas, un porche que abarcaba toda la parte frontal de la casa y una puerta principal que valía posiblemente tanto como todo el edificio junto. A Ellie la sorprendió que no la hubieran arrancado de cuajo para robarla: era de madera oscura, con cristal esmerilado y emplomado. Una puerta de ensueño en una casa de pesadilla.

Ellie se bajó de la camioneta sin decir nada y se acercó a la casa. El tacón de su bota se atascó en un tablón podrido del suelo del porche, pero consiguió sacarlo hábilmente y siguió adelante.

La puerta daba a un salón muy espacioso que comunicaba con un comedor igualmente grande. Ambas habitaciones tenían chimeneas cubiertas de suciedad, de lo que se deducía que la casa había sido construida en una época en la que aún no existía la calefacción central. Y también antes de que existieran los vestíbulos y los cuartos de estar. Ellie se encontró de pronto en medio de la casa. Era muy amplia y los techos eran altos. Las dos estancias estaban divididas por un arco de madera ornamentado, cubierto chapuceramente con numerosas capas de pintura blanca. De hecho, toda la casa estaba pintada de blanco con una pintura barata que no había aguantado bien el paso del tiempo.

La escalera que llevaba a la planta de arriba estaba justo entre los dos salones, cerca de la puerta principal. También su barandilla, sin duda de madera auténtica, estaba recubierta por una mano de pintura barata. Daba, en la planta de arriba, a una galería abierta que se extendía a lo largo del pasillo que conducía a las habitaciones. Aquel estilo de construcción había pasado de moda hacía muchos años, y a Ellie le recordó a algunas teleseries antiguas de vaqueros.

Cruzó las habitaciones, en las que había desperdicios desperdigados por el suelo, hacia la parte de atrás de la casa. Detrás del salón y el comedor encontró una cocina de buen tamaño y un dormitorio pequeño.

—Arriba hay tres habitaciones —le dijo Noah—. Una es bastante grande y las otras dos son medianas. No hay armarios empotrados grandes, y solo hay un cuarto de baño. Pero el porche de atrás es muy amplio y se puede cerrar. Y quizá podría construirse un aseo abajo. Lo mejor es que el sótano está sin acabar. Bueno, la bodega, más que el sótano. Pero tiene muchas posibilidades.

Ellie entró en la cocina sin hacerle caso. Era la cocina más grande en la que había estado nunca, y Jo Fitch tenía una cocina muy grande. Los electrodomésticos no solo parecían inservibles, sino también peligrosos. Pero había muchos armarios y un gran ventanal. Se imaginó una gran mesa ovalada en aquel rincón, y a sus amigos yendo a cenar, y a sus hijos haciendo los deberes allí mientras ella cocinaba. Nunca antes se había atrevido a imaginar esas cosas.

A través del ventanal vio el jardín lateral, ancho y rodeado de árboles y matorrales. El porche estaba más allá de la ventana de encima del fregadero. Como había dicho Noah, podía cerrarse para convertirlo en otra habitación. Más allá, el jardín largo y ancho se extendía hasta el bosque. Vio zarzamoras retorcidas y espinosas. Y casi sintió el sabor de la mermelada...

Puso los dedos de las dos manos sobre su boca y sus ojos se llenaron de lágrimas que rápidamente corrieron por sus mejillas.

—Vamos, nena, no llores —le suplicó Noah, estrechándola

en sus brazos—. Era solo una idea, pero todavía hay montones de casas que podemos ver. Es solo que me gustó el tamaño de la casa y el jardín, y puede que me haya dejado llevar un poco por mi imaginación...

Ellie se volvió en sus brazos.

—Es la casa más bonita que he visto nunca —susurró—. Es maravillosa, Noah. Necesita cariño, pero ¿verdad que es perfecta? ¿Es estable? ¿No se hundirá el suelo si subimos?

Noah estaba tan sorprendido que se quedó callado un momento.

—¿Lo dices en serio?

—¿Lo de la planta de arriba? —preguntó ella con un sollozo de emoción.

—Ya he estado arriba —dijo él—. ¿De verdad te gusta?

—Sería maravilloso arreglarla y hacerla nuestra, ¿no crees? ¿Has visto esta pintura tan horrible? Apuesto a que, si quito la pintura del arco que separa los dos salones y la de la barandilla, aparecerá una madera preciosa. ¿Y el jardín? ¡Yo puedo conseguir que ese jardín parezca el de Jo Ellen! Dame un año y lo transformaré por completo —sollozó, respiró hondo y dijo—: Menos mal que casi estamos en invierno. No creo que pudiera hacerme cargo al mismo tiempo de la casa y del jardín, pero en primavera...

—Ellie —dijo él, asombrado—, ¿te gusta?

—Noah, el dueño de esta casa se desentendió de ella hace años. No se puede alquilar una casa e intentar reformarla al mismo tiempo. Ahí es donde el propietario perdió el control. Mi abuela y yo hicimos más con nuestras dos habitaciones de lo que se ha hecho aquí, y eso que no teníamos nada. O nos comprometemos a arreglarla, o nos olvidamos de ella. Pero primero tenemos que encargar que revisen las tuberías, la instalación eléctrica y la estructura. ¿Será muy caro? Porque deberíamos asegurarnos, antes de embarcarnos en ese gasto.

Noah la agarró de repente y la apretó contra sí.

—Ellie —susurró, apoyando la cara en su cuello—, no me

había dado cuenta de lo mucho que deseaba que vieras las posibilidades de este viejo caserón. Está hecho un desastre, ninguna mujer en su sano juicio se...

Ella se rio y sollozó al mismo tiempo.

—Por suerte para ti, tu mujer no está en su sano juicio. Noah, sé sincero, ¿de verdad de gusta la casa, o es solo por el precio?

—Me gustan las mismas cosas que a ti —respondió él—. Lo grandes que son las habitaciones, el jardín, los porches, la madera... Puedo decirle a Paul Haggerty que revise la estructura y las otras cosas antes de que echemos las campanas al vuelo. Podemos intentar vender la caravana y así tendremos algún dinero para empezar las reformas.

—Noah, quiero trabajar en ella. De veras. Se me dan bien estas cosas. Puede que tarde un tiempo, porque tengo que seguir ayudándote en la iglesia y ocupándome de los niños, pero yo sé cómo convertir en un tesoro un pedazo de... —se detuvo y sonrió. Estaba intentando dejar de decir tacos por respeto a su prometido, el pastor. Así que susurró—: La verdad es que está hecha una mierda, ¿a que sí?

Noah soltó una carcajada.

—Totalmente —contestó—. Pero promete mucho.

—Muchísimo.

—Ellie, quería preguntarte una cosa. No es que me importe mucho, pero aun así tengo que preguntártelo. Puedes decirme que no y no pasará nada, pero por si acaso...

—¡Por amor de Dios, Noah! ¡Suéltalo de una vez!

Él respiró hondo.

—¿Qué te parecería tener más hijos?

—¿Por qué? —preguntó ella

Noah dudó un momento.

—Bueno... porque si quieres más... yo podría dejarme convencer...

Ella le dio un puñetazo en el estómago.

—Nunca me mientas así. ¿Quieres tener un hijo, Noah?

—Estoy loco por Trevor y Danielle y quiero adoptarlos si es posible, y creo que sí lo es, pero, sí. Si pudiera tener uno con mis entradas y mis piernas arqueadas...

Ellie se rio y pasó los dedos por el pelo largo y rizado de Noah. Tenía uno o dos mechones de canas. Tenía treinta y cinco años.

—¡Mmm, lo que daría por tener una niñita con tus rizos morenos! —exclamó—. Y tus piernas son mejores que las mías.

—Nadie tiene mejores piernas que tú —repuso él—. ¿Has pensado alguna vez en tener otro?

—Me lo pensaré. No enseguida, Noah. Primero tenemos que resolver el problema de la casa y el de la adopción.

—Por no hablar de nuestra boda, Ellie. Tenemos que casarnos. No puedo seguirme colándome en tu habitación...

—¿Temes que a Dios le parezca mal? —bromeó ella.

—Francamente, estoy seguro de que fue Dios quien lo planeó todo. Pero me molesta que tenga que ser todo a escondidas. Quiero que nos instalemos. Tenemos que conseguir esta casa, nena. Deberíamos hacer una oferta enseguida.

—Claro, pero quizá convenga que sea yo quien negocie con el vendedor, ¿no? Tú eres demasiado bueno.

—¿Eso no es bueno? —preguntó él.

—En la iglesia, en la escuela y en la bolera, sí —contestó ella. Le di un rápido beso en los labios—. Pero no en política, ni en el negocio inmobiliario.

Noah le sonrió.

—A veces me vuelves loco.

Lo único que sorprendió a Sean más que la facilidad con que había pasado a formar parte de la vida cotidiana de Rosie era lo bien que parecía haberlo aceptado ella. Y lo mucho que él deseaba compartir su tiempo con ella.

El domingo a mediodía dejó a Maureen en casa de Viv y

descubrió que Rosie ya se había ido a su casa, calle abajo. Una vez allí, descubrió a Franci tumbada en el sofá. Llevaba un chándal cómodo y holgado y parecía recién salida de la ducha.

—¿Una noche muy larga? —preguntó él.

—Pensaba que iba a ser tranquila —contestó Franci—. Pero hemos tenido un aviso tras otro hasta las ocho de la mañana. Me hace muchísima falta una siesta.

—Pues duérmete. Yo voy a llevar a Rosie al parque y a hacer unos recados y luego volveremos sin hacer ruido. ¿Quieres que te despierte a alguna hora en concreto?

—Me despertaré sola. ¿Seguro que no te importa preparar la cena?

—En absoluto. Hoy me toca a mí —le sonrió—. ¿Dónde está la pequeñaja?

—Cocinando —Franci señaló hacia el cuarto de Rosie con la cabeza—. Quizá quiera ayudarte a hacer la cena.

—Seguro que sí —Sean se echó a reír.

Justo en ese momento oyeron susurros en el pasillo, el tamborileo de unos tacones de plástico, el murmullo de un vestido de princesa y una suave exclamación de sorpresa. Un segundo después, Rosie corrió hacia él, tamborileando con sus zapatos sobre el suelo.

—¡Papi! —gritó, y se arrojó en sus brazos.

Franci y Sean se miraron, sorprendidos. Siete días y ya estaba hecho: Sean se había convertido en su papi. Estaba tan asombrado que no pudo disfrutar del placer de aquel instante, y vio por la cara de Franci que habían cruzado el abismo y ya no había marcha atrás. Cada uno tenía asignado su papel y no podía desentenderse de él.

La transición había sido al mismo tiempo complicada y extremadamente sencilla. El problema era que Sean y Franci todavía no habían acordado cómo iban a organizarse, ni definido sus respectivas posiciones. Seguían sin saber qué clase de relación iban a tener. Sean había sugerido que se casaran, claro, pero lo había hecho únicamente por Rosie. De no ser por ella, habría propuesto que retomaran su antigua relación, con la posibilidad de casarse en un futuro. Cuatro años antes, en cambio, se había negado en redondo. Era un progreso, aunque fuera pequeño.

Estaban exactamente como al principio, pero con una hija. Sean dejó de mirar a Franci y apoyó la cara en el cuello bienoliente de Rosie.

—¿Qué estás haciendo, princesa?

—Pollo —contestó, y se rio cuando su padre le hizo cosquillas.

—¿Con brócoli? —preguntó él, riendo.

Rosie asintió vigorosamente y Sean miró a Franci.

—¿Es que no le das a esta niña más que pollo con brócoli?

—Le doy montones de cosas —contestó ella mientras se levantaba del sofá—. ¿Os importa iros? Porque o duermo un poco o esta noche estaré destrozada.

—Ve a dormir —dijo él—. Nosotros tenemos cosas que hacer.

—Acuérdate de...

—De ponerle siempre el cinturón de seguridad, de hacer paradas frecuentes para ir al baño y de no perderla nunca de vista —concluyó él en su lugar.

—Y nunca...

—Nunca mandarla sola al aseo de señoras. La llevaré al de hombres conmigo si es necesario, me aseguraré de que esté limpio y bien cerrado y, cuando sea posible, utilizaré el de discapacitados. Y nada de chucherías, pero sí muchas verduras.

—No hace falta que te pongas tan...

Él sonrió.

Pero por dentro no sonreía. Estaba pensando en todas las cosas que tenía que discutir con Franci. Tenía previsto hablar con ella en algún momento de las semanas siguientes acerca del futuro que podían tener los tres juntos. Y la reunión con Jake, su jefe, hacía cada vez más urgente esa conversación.

Su móvil recibió un mensaje de texto y Sean se lo sacó del bolsillo, le echó un vistazo y volvió a guardarlo. Cuando levantó la vista, Franci estaba mirándolo.

—¿Todavía no has solucionado eso? —preguntó.

—Quería hacerlo, pero he estado ocupado —respondió él—. Por cierto, ¿has hablado tú con él?

—Deberías dejar esta conversación para luego —dijo Franci.

—Sí —convino él. Se puso a Rose sobre la cadera y se acercó a ella. Se inclinó y la besó en la frente—. Duerme un poco, Franci. Te pones de muy mal humor cuando estás cansada.

—Si eso fuera cierto, ya te habría dado un tortazo —se fue a su cuarto. Harry corrió tras ella, arañó la puerta y Franci lo dejó pasar para que durmiera la siesta con ella.

—Bueno, ¿qué me dices, campeona? ¿Quieres abrigarte para que vayamos al parque y a hacer unas compras?

—Voy con esto —dijo ella, señalando su ajado vestido de tafetán.

—No puedes ir con eso al parque y a la tienda. Hace frío.

—¡Voy con esto!

Sean frunció el ceño, entornó los ojos y frunció los labios como solía hacer su padre, y le sorprendió que aquella mueca le saliera de manera tan natural. Bajó un poco la voz.

—Muy bien, entonces nos quedaremos en casa leyendo y durmiendo la siesta —levantó una ceja.

Rosie se quedó mirándolo un momento. Luego dijo:

—Vaaaale —pero no lo dijo muy contenta.

Sean nunca había pasado mucho tiempo con niños. Cuando se veía con amigos que tenían hijos, se las arreglaba bien: podía lanzar la pelota, arrojar a alguno al aire, hacerles carantoñas y cosquillas y bromear con ellos. Pero nunca antes había tenido la responsabilidad de cuidar de un niño.

Aquel era el primer día que iban a pasar solos y Sean descubrió algo que antes ignoraba: que las mujeres le hacían aún más caso si iba con una niña que si iba solo. No estaba nada mal, tenía una hija adorable y no llevaba anillo de casado. Varias mujeres se acercaron a él en el centro comercial, en el supermercado, en el parque, y le comentaron lo preciosa que era su hija. Sonreían de oreja a oreja cuando decían:

—¿Estás pasando el día con papá? —o—: Si vivís por aquí, podríamos quedar un día para que los niños jueguen juntos.

Sean estaba perplejo.

En la caja del supermercado, la cajera le dijo:

—Estaba a punto de irme a tomar un café. Si te apetece una taza... Quizás a tu hija le apetezca un helado.

—Gracias —contestó Sean—, pero tengo que irme. Mi mujer me está esperando.

—¿Quién es tu mujer, papi? —preguntó Rosie.

La chica de la caja casi arrojó la compra en la bolsa mientras lo fulminaba con la mirada. Fue una suerte que no se la tirara a la cabeza. Camino del coche, le dijo a Rosie:

—Vamos a tener que ponernos de acuerdo, cariño. No sé si estás ayudando o empeorando las cosas.

—Papi, papi, sé que el bebé está en la tripita de la mamá y que sale de la tripita, pero ¿cómo se mete en la tripita, papá?

Sean se paró en seco en medio del aparcamiento, con Rosie sentada en el asiento del carro de la compra, y la miró con pasmo. El tiempo se detuvo. Intentó pensar qué habría dicho Franci, pero no se le ocurrió nada.

—¿Papi?

Sonrió con aplomo, o eso esperaba, le pellizcó la barbilla y dijo:

—Esta noche, después de cenar tallarines con carne y guisantes, ¿vas a querer helado de vainilla o de chocolate?

—¡De chocolate! —gritó ella.

—¿Con nata montada y una guinda?

—¡Con nata montada y una guinda!

—Eso me parecía. Esta noche, nada de pollo con brócoli. Vamos a cenar a lo grande. ¡Los tallarines Stroganoff de papá y helado!

—¡Yupi! —gritó Rosie.

Esa noche, mientras Rosie canturreaba en la bañera, Sean y Franci fregaron juntos los platos y hablaron de cómo había ido el día.

—Es un hacha, Franci. Un auténtico imán para las mujeres —le sonrió—. No te imaginas cuántas mujeres han estado a punto de hacerme proposiciones hoy.

—¿Estando con mi hija? —preguntó ella, atónita.

—Bueno, proposiciones deshonestas, no. Solo un café o una cita para que jueguen los niños. ¿Quién iba a decirlo, eh?

—Es un consuelo saberlo —gruñó ella.

—¿No pasa nada porque Rosie esté sola en la bañera? —preguntó él.

Franci le sonrió.

—El baño está a diez pasos de aquí y, si la oyes cantar, es que no está sumergida.

Sean le habló de la pregunta que le había hecho Rosie en el aparcamiento del supermercado. Franci se rio tanto que tuvo que apoyarse en la encimera.

—Sí, es muy gracioso —dijo Sean—. Pero ¿qué habrías dicho tú?

Ella se secó los ojos.

—Bueno, tengo un libro sobre ese asunto. Creo que es hora de que le echemos un vistazo juntos.

—¿Un libro? ¡Venga ya!

—No, en serio. Habla de las diferencias entre el cuerpo del papá y el de la mamá. Es muy mono. Muy tierno —le sonrió—. Si te portas bien, luego te lo leeré.

—Si te portas bien, te enseñaré cómo se hace —le lanzó una sonrisa lasciva—. Por cierto —añadió—, ¿cómo fue en este caso? Siempre teníamos mucho cuidado. ¿Te acuerdas?

—Me acuerdo de cada detalle —dijo ella, dándole la espalda para guardar los platos.

Sean la hizo darse la vuelta.

—¿Podrías contarme alguno, por favor?

Franci respiró hondo.

—¿Recuerdas que solía dejar de tomarme la píldora un par de meses al año y que durante esos meses tú te encargabas de tener mucho cuidado con los preservativos? Pues un par de veces te emocionaste tanto que se te olvidó —se encogió de hombros—. Pero fue tanto culpa mía como tuya. A mí también me pasó lo mismo.

Se quedaron callados un momento. Sean se inclinó y la besó en la frente.

—Así éramos —susurró—. No lo lamento. Fue un gran accidente con una enorme recompensa. Rosie es increíble.

Franci lo abrazó. Por una vez, Sean había conseguido decir lo correcto.

—Te lo has pasado bien esta semana con ella, ¿verdad?

—Es asombrosa. Mira, no sé cómo decirte esto, Franci. Llevo todo el día pensando en cómo hacerlo y no se me ocurre nada, pero el caso es que la Fuerza Aérea me tiene entre la espada y la pared. Cuando Rosie se acueste, ¿podemos tomar una copa de vino y hablar un rato? ¿De cosas prácticas?

Ella pareció asustada.

—¿De qué, por ejemplo?

—De todo tipo de cosas, desde el seguro de vida a... —respiró hondo—. Franci, llevo cuatro años en Beale. Mañana a primera hora voy a llamar al Centro de Personal Militar para ver si consigo que me asignen nuevo destino o tendré que marcharme al extranjero. A Oriente Medio, quizá.

Iraq. Afganistán. Franci se puso pálida.

—¿En el U-2?

Él se encogió de hombros.

—Si es necesario, sí. Pero los U-2 operan en un montón

de sitios. No quiero irme porque Rosie y tú estáis aquí. Aparte de eso, puede que me manden a un caza o que me busquen un puesto de mando de personal en el desierto. Ascendí a mayor. Les debo tres años más como mínimo.

—Sean... —dijo ella débilmente.

—Sé que te gustaría que siguiéramos así una temporada, pero vamos a tener que afrontarlo. Solo me quedan cuatro semanas y dos días de permiso. Lo siento, Fran.

—Llevas cuatro años en Beale y sabes que en la Fuerza Aérea eso es mucho tiempo en un mismo destino —dijo ella—. Esto no puede haberte pillado por sorpresa.

—No, claro. La sorpresa habéis sido Rose y tú. Intenté entrar en la Escuela Militar Superior y estoy en la lista de espera. Mi plan era el que cabía esperar: hacer lo que tuviera que hacer, ir donde tuviera que ir, para conseguir más adelante un puesto de mando. Quería dedicarme a esto de por vida, así que no me importaba dónde me mandaran con tal vez que me ayudara a ascender en el futuro. Pensaba irme al extranjero un año, volver aquí y pasar otro año en la Escuela Militar Superior, que me ascendieran a teniente coronel y me asignaran escuadrilla propia —tragó saliva—. Ahora no quiero marcharme muy lejos. No quiero que Rosie piense que no cumplo mi palabra. Y el tiempo apremia.

Franci se quedó callada.

—Sigue cantando —dijo Sean, ladeando la cabeza hacia el cuarto de baño.

—Seguro que ya está toda arrugada.

Vivian y Maureen también pasaron un día muy agradable juntas. Salieron a comer y luego fueron de compras al centro comercial del pueblo, donde Maureen compró algunos juguetes para Rosie. Regresaron a casa de Viv y pasaron el resto de la tarde mirando fotografías de Rosie desde su nacimiento.

Había, claro, muchas fotos de Franci.

—A veces, cuando la pillas mirando a la niña, le brillan los ojos, pero otras... —Maureen se quedó callada.

—Sí, lo sé. Fue una época muy dura. Franci había decidido dejar a Sean, pero no lo tenía asumido. Estaba embarazada de tres meses cuando se fue a vivir conmigo a Santa Rosa, y enseguida empezó a trabajar en el hospital del pueblo. Estuvo un mes y medio de baja por maternidad y enseguida volvió al trabajo. Fue un año muy largo, y a mí me rompía el corazón ver a mi hija tan triste. Estaba convencida de que Sean se daría cuenta en cualquier momento de lo que había perdido y volvería a buscarla. Pero no vino.

Maureen frunció tanto los labios que casi desaparecieron.

—Se merecería un buen tirón de orejas —masculló.

—Recuerda que no sabía nada. Fue Franci quien lo dejó. Yo tenía veinticinco años cuando nació Franci —dijo Vivian—. Y treinta y dos cuando mi marido, que era camionero, murió en un accidente. Volví a la universidad casi enseguida. Quería estudiar y conseguir un trabajo bien remunerado para poder criar sola a mi hija. Franci, por lo menos, no tuvo ese problema. A Rosie no iba a faltarle nada. Pero, aparte de eso, yo sabía lo duro que iba a ser para ella criar a una hija sin tener pareja.

—Yo tenía cinco hijos, pero también tenía a mi marido, que era un buen hombre —dijo Maureen—. Era muy cariñoso, muy trabajador y nunca se desentendió de los niños. Pero trabajaba muchas horas y, teniendo cinco hijos que alimentar, hacía todas las horas extras que podía. Así que yo tenía que arreglármelas sola. Tenía que ser fuerte y procurar que los niños no se descontrolaran. No fue fácil, ni siquiera teniendo un buen marido. Me cuesta imaginar cómo os las apañasteis Franci y tú...

—Nos teníamos la una a la otra —dijo Viv—. Franci volvió a la vida cuando nos mudamos aquí. La verdad es que le dije que me vendría al norte solo si encontraba un buen trabajo. Pedí una excedencia sin sueldo en mi trabajo en Santa Rosa para probar. Franci trabaja en Redding, así que al principio fuimos allí, alquilamos un apartamento pequeñito y, los días que Franci libraba, yo recorría los alrededores buscando trabajo. Cuando me hicieron una buena oferta en Eureka, nos decidimos. Compramos una casita juntas aquí. Franci tiene un par de guardias de veinticuatro horas a la semana, tres semanas al mes, y la cuarta semana una sola guardia. El viaje es largo, pero solo tiene que hacerlo siete u ocho días al mes, y yo nunca trabajo de noche ni atiendo urgencias. Así que cuando llevábamos dos años en una casita, quedó libre otra igual calle abajo y la compré. Unimos fuerzas para que Rosie siempre estuviera con una de las dos, y además teníamos una niñera. Las cosas nos han ido bien. Franci hasta había empezado a salir con un chico, pero...

—¿Pero...? —preguntó Maureen.

—Tú no la viste después de romper con Sean, así que no notas la diferencia, pero desde que ha vuelto Sean parece otra. Lo quiere muchísimo. Y creo que él también la quiere. No sé cómo van a resolverse las cosas, Maureen, pero creo que esos tres necesitan estar juntos.

—Sean me ha dicho que le propuso matrimonio a Franci... —dijo Maureen.

—¿En serio? La primera noticia que tengo —repuso Vivian, un poco sorprendida—. Me extraña que Franci no aceptara enseguida. Deben de tener asuntos pendientes. Francamente, me da igual que se casen o no, con tal de que hagan caso a sus sentimientos. Pero, en fin, no voy a meterme en eso. Salvo para asegurarle a Franci que no tiene que pensar en mí para tomar una decisión.

—¿En ti? —preguntó Maureen.

Vivian asintió.

—No quiero que piense que necesito que se ocupe de mí, ni emocionalmente ni en ningún otro aspecto. Tengo una vida muy satisfactoria y estoy deseando pasar a la siguiente fase. Tengo una pareja maravillosa y espero que sigamos juntos mucho tiempo.

Llevamos un año saliendo juntos y los dos tenemos compromisos familiares que nos han impedido dar otro paso. Él se quedó viudo hace no mucho y tiene dos hijos adolescentes, y yo tengo mis responsabilidades con Franci y con Rosie. Pero tanto Carl como yo sabemos desde hace tiempo que, cuando nuestros hijos ya no nos necesiten tanto, pasaremos más tiempo juntos.

—¿En serio? —dijo Maureen, intrigada—. ¿Tienes novio?

Vivian se echó a reír.

—Un novio maravilloso. Es uno de mis jefes. Un año después de morir su mujer, me invitó a cenar, y no hizo falta más.

Maureen se inclinó hacia ella.

—¿Un romance en el trabajo? ¡Pensaba que eso era tabú!

—¡Bah! Trabajamos estupendamente juntos. Y creo que seguiremos así muchos años.

—Es increíble.

—Ya lo conocerás. Entre tanto, mi oferta sigue en pie. Si quieres quedarte cerca de Rosie y no estorbar a tus hijos, el cuarto de Rosie es perfecto como habitación de invitados. Puedes usarlo cuando quieras.

—¡Pero está claro que tú necesitas intimidad!

Vivian se echó a reír.

—No te preocupes por eso. En cuanto conozcas a Carl, te sentirás completamente a gusto con él. Es médico. Un hombre maravilloso, muy amable y tierno. Además, no pasamos muchas noches juntos. Como te decía, tiene hijos adolescentes y todavía viven en casa.

Maureen se quedó pensando un momento.

—Eres muy liberal, ¿verdad, Vivian?

—Supongo que sí —contestó Viv—. Y tú bastante puritana, ¿no?

—Eso dicen —contestó Maureen, algo enfurruñada.

Vivian se rio.

—¡Qué extraña pareja vamos a formar!

CAPÍTULO 11

En cuanto Rosie estuvo acostada y la casa en silencio, Sean y Franci se sentaron en el sofá del cuarto de estar con un par de copas de vino sobre la mesa baja. Hablaron en voz baja y Franci pudo escrutar una faceta de Sean que rara vez había visto. Ella siempre había querido que madurara, que se comportara como un hombre de familia, que demostrara ser responsable. Y luego, cuando él había hecho precisamente eso, había querido que volviera a ser el de siempre, caprichoso y lleno de espontaneidad. Verlo comportarse como un adulto le daba un poco de miedo.

Tenía que reconocer que, cuando se empeñaba en algo, siempre daba la talla. Su lista de cosas que había que hacer inmediatamente resultaba impresionante. Primero pensaba pasarse por la oficina de asesoría legal de la Fuerza Aérea y pedir que le redactaran un nuevo testamento en el que incluiría a su hija. Iba a transferir dinero de sus inversiones a una cuenta destinada a los futuros estudios de Rosie, una suma lo bastante importante como para que el pago de su carrera universitaria estuviera asegurado aunque Franci no contribuyera con un solo centavo. Al igual que todos sus hermanos, tenía un seguro de vida de cien mil dólares de la que su madre era la beneficiaria, pero iba a contratar de inmediato una póliza adicional de doscientos cincuenta mil dólares y a designar a Rosie como beneficiaria de su pensión por fallecimiento, con Franci como albacea, para que, si pasaba lo peor, Rosie y ella quedaran en buena situación.

—Voy a encargarme de esas cosas enseguida —le dijo—. Y me pasaré la mañana hablando con la Central de Personal sobre las posibles vacantes, pero, como posiblemente recordarás, eso puede llevar semanas. Así que tengo que preguntarte una cosa. ¿Considerarías siquiera la posibilidad de acompañarme si me cambian de destino?

—No sé —contestó ella, indecisa y recelosa. Bebió un sorbo de vino—. Estoy muy integrada aquí, Sean. Tengo una casa y Rosie está muy a gusto en el pueblo. No necesito ese empleo en la universidad, pero me viene bien. No solo me mantiene alerta intelectualmente, sino que además utilizo las pistas del campus para correr y entreno en la sala de pesas de la facultad. Y luego está mi madre...

—Lo sé —contestó él con suavidad.

—Es mi mejor amiga. Y se mudó aquí para ayudarme a criar a Rosie. Están muy unidas.

—Lo sé —se inclinó hacia ella—. ¿Estarías dispuesta a ir a algún sitio concreto conmigo?

—Eh... —contestó ella—. No entiendo...

—Hay destinos en cualquier parte del mundo, Fran. Alaska, Inglaterra, Okinawa, las Filipinas, el desierto del sur de California... Seguramente podría vender mi alma por un puesto en el Centro de Personal Militar de San Antonio en el que no tuviera que volar, o en el Pentágono, hasta que pueda ingresar en la Escuela Militar Superior. Siempre es difícil volver a volar cuando lo dejas, pero estoy dispuesto a correr ese riesgo —se encogió de hombros—. Puedo evitar todos los destinos que tengan un plazo determinado, quitarme de encima los tres años que les debo y luego intentar encontrar trabajo en una línea aérea.

Franci se echó a reír.

—Sean, las líneas aéreas están en crisis. Les sobran tantos pilotos que ninguna contrata ya.

—Podría meterme en el negocio de las cabañas con Luke —añadió él. Extendió el brazo hacia ella y pasó un dedo por su frente—. Necesitas tiempo para pensar.

Ella sintió que los ojos se le llenaban de lágrimas.

—Quería que tuviéramos tiempo para acostumbrarnos otra vez el uno al otro. De momento iba todo tan bien... Pero solo hace una semana.

Sean agarró su mano y la atrajo hacia sí y la sentó en su regazo, apretándola contra sí.

—Y ha sido estupendo. Date prisa en tomar una decisión, Franci.

—Quizá lo mejor sea que nos concentremos en cómo compartir la custodia de Franci. Parece que eso lo hacemos bastante bien. Los dos la queremos mucho.

Sean besó su cuello. Lo lamió hasta su oreja.

—Entre nosotros siempre habrá algo más y tú lo sabes.

Siguieron besándose y acariciándose en el sofá hasta que la ropa comenzó a estorbarles y de mutuo acuerdo se fueron a la cama. Sean se encargó de cerrar la puerta. Franci puso los preservativos.

—Una vez me olvidé de ellos —murmuró Sean contra sus labios—. Y fue un golpe de suerte.

—En su momento no te lo habría parecido —repuso ella.

—En una cosa tenías razón, Franci: los dos hemos cambiado mucho estos últimos años, y yo voto por no volver atrás.

Después siguió acariciando su cuerpo. Besó sus tobillos, chupó los dedos de sus pies, lamió el interior de sus muslos, frotó su clítoris con la lengua. Introdujo el pulgar en la aterciopelada suavidad de su sexo mientras seguía lamiéndola y con la otra mano le tapó la boca para sofocar sus gemidos de placer. Cuando

Franci le dijo que no podía soportar otro orgasmo, la penetró y comenzó a moverse lenta y suavemente. Ella comenzó a gozar de nuevo poco a poco, pero cuando intentó que se apresurara, que la penetrara con más fuerza, con más rapidez, él mantuvo aquel ritmo pausado hasta que ella comenzó a gemir. A suplicar.

—Por favor, Sean... Acaba... —clavó los talones en el colchón y se apretó contra él con fuerza.

Él dejó escapar una risa suave y baja. Comenzó a penetrarla con embestidas profundas y firmes, y bastó con eso. Franci se resquebrajó por dentro, aferrándose a él y bañándolo con líquido caliente .

—Ahhhh, nena —dijo él—. Me encanta ese sitio tan dulce —y siguió acometiéndola con fuerza, dejándose ir con un gemido de placer.

Después estuvo abrazándola largo rato, arropados con la manta. Ella susurró por fin:

—Deberías irte. Mañana tienes muchas cosas que hacer.

—Voy a quedarme a dormir aquí. Puedo ponerme la camiseta y los vaqueros por si entra Rosie, pero me quedo.

—Tu madre se dará cuenta de que has pasado la noche conmigo...

—Que se atreva a decirme una sola palabra —dijo Sean—. Quiero estar contigo.

Franci quiso negarse, pero no pudo. Se dio cuenta vagamente de que se ponía la camiseta y los pantalones y sonrió para sí. Sabía que le gustaba dormir desnudo y que estaría incómodo, pero le agradecía que se preocupara por Rosie.

Y cuando se despertó horas después, antes de que amaneciera, encontró a Rosie acurrucada junto a su pecho, durmiendo entre ellos feliz y contenta.

El lunes, Francine se marchó de la facultad un poco antes de su hora. Sus clases habían acabado, no tenía ninguna cita y sabía que Sean estaría en casa con Rosie. Seguramente Maureen estaría con ellos. Se descubrió ansiosa por saber qué tal habían pasado el día. Rosie se lo estaba pasando en grande con su abuela y su papá nuevos.

Tenía que reconocer que Maureen estaba siendo muy comprensiva. Si no recordaba mal, siempre había sido muy estricta en cuestiones morales. No aprobaba, por ejemplo, las relaciones sexuales fuera del matrimonio. Y tenía que saber que Sean no había ido a dormir a casa de Luke esa noche.

Franci lo había llamado entre clase y clase y le había preguntado si su madre le había dicho algo al respecto.

—Claro que sí —había contestado él—. Mi madre no sabe morderse la lengua.

—¿Qué te ha dicho?

—Me ha preguntado si estaba complicando una situación ya de por sí complicada. Y le he dicho que no pensaba discutirlo con ella y que, si quería disfrutar de Rosie, más valía que lo dejara. Y eso ha hecho, por increíble que parezca.

Cuando Franci llegó a casa unas horas después, se encontró con un enorme desbarajuste. La isla de la cocina estaba cubierta de hojas de periódico llenas de pulpa y pepitas de calabaza. Vio restos de calabaza en el suelo y tres calabazas a medio vaciar sobre la mesa del comedor. Una enorme, una grande y una pequeña. La familia calabaza.

—Vaya —dijo Sean—, llegas pronto. Íbamos a darte una sorpresa. ¡Necesitamos calabazas para Halloween!

—¡Mamá! —gritó Rosie, emocionada, y señalando las calabazas añadió—. ¡Papá, mamá y Rosie!

—¿También ibais a darme una sorpresa recogiéndolo todo? —preguntó ella, esperanzada.

—Claro que sí —contestó Sean—. Quizá deberías irte a tu habitación y ponerte a leer hasta que lo tenga todo bajo control.

—Voy a cambiarme y luego vengo a ayudaros —dijo

Franci. Entró en su cuarto con el maletín en la mano y cinco segundos después regresó al comedor—. En mi habitación hay un petate enorme.

—Voy a mudarme aquí una temporada, a no ser que me eches. Mi madre va a pasar la noche en casa de Luke. Mañana por la tarde, mientras tú estás en Redding trabajando, nos quedaremos con Rosie. Se me ha ocurrido hacer de niñera mientras tú estás de guardia. Si no te parece mal. El miércoles por la mañana, cuando Rosie esté en el cole, llevaré a mi madre al aeropuerto. Va a irse a su casa para ocuparse de unas cuantas cosas y volverá enseguida. Imagino que tiene que regar las plantas y pagar las facturas. Esta tarde, mientras venía hacia aquí después de recoger mis cosas en casa de Luke, compré las calabazas y un pijama —le sonrió—. Pensaba que ibas a enfadarte por no haberte esperado y he hecho un montón de fotos.

—¿No ibas a consultármelo? —preguntó ella.

—¿Lo de las calabazas? —contestó él.

—Lo del pijama —replicó ella.

Sean se incorporó y la miró con expresión seria.

—Iba a suplicarte. Me quedan cuatro semanas de permiso si no me llaman antes. ¿Podrás soportarme si soy limpio?

Franci se emocionó, pero procuró que no se le notara. Sean siempre había sido limpio y ordenado. De hecho, era más bien puntilloso. Las cosas que valoraba tenían que estar perfectas: su casa, su coche... ¿Aguantarlo?

—Nunca hemos hecho esto, ¿sabes? —contestó—. Nunca hemos vivido juntos.

Él la miró con ternura.

—Pues deberíamos.

Rosie, cómo no, se disfrazó de princesa para Halloween. Se empeñó en ponerse sus zapatitos de plástico sin calcetines y Sean se alegró de que Franci se encargara de librar esa batalla sin pedirle ayuda. Dejó que llevara a Rosie a pedir caramelos por el barrio mientras ella se quedaba en casa para repartirlos entre los niños que llamaban a su puerta. Después fue otra vez ella quien se ocupó de impedir que Rosie comiera demasiados dulces.

Franci creía haber ganado la batalla. Dejó que Rosie se comiera dos golosinas y media, y después la bañó y la metió en la cama. Entre el frío, el paseo por el barrio y la emoción del día, Rosie estaba agotada y a las siete y media se quedó dormida. Pero a las dos de la madrugada se despertó de golpe, lista para seguir la fiesta. De pronto, apareció al lado de Sean vestida de princesa.

—Papá —dijo—, ¿todavía estás de vacaciones?

—¿Qué haces levantada y con el vestido puesto?

—No sé —se encogió de hombros—. ¿Podemos ir otra vez a pedir caramelos?

—Son las dos de la mañana, Rose. Todo el mundo está en la cama. Todo el mundo menos tú.

—Los dulces —gruñó Franci—. Una subida de azúcar, luego una bajada y después otra subida —se apoyó en un codo y miró a Sean—. Te toca, papá. Estás de vacaciones.

A Franci la sorprendió un poco el alivio que sintió cuando se marchó Maureen; no se había dado cuenta de lo mucho que la estresaba la madre de Sean. En cuanto estuvieron los tres solos, todo fue mucho más tranquilo. Más sencillo y más llevadero. Cuando Franci trabajaba, Sean se ocupaba de Rosie; y cuando Franci estaba en casa, Vivian no interfería; les dejaba llevar una vida familiar, o algo parecido. Sean y Franci no habían hecho planes concretos. No podían hacerlos hasta que Sean supiera cuál iba a ser su siguiente destino. Se dejaban llevar día tras día. Hablaban mucho sobre sus posibilidades, pero había muchas cosas en el aire hasta que Sean tuviera alguna idea de adónde iban a destinarlo.

Todavía no se habían dicho que se querían, al menos a la luz del día. Franci había oído a Sean susurrárselo en la oscuridad de la noche, cuando pensaba que estaba dormida. Pero, a pesar de la incertidumbre, todas las cosas de las que hablaban fortalecían su relación.

Franci decidió que, cuando Maureen volviera de visita, cosa que pensaba hacer muy pronto, procuraría hablar en privado con ella para asegurarse de que estaban ambas en el mismo barco y aliviar tensiones por el bien de todos.

De quien tenía que ocuparse inmediatamente, sin embargo, era de T.J. Hacía más de una semana que no hablaba con él. Casi sentía cómo iban creciendo los problemas, como una nube de tormenta. T.J. había dejado de llamarla y ella no había hecho ningún intento de ponerse en contacto con él. Tenía que poner fin a aquello. Aunque Sean y ella no dieran ni un paso más en su relación, no volvería a estar con T.J.

Sabía que él tenía tutoría los jueves cuando no estaba de viaje, así que después de dar dos clases fue a su despacho. Cuando llegó estaba reunido con un alumno, así que le dejó una nota en la tablilla con sujetapapeles que colgaba fuera de la puerta cerrada. *He ido a tomar un refresco*, escribió. *Vuelvo dentro de diez minutos*. Cuando regresó, la puerta estaba entornada y él estaba sentado a su mesa, en el pequeño despacho de la facultad. Levantó la vista cuando Franci llamó a la puerta. Se recostó en la silla, se quitó las gafas de leer y se giró hacia ella.

—Pasa, Francine. Cierra la puerta. Me preguntaba cuándo ibas a venir.

—Debería haber venido antes, pero he estado muy liada —dijo mientras entraba y cerraba la puerta. Se sentó en la silla que había junto a la mesa.

—Ya me lo imagino —comentó él—. ¿Qué tal se porta tu chico nuevo?

Ella se rio, incómoda.

—No te andas con rodeos —dijo—. No es nuevo, como

ya sabes. Y tiene una madre, cuatro hermanos y muchas otras complicaciones. Pero nos llevamos bastante bien, gracias.

—Ya lo veo —dijo él.

Franci ladeó la cabeza y frunció un poco el ceño.

—¿Ah, sí?

T.J. se inclinó hacia ella.

—Antes era yo quien te ponía ese brillo en los ojos —se rio al ver que ella se sonrojaba—. Entonces, imagino que está todo decidido. Vas a dejarme. Has pasado página.

Franci no supo qué decir por un momento. Le sorprendía que se mostrara tan complaciente.

—Y supongo que vas a dejar que me vaya sin pedirme explicaciones.

—Por mí no te molestes. Digas lo que digas, Francine, los dos sabemos que estás cometiendo un gran error. Y los dos sabemos que vas a seguir adelante, de todos modos.

—¿Un error? ¿Tienes idea de lo que estoy haciendo? Porque no recuerdo haberte explicado mis planes.

—Como si hiciera falta —contestó él con una risa áspera—. Vas a dejar todo lo que has conseguido aquí: la estabilidad de tu trabajo, tus amigos, la posibilidad de tener una relación normal con un hombre que piensa antes que nada en tu felicidad. Y vas a renunciar a todo eso por un crío que es incapaz de comprometerse contigo. Acabarás arrepintiéndote. Serás infeliz y lo lamentarás. Ese hombre te dejó en la estacada una vez y volverá a hacerlo.

Ah. Eso sí era lo que esperaba. Estuvo a punto de sonreír. Nunca había visto aquella faceta de T.J. cuando pedía la cena por ella o le sugería que se dejara el pelo largo, y se preguntaba cómo había podido ser tan ingenua. Sin duda él creía que le estaba haciendo un gran favor saliendo con ella. Pero en cuanto había aparecido Sean había mostrado su verdadera faz. Debía de pensar que delegaría en él eternamente. Se creía su dueño.

Franci se inclinó hacia él.

—¿Desde cuándo eres así? —preguntó con voz suave—. ¿Has sido siempre así y no me he dado cuenta? Cuando me decías lo que tenía que comer o cómo llevar el pelo, ¿era solo la punta del iceberg y yo era tan complaciente que no me daba cuenta de que era un error permitir esa conducta?

T.J. sonrió con desdén.

—Es muy propio de ti intentar cambiar las tornas. Debería haberme dado cuenta de que era una equivocación mezclarme con alguien como tú. Eres una cría.

—Vamos, T.J., ¿desde cuándo eres así? ¿Qué me he perdido? Hemos salido un par de meses, nunca más de una vez a la semana, y no recuerdo que hayamos tenido nunca una relación que justifique tanta ira. Tú y yo no teníamos planes de futuro.

—Teníamos una relación estable. Y vas a cambiarla por otra que será un desastre, porque ese tipo no va a trasladarse aquí. Aunque pudiera, los dos sabemos que es incapaz de hacer nada por ti. O por su hija. Si quieres estar con él, tendrás que renunciar a todo lo que valoras para seguirlo por el mundo. Volverás al punto de partida, te lo aseguro. Te abandonará.

—Vaya —dijo ella, ofendida—, ni siquiera voy a preguntarte cómo has llegado a todas esas conclusiones. No voy a defender a Sean delante de ti, pero ¿qué sabes tú de él?

—Sé que, si te quisiera, habría intentado encontrarte hace mucho tiempo. Yo lo habría hecho. Si hubiera creído que me querías, no habría dejado piedra sobre piedra hasta encontrarte. Y él ni siquiera lo intentó.

«Bueno», pensó Franci, «fui yo quien se lo contó».

—Tenemos cosas que resolver, pero...

—Antes de lanzarte a tumba abierta, más vale que intentes pensar con claridad, Franci. Todavía tienes tiempo de recular, de usar ese pequeño cerebro tuyo. Tú sabes lo que siento por ti. Y sabes que también puedo hacer que te sonrojes de placer. Puede que ese hombre parezca un poco peligroso y temerario y que tenga ese atractivo sexual que suele acompañar a los aviones a reacción y a las misiones secretas, pero eso se gastará con el tiempo. Es un jovenzuelo imbécil al que le gusta vivir al límite, y no tiene madera de padre. Vas a llevarte un desengaño.

Ella dejó escapar una risa a su pesar.

—¿Sean, peligroso? —se echó a reír—. ¿Mi pequeño cerebro? —se levantó—. Creo que estoy un poco confusa, T.J. Pensaba que te gustaba, pero no tenía ni idea de que te tomaras nuestra relación tan en serio, ni sabía que me considerabas poco inteligente. Lamento que estés molesto, pero no te imaginas cuánto me alegro de no tener que volver a pasar tiempo contigo nunca más.

Él también se levantó.

—Si estoy molesto, es porque tú me diste falsas esperanzas. Ya no soy un niño, Francine, y sé lo que funciona y lo que no. He aprendido mucho por las malas, a través de mis propios errores. Como aprenderás tú.

—Te deseo lo mejor, T.J. —dijo ella volviéndose para salir del despacho.

—Si recuperas el sentido común, llámame. Aunque no pienso esperarte mucho tiempo.

«Menos mal», pensó ella. Se volvió para mirarlo.

—No me esperes. De hecho, por mí puedes borrar mi número de teléfono —salió del edificio.

De pronto se dio cuenta de que había algo en aquella pequeña confrontación que no tenía sentido. ¿A qué venía hablarle del brillo que ponía en sus ojos? ¿No se había quejado de su frialdad en la cama? ¿Y cuándo le había dado ella falsas esperanzas? ¿Al no quejarse cuando pedía por ella en un restaurante? ¿O al permitir que fuera él siempre quien marcaba los planes, sin preguntarle nunca qué quería hacer? No se había cuestionado su relación porque a ella le convenía. Y le convenía porque no se había implicado emocionalmente en ella. ¡Pero tampoco él!

Se marchó del campus. Mientras regresaba a casa se preguntaba cómo era posible que no se hubiera dado cuenta de cómo era T.J. en realidad. «Eres una niña», le oía decir aún.

Entonces se dio cuenta de una cosa: había perdido a su padre cuando tenía siete años. Siempre había anhelado un padre, cualquier padre. Su pérdida la había destrozado. Ese era uno de los motivos por los que tenía ese afán de proteger de Rosie: no quería que sufriera una pérdida así. En cierto modo le parecía más seguro criarla sola que ver cómo su corazoncito se rompía de anhelo por un padre que no podía tener.

Y quizás ese mismo sentimiento de pérdida era el que la había hecho tan complaciente con un hombre como T.J. Él tomaba el mando; tomaba todas las decisiones que ella le permitía tomar. Y si Sean no hubiera reaparecido en su vida, ¿quién sabe hasta dónde le habría dejado llegar en su deseo de controlarla, de manipularla?

T.J. tenía razón. Se había comportado como una cría. Había permitido que ocurriera todo aquello. La culpa la tenía ella. No se había dado cuenta de lo que estaba ocurriendo.

Con Sean, en cambio, nunca se había comportado así. Con él era fuerte, independiente, decidida. Y Sean nunca había intentado controlarla ni manipularla. No siempre se plegaba a sus deseos, pero tampoco se comportaba como si la considerara de su propiedad. Fue un consuelo darse cuenta de que nunca, ni en los peores momentos, habían tenido esa clase de relación.

Si conseguían arreglar las cosas, quizá tuvieran la oportunidad de tener una relación sana. Casi se echó a reír. Por difíciles que hubieran sido las cosas para ellos, eran dos personas sanas que se completaban a la perfección.

Cuando llegó a casa, encontró a Sean en la cocina, marinando chuletas de cerdo. Franci oyó a Rosie jugando en su cuarto.

Sean le sonrió.

—¿Qué tal el día, cariño? —preguntó, y ladeó la cabeza señalando la habitación de Rosie.

—Surrealista —susurró ella—. ¿Has hablado ya por casualidad con esa chica que no para de mandarte mensajes noche y día?

—¿No te lo he dicho? Por fin conseguí hablar con ella hace un par de días.

—¿Qué tal fue?

—Como esperaba. Le pedí que dejara de mandarme mensajes y de llamarme porque había vuelto con mi exnovia y ella me dijo que me fuera al infierno.

—¿Eso es todo?

—No. Dijo que, si volvía a verme, me mataría y que, si tenía ocasión de aflojar unos cuantos tornillos en mi avión, lo haría. Me dedicó algunos insultos escogidos y colgó. ¿Por qué?

—Por nada —contestó ella desviando la mirada.

—Te has visto con él —dijo Sean—. Déjame adivinar: te enumeró mis defectos aunque no me conoce.

—¿Cómo lo sabes?

Sean la atrajo hacia sí y le lamió el lóbulo antes de susurrarle al oído:

—No quiere renunciar a ti porque tú eres tú. Pero no hablemos del porqué, porque me dan ganas de matarlo.

—He visto una faceta suya que siempre ha estado ahí y que sin embargo he pasado por alto todo este tiempo. Ha sido muy chocante —dijo ella—. ¿Sabes de qué me he dado cuenta? De que eres lo malo conocido.

—Bien —dijo él—. Quedémonos con eso.

Maureen había regresado a Phoenix como tenía previsto, pero solo se quedó en su piso una semana, durante la cual regaló todas sus plantas, canceló su suscripción al periódico, dio orden de que le reenviarán su correo, cerró su casa y emprendió el camino de regreso con la trasera de su camioneta llena de cosas imprescindibles.

Vivian y ella habían llegado a un acuerdo. Maureen iba a regresar al condado de Humboldt para pasar una larga temporada. Se quedaría hasta después de Acción de Gracias, tres semanas largas. Utilizaría la habitación de invitados de Vivian, normalmente reservada para Rosie, y como tenía coche propio podría pasar mucho tiempo con su nieta y con todos los demás. De ese modo no molestaría a nadie. No depender de sus hijos ni de Vivian para desplazarse le permitiría ir y venir a su antojo. Después de todo, Vivian tenía novio y sin duda agradecería poder estar a solas con él de vez en cuando.

Aparte de decirles a Luke y Sean que iba a volver y que se quedaría hasta después de Acción de Gracias, sus hijos ignoraban sus planes. Sin duda se alegrarían secretamente de que no fuera a quedarse con ellos. Vivian era una mujer estupenda que quería ayudarla a conocer mejor a su nieta, un gesto de una generosidad sin límites. Pero daba la casualidad de que, a pesar de lo distintas que eran, disfrutaban mucho de su mutua compañía.

Mientras se dirigía hacia el norte atravesando el desierto de Arizona, decidió consultar lo que iba a hacer con todos sus hijos. Y, naturalmente, solo hizo falta que llamara a uno.

—¿Que estás haciendo qué? —exclamó Aiden.

—Yendo en coche a Virgin River. Así tendré coche mientras esté allí. Y voy a quedarme en casa de la abuela de Rosie para no convertirme en una suegra pesada. Me cae bien Vivian. Es demasiado liberal, pero sincera.

—Ay, Dios —gimió Aiden—. ¿Cuántas horas en coche son?

—Bueno, eso depende de lo rápido que vaya —contestó—. Es un viaje muy largo. Pienso parar a pasar la noche.

—¿Parar dónde? —preguntó, exasperado.

—Bueno, creo que voy a colgarte, ya que te empeñas en tratarme como si acabara de sacarme el carné de conducir.

—Está bien —dijo él haciendo un esfuerzo por calmarse—. ¿Dónde crees que vas a pasar la noche?

—No lo sé. He salido temprano, así que puede que llegue hasta Carson City. Ya he estado allí. Es un pueblo muy agradable. Y Gardnerville está cerca. Y también Reno y el lago Tahoe y...

—¿Cuántas horas de viaje supone eso? —insistió él.

—Muchas —contestó su madre—. Me gustaría que pararas de una vez. Soy una conductora excelente y hace doce años que vivo sola. Sé valerme por mí misma.

—¿Por qué no me llamaste? Habría ido a Phoenix y te habría llevado yo —dijo él cansinamente.

—Bueno, no parece un plan muy divertido —contestó su madre, riendo—. Seguramente habrías acabado maltratando a esta pobre anciana. Además, no es nada práctico. Alguien, seguramente yo, tendría que haberte llevado a Sacramento o a Redding para que tomaras un avión de regreso.

Aiden suspiró.

—¿Luke y Sean saben lo que te propones?

—Les dije que volvería para una visita larga, pero puede que se hayan hecho los sordos —respondió Maureen. Oyó reírse a Aiden—. Para mí lo mejor es quedarme con Vivian. Estaré muy ocupada, corriendo entre Rosie, Luke y Shelby, y saliendo por ahí con Vivian cuando las dos estemos libres. Solo quiero estar cerca para conocer mejor a Rosie y no quiero ser una carga para mis hijos.

—Tú no eres una carga, mamá —afirmó Aiden.

—¿Ah, no? Entonces ¿por qué me gritas cuando hago lo que me apetece?

Aiden respiró hondo.

—Quiero que me llames cada pocas horas mientras tengas cobertura. Y cuando pares a dormir. Quiero saber exactamente dónde estás. ¿Harás el favor de hacerlo?

—Confío en vivir lo suficiente para verte con sesenta y dos

años. Me gustaría ver cómo te sienta que los demás te den órdenes como si fueras un viejo chocho...

—¡Yo no he hecho eso! Es solo que soy precavido. No es por tu edad, es por... por... ¡Eres una mujer y vas sola por la carretera, mamá! Y si no recuerdo mal, de Las Vegas a Reno hay un tramo de carretera muy solitario.

—Cerraré las puertas del coche para que no me ataquen las mulas salvajes.

—¿Qué quieres decir con que la otra abuela de Rosie es demasiado liberal? —preguntó Aiden.

—Bueno, ya sabes. Es una mujer encantadora, en realidad. Muy amable y con un sentido del humor maravilloso. Pero... Sus valores son más bien relajados, tú ya me entiendes.

—Prefiero no pensarlo —masculló Aiden.

—Por ejemplo, no le preocupa mucho que Sean y Francine se casen o no. Se contentaría con que volvieran a estar juntos, como si eso resolviera el problema. ¿Es que no fue eso precisamente lo que les metió en este lío? Y no es que lo lamente lo más mínimo por Rosie, que es una niña preciosa. ¡Estoy loca por ella! Me recuerda un montón a Patrick cuando era pequeño, excepto por los vestidos de princesa y los zapatitos de tacón.

Aiden se rio.

—Retiro todo lo que he dicho, mamá. Puede que sea buena idea.

Maureen tuvo la impresión de que Aiden confiaba en que alojarse con Vivian sirviera para que se relajara un poco.

—No te hagas ilusiones, Aiden. Soy muy firme en mis convicciones.

—Sí, mamá. Entendido —se rio un poco más—. Llámame dentro de un par de horas, ¿de acuerdo?

—Lo intentaré. Ahora, relájate, Aiden. Estoy escuchando un audiolibro y disfrutando del viaje.

—Espero que no sea la Biblia —comentó él.

—Es de James Patterson: muerte, sexo y todo lo demás —y sin decir nada más, colgó.

Menos de media hora después sonó su móvil. Era Luke. Dejó que saltara el buzón de voz. Después llamó Sean, luego Patrick y por fin Colin. Maureen se sonrió; era agradable que sus cinco hijos estuvieran en Estados Unidos. Dejó saltar el contestador. Luego se entretendría escuchando sus mensajes.

Pero, pensó divertida, ¿cómo era posible que creyeran que había llegado a aquella edad sin aprender nada de nada? Cachorros. No eran más que cachorros.

Tal y como esperaba, sus hijos la acogieron más calurosamente al enterarse de que iba a quedarse en casa de Vivian y no con ellos. Pero le sorprendió mucho que Franci se presentara en casa de su madre un par de días después de su llegada. Era por la tarde, antes de que Rosie volviera del colegio.

—Hola —dijo casi con timidez cuando Maureen abrió la puerta.

—¡Franci! Creía que estabas trabajando.

—Y lo estaba. Salí esta mañana a las ocho, he dormido un poco y se me ha ocurrido venir a verte antes de que Sean traiga a Rosie del colegio. Creo que deberíamos hablar un rato a solas.

—Claro —Maureen se preparó para que le dijera que no debía entrometerse, ni dejarse ver ni oír, ni estorbarles en nada—. Pasa, por favor —dijo, sujetándole la puerta—. ¿Quieres que te prepare un café o algo?

—No. Solo quería decirte que siento que hayas perdido tanto tiempo con Rosie. Ojalá no hubiera sido necesario.

—Ay, Franci —dijo Maureen sin poder refrenarse—. ¿Era necesario?

Franci entró en la casa.

—Yo creo que sí —respondió con calma—. El Sean que

conocía hace cuatro años y el de ahora son dos personas muy distintas. Pero, aparte de eso, fue sobre todo por una cuestión mía. Lo quería tanto que no podía soportar que lo supiera y que aun así se marchara. Y peor aún era pensar que se casara conmigo obligado y odiara su vida —sacudió la cabeza—. No sabía qué iba a pasar, Maureen. Tuve que hacer lo mejor que pude con los datos que tenía a mano. Siento muchísimo lo que eso te ha costado a ti.

Maureen tomó una de sus manos. Sonrió con ternura.

—¡Ojalá las cosas no hubieran sido así, pero no te culpo, Franci! Y me alegro muchísimo de que sea agua pasada y de que ahora todos podamos pasar página. Has hecho un trabajo increíble con Rosie. Es una niña maravillosa.

—Entonces ¿no me guardas rencor? —preguntó.

—Claro que no, tesoro —contestó Maureen, y la abrazó con fuerza—. ¡Claro que no! Pero a ese hijo mío... —se retiró y la miró a los ojos—. ¿Crees que es demasiado tarde para castigarlo?

Franci se echó a reír.

—Creo que sí —contestó.

—Me alegro de que haya cambiado. Supongo que le hacía falta madurar. Quizá fuera culpa suya, o quizá mía. Puede que lo consintiera demasiado cuando era pequeño. El caso es que es demasiado tarde para buscar culpables. Ahora mismo, hay que remendar una familia. Y Sean y tú lo estáis haciendo muy bien. Estoy muy orgullosa de los dos.

Luke y Shelby habían visto a Rosie, pero solo un rato: durante las semanas anteriores, todos habían estado muy concentrados en dejar que se acostumbrara poco a poco al clan Riordan. Por otro lado, toda la familia de Shelby estaba en Virgin River. Luke quería celebrar una gran fiesta y había invitado no solo a su familia, sino también a Walt Booth, a Muriel Saint

Claire, a Paul y Vanessa Haggerty y a sus dos pequeños. Y por supuesto también estaba Art, que formaba parte de la familia como el que más. Aquella iba a ser la primera reunión de los Riordan desde la boda de Luke y Shelby, y esta vez también estarían presentes Franci, Rosie y Vivian.

Un sábado que Franci no trabajaba, se reunieron todos en casa de Luke y les dispensaron una acogida regia. Eran tantos que la casa de Luke, relativamente pequeña, estaba de bote en bote. Todas las mujeres llevaron diversos platos para acompañar el asado y las costillas de primera. Hubo que mover los muebles y, como era noviembre y empezaba a hacer frío, el fuego ardía en el hogar y la casa palpitaba, llena de alegres ruidos y risas de niños.

El frío no afectaba a Rosie, que quería pescar... y pescar y pescar. Primero la llevó Sean, con Art, y luego Luke. Después le tocó el turno a Franci y, finalmente, a Maureen. Rosie prefería pescar a comer o dormir la siesta. Le dijeron que solo podía pescar con permiso de papá o mamá y nunca sin ir acompañada de un adulto. Se puso hecha una furia cuando le dijeron que tenía que descansar un poco. En cuanto se le pasó el berrinche, se quedó dormida. Estaba agotada.

A última hora de la tarde, mientras reposaban la comida antes del postre y los niños dormían tranquilamente la siesta, las mujeres se reunieron alrededor de la mesa del comedor, Art se fue a pescar y los hermanos Riordan, más Walt y Paul, salieron al porche a beber cerveza y fumar puros.

Luke fue el primero en sacar a colación el tema que todos tenían en mente.

—¿Y ahora qué va a pasar, Sean?

—Cualquiera sabe. Puede que tenga que irme en misión secreta sin mi familia o que me manden a una base extranjera hasta que haya una vacante en la Escuela Superior Militar. Pero he estado hablando con la gente del Centro de Personal para que me asignen un destino para un año o dos y que me permita comandar una escuadrilla después. Hay posibilidades interesantes: desde un puesto de agregado militar en Bélgica a uno de piloto de pruebas en el desierto del sur de California —tosió—. Dicen que allí hay mucho tiempo libre.

—¿Qué dice Franci?

—Que la avise cuando tenga una pregunta concreta que hacerle y que entonces intentará darme una respuesta.

Se rieron todos.

—¿No es evidente? —preguntó Sean—. No quiero estar lejos de ella, pero no puedo pedirle que deje a su madre, su casa y su trabajo así como así, y ni siquiera sé si podré llevarme a mi familia a mi nuevo destino. Además, el uno de diciembre tengo que reincorporarme al trabajo. En Beale. Mis órdenes llegarán en cualquier momento.

—¿Qué preferirías tú? —preguntó Luke.

—La Escuela Superior Militar y, después, volver a Beale como comandante de escuadrilla —dijo—. Seguramente tendría que pasar algún tiempo en el Pentágono o en el Centro de Personal Militar como peaje para que me ascendieran. Tenía pensado seguir hasta el final y retirarme con un puesto importante. —miró a Walt, que se había retirado del Ejército con tres estrellas—. Si os digo la verdad, aspiraba a conseguir una o dos estrellas. Pero ahora no sé si llegaré a jubilarme en el Ejército.

—¿Con Franci te van bien las cosas? —preguntó Aiden.

—¿Con mamá viviendo a cuatro puertas de allí con su madre? Yo diría que nos va bastante bien, a pesar de eso. Aunque, si una sola persona más se mete en nuestros asuntos, seguramente no habrá nada que hacer —se rio y sacudió la cabeza. Hubo unos instantes de silencio; luego, por fin, añadió—: Me pesa no haber sabido lo de Rosie hace cuatro años, pero me aterroriza pensar cómo habría reaccionado. A los veintiocho me creía un hombre de mundo, pero...

Walt Booth le puso un brazo alrededor de los hombros.

—Hijo, apuesto a que a todos los que estamos aquí nos gustaría poder cambiar algunas cosas cuando echamos la vista atrás. Lo que tienes que hacer es portarte bien con tu familia ahora. Y si hay algo que yo pueda hacer, solo tienes que decírmelo.

—¿Hay alguien que le deba un favor, señor?

—Tengo que pensarlo, hijo, pero el problema es que... ya sabes cómo funciona el Ejército.

Sean sacudió la cabeza.

—Sí, lo sé, y así me va últimamente.

Cuando volvieron a entrar en la casa, Rosie, que había estado durmiendo en el sofá, se incorporó de pronto y dijo:

—Papá, ¿nos vamos ya a pescar?

CAPÍTULO 12

Ellie Baldwin estaba muy orgullosa de sí misma. Aunque Noah y ella habían ido juntos a la agencia inmobiliaria del vendedor de la casa, él apenas había abierto la boca. Era ella quien se había encargado de hacer averiguaciones sobre la casa y de hablar con Paul Haggerty para que le echara un vistazo a la estructura. Paul se encargó de ello enseguida y les entregó una carpeta llena de anotaciones que consiguieron bajar sustancialmente el precio de la casa. Ese dinero, le dijo Ellie al empleado de la inmobiliaria, lo invertirían en las costosas reparaciones que debería haber hecho el propietario.

Su oferta fue aceptada, claro; el vendedor estaba ansioso por deshacerse de la casa, y quedaron en firmar los papeles enseguida. Ellie estaba entusiasmada, pero le preguntó a Noah por qué no se había implicado más en las negociaciones.

—Tú lo tenías todo bajo control, y además tenías razón: yo habría reculado. Ellie, tarde o temprano vas a tener que aceptar lo lista que eres.

Ella estuvo en tensión hasta que firmaron los papeles. Fue menos de una semana, pero a ella le pareció que era un mes. La casa no estaba hipotecada y Noah tenía algún dinero ahorrado. La aprobación de la hipoteca llegó enseguida y casi inmediatamente se llevó a cabo la operación de compraventa.

Ese viernes por la mañana, cuando salieron de la notaría después de firmar los últimos papeles, Ellie se arrojó en brazos de Noah con tal fuerza que estuvo a punto de tirarlo al suelo. Él se echó a reír.

—¡Caray! Eres la única mujer que conozco que puede ponerse tan contenta por ser dueña de ese montón de ruinas.

—Noah, algún día esa casa será la más bonita de Virgin River. Llevará un tiempo y habrá que trabajar duro, pero así será. ¡Espera y verás!

—Vamos a casarnos ahora mismo. Tenemos la licencia. Tenemos que casarnos para poder enviar los papeles al padre biológico de Trevor para que apruebe la adopción, así que es mejor que lo hagamos cuanto antes. Anunciaremos la boda para el viernes por la noche, dentro de una semana —sonrió—. En Inglaterra lo llaman publicar las amonestaciones. Podemos llamar a Harry Shipton, de Grace Valley, y pedirle que oficie la ceremonia...

—¡Noah! ¿Y George? ¿No crees que querrá casarnos?

—No sé si podrá venir avisándolo con tan poca antelación, pero me gustaría que fuera mi padrino. Hagámoslo, Ellie.

—¿Tan rápido? —preguntó ella—. ¿Eso es lo que quieres? Como boda no será gran cosa —dijo, preocupada—. Y tú eres el pastor del pueblo. Seguramente deberías ser más detallista.

—Será una ceremonia con pocos invitados y haremos una comida en el sótano...

—¿En el sótano? Pero si todavía no tenemos mesas, ni sillas. Puede que la cocina esté lista, si cada cual trae un poco de comida preparada, pero la verdad es que no me apetece tener que pedir voluntarios para limpiar porque nosotros vayamos a casarnos. Solo conocemos a esas personas desde hace unos meses. No quiero aprovecharme de ellos. Si solo vamos a tener diez invitados, es preferible que no tengan que hacerse la cena.

—Entonces podemos preguntar a Jack. Tengo entendido que la mayoría de las fiestas del pueblo se celebran en su bar.

—Sí, podríamos hacer eso —repuso ella—. ¿Habrá que pagarle?

—Hablaré con él. Si a él no le importa, por mí estupendo —dijo—. Pero ¿y tú, Ellie? ¿Necesitas más tiempo para hacer los preparativos? ¿Para que sea una ceremonia más bonita? Sé que nunca has tenido una boda de verdad.

Ni había esperado tenerla. Todas las chicas soñaban con ese acontecimiento especial en el que eran reinas por un día, pero Ellie sabía que en su caso era solo un sueño. Era una chica pobre e iba a casarse con un simple reverendo. No tenía más familia que sus hijos. Su vida, sin embargo, nunca había sido más feliz. No tenía ninguna queja.

—Casarme contigo es lo mejor que podría pasarme. Soy muy feliz, Noah. ¿Te pondrás el traje de los funerales y las bodas?

Él asintió con la cabeza.

—¿Y tú te pondrás un fantástico vestido blanco? —preguntó con una sonrisa.

—No, no tendría mucha credibilidad vestida de blanco virginal. Pero Vanessa se nos ha adelantado: dice que tiene un vestido perfecto para mí, con suficiente escote para que parezca que me lo he comprado yo.

Noah se hurgó en el bolsillo y sacó un anillo.

—¿Te pondrás esto?

No era un diamante muy grande, pero desde el punto de vista de Ellie era inmenso. No esperaba joyas ni remotamente.

—¿Es de verdad? —preguntó casi sin aliento. Cuando él asintió, preguntó—: ¿Podemos permitírnoslo?

Noah se echó a reír.

—¡Ellie, no podemos permitirnos nada!

—Pero ¿has perdido la cabeza, Noah? ¡No necesito un anillo! ¡Prefiero una lavadora!

Él agarró su barbilla, le levantó la cara y dijo:

—Ellie, te quiero. Quiero regalarte algo especial. ¡Ojalá fuera más especial! Tú eres una mujer de nueve quilates —se encogió de hombros—. Es muy pequeño. Casi no se ve sin lupa.

—Es increíble.

Noah le dio un beso.

—No sé cómo te las apañas para que te hagan tan feliz cosas tan sencillas, pero quiero que sepas que nunca lo daré por sentado. Es un tesoro. ¡La joya eres tú!

Ella le rodeó el cuello con los brazos y lo besó.

—Eres un predicador chiflado —dijo, y luego sonrió—. Muy bien. Si Harry puede casarnos, acepto. Pero hasta que esa ruina esté habitable, tendremos que pasar la noche encima del garaje de los Fitch.

—No me importa dónde durmamos con tal de que estemos juntos —repuso Noah.

Virgin River era un pueblo con mucha experiencia en bodas precipitadas y fiestas improvisadas en el bar de Jack. Harry Shipton accedió encantado a oficiar la ceremonia el viernes por la noche y, cuando Ellie le preguntó al Reverendo si podía hacerles una especie de pastel de bodas, él puso una sonrisa de oreja a oreja.

Noah lo anunció en el oficio del domingo, al que cada semana iba más gente. Ya no era raro que hubiera hasta cincuenta personas en la iglesia. Jack puso un cartel en la puerta del bar anunciando que el viernes por la noche cerrarían para celebrar el enlace de Ellie Baldwin y el pastor Noah Kincaid, y que el precio de la entrada era llevar un plato preparado. Casi inmediatamente después, Noah colgó el letrero de «se vende» en su autocaravana.

—¿Y dónde van a ir de luna de miel los tortolitos? —preguntó Jack.

—Calle abajo con un martillo y un cubo de clavos —contestó Noah—. En primer lugar, Ellie no quiere ni pensar en hacer un viaje sin llevarse a los niños...

—¿Y no será un poco contraproducente? —preguntó Jack.

—Eso mismo pregunté yo —dijo Noah.

Jack le dio una fuerte palmada en el hombro.

—Después de que os caséis, te explicaré para qué sirven los dibujos animados. Tienen efectos colaterales, pero merecen la pena.

Noah arrugó la frente, desconcertado.

—Has dicho «en primer lugar» —añadió Jack—. ¿Qué más hay?

—Ellie está tan emocionada con esa vieja casa que está deseando empezar a limpiar y a hacer arreglos. Y, si te digo la verdad, a mí también me apetece.

—¿No estás harto de arreglos? —preguntó Jack—. Has reformado la iglesia de arriba abajo.

—He tenido mucha ayuda —repuso Noah—. Pero ahora estoy muy orgulloso de ella. ¿A que está resplandeciente? Ya no da vergüenza entrar en esa iglesia. Yo seguiría siendo un predicador igual de profundo en un estercolero, claro, pero ¡esa iglesia brilla!

—Noah, una de las cosas que me más me gustan de ti es tu humildad —Jack puso otra cerveza sobre la barra—. Entonces, ¿vas a desprenderte de la caravana?

—No puedo mantener tantas casas, Jack —dijo, levantando la cerveza.

—¿Esperas venderla tal y como está el precio del combustible? ¿Con esta crisis?

—No —dijo Noah—. Como vehículo de viaje, no. Pero para casa el precio es bastante asequible.

—¿Y cuál es el precio?

—No tengo ni idea —contestó Noah—. Pero lo sabré cuando lo oiga.

George Davenport se había mostrado reacio en principio a que Noah se hiciera cargo de la iglesia abandonada de Virgin

River. Temía que el chico desperdiciara su vida allí. Pero tenía que reconocer que las cosas no habían salido como esperaba. Noah estaba radiante. Primero se había concentrado en la reforma del edificio y, cuando las obras estuvieron acabadas, empezó a llegar la gente. Y Noah hizo lo que se le daba mejor: inspirar al prójimo. El pueblo lo había acogido con los brazos abiertos, y George no recordaba haber visto nunca un lugar más encantador que aquel. Pero, lo que era quizá más importante, Noah había encontrado una buena mujer.

A George le alegraba verlo viviendo feliz con Ellie y sus hijos. Estaban bien juntos, se complementaban a la perfección. Noah parecía poseer la estabilidad y la capacidad de entrega que necesitaba Ellie, y Ellie tenía la chispa que le hacía falta a la vida de Noah. Juntos iban a educar a la perfección a los hijos de Ellie. Y ya habían encontrado una familia extensa en Jo y Nick Fitch, y amistades sólidas en el seno de la comunidad.

Aparte de todo eso, George había descubierto que le encantaba visitar Virgin River. A sus setenta años, impartía cada vez menos clases, viajaba más y tenía una intensa vida social. Se había jubilado como pastor presbiteriano a los cincuenta años y desde entonces trabajaba en la universidad. Trabajaba para mantenerse ocupado, para no envejecer, pero empezaba a pensar que, para mantenerse joven más tiempo, convenía que se entregara con más frecuencia a los placeres.

En cuanto Noah lo llamó, George dejó sus dos clases en manos de su profesor ayudante e hizo las maletas. Le gustaba el trayecto en coche hasta Virgin River desde Washington. Era largo y precioso. Siempre había disfrutado de la soledad tanto como de la gente.

Era la hora de cenar de un frío día de noviembre cuando llegó al pueblo. El sol se había puesto y en la ventana del bar de Jack brillaba una luz acogedora. Fue allí primero, pensando que tal vez se encontrara con Noah.

—Vaya, mira quién está aquí —dijo Jack desde detrás de la

barra—. Había oído que ibas a venir a la boda. No has perdido el tiempo, ¿eh?

George sonrió y colgó su chaqueta en el perchero, junto a la puerta. Miró a su alrededor rápidamente por si veía a Noah, y vio otra cosa que lo dejó sin respiración: aquella pelirroja despampanante de la boda a la que había asistido allí hacía un mes estaba cenando con su familia. La reconoció inmediatamente: era Maureen, la madre de Luke Riordan. Antes de que pudiera salir de su impresión, se dio cuenta de que la estaba mirando fijamente. Estaba sentada a una mesa, cerca del fuego, con Luke, Shelby y Art.

George tuvo que obligarse a apartar la mirada y acercarse a la barra. Le tendió la mano a Jack.

—Pensaba que quizás encontraría a Noah aquí, cenando.

—No lo he visto desde esta mañana —repuso Jack—. Si no aparece pronto, seguro que lo encontrarás en casa de los Fitch. ¿Acabas de llegar?

—Esta es mi primera parada después de un día muy largo.

—Entonces necesitas algo de beber —dijo Jack—. ¿Qué te apetece?

—Hoy ya no voy a conducir más. ¿Qué tal un whisky escocés? Con hielo y agua, por favor.

—Eso está hecho, George. Y, por si te interesa, el Reverendo ha hecho solomillo de cerdo con un chucrut que no está nada ácido. Lo hierve en cerveza todo el día y está para chuparse los dedos. Es uno de sus mejores platos —Jack se alejó para servirle la bebida, pero siguió hablando—. Así que vamos a tener boda. Luego celebraremos el banquete aquí. Está todo el mundo encantado con la idea. La verdad es que, cuando Ellie llegó al pueblo, jamás me habría imaginado que iba a ligarse al pastor.

—¿Estás seguro de que no es Noah quien se la ha ligado a ella? —preguntó George.

—Ahora que lo dices, no estoy seguro.

George siguió charlando con Jack, aunque tenía la cabeza en otra parte. Recordaba haber conocido a Maureen en el banquete de la boda de Luke y Shelby en casa del general. Lo primero que pensó al verla fue que era una cincuentona guapísima, pero cuando le informaron de que era la madre de Luke y de que tenía más de sesenta años, se quedó sin habla. Hizo todo lo que pudo por gustarle en ese momento, pero ella estaba preocupada por la boda y distraída por la presencia de sus cinco hijos, todos ellos militares, a los que hacía bastante tiempo que no veía reunidos.

George confiaba en volver a verla, pero dudaba de que tuviera tanta suerte. Ella vivía en Phoenix, sus hijos estaban repartidos por todo el mundo y solo Luke vivía en Virgin River, así que ¿qué probabilidades había de que visitaran el pueblo al mismo tiempo? Al final había abandonado a su pesar la idea de llegar a conocerla mejor.

—¿George? —dijo Jack.

—¿Um? —George se sobresaltó—. Perdona, Jack. Estaba distraído.

—Te decía que por qué no te acercas a saludar a los Riordan.

—Creo que me has leído el pensamiento.

—No, George. He seguido tu mirada —ladeó la cabeza hacia la mesa de los Riordan.

George se rio.

—Buena idea. Si llega Noah, intenta entretenerlo un rato.

Cuando se acercó a la mesa, Luke se levantó enseguida.

—Señor —dijo, tendiéndole la mano.

George recordó de pronto que, aunque los Riordan daban la impresión de ser unos granujas, sus modales con las mujeres y los mayores eran impecables. Ya no eran unos niños (George sospechaba que Luke rondaba los cuarenta), pero estaba claro que habían sido educados con mano firme. Seguramente por sus padres, sus sacerdotes y sus superiores en el Ejército.

—Luke, Shelby —dijo George, estrechando la mano de Luke—. ¿Qué tal la vida de casados?

—Excelente, señor, gracias.

—Art, ¿cómo estás? Señora Riordan, qué maravilla volver a verla.

Maureen lo miró con el ceño ligeramente fruncido.

—Disculpe, sé que nos conocemos, pero no recuerdo.

—George Davenport —dijo él con una leve inclinación de cabeza—. Soy amigo del pastor Kincaid. Estuve en el pueblo para la boda de Luke y Shelby, por ser la inauguración de la iglesia de Noah. Una ocasión espléndida.

—George, por favor, siéntese —dijo Luke—. Quédese un rato con nosotros.

—Gracias, acepto encantado —retiró una silla de una mesa vacía y se sentó junto a Maureen—. ¿Qué la trae de nuevo por aquí tan pronto? —preguntó.

—Estoy... de visita.

—Estupendo —dijo él—. Una visita larga, espero.

Luke se sentó, riendo.

—Sean, uno de mis hermanos está también aquí. Quizá lo recuerde porque fue mi padrino. Acaba de enterarse de que tiene una hija pequeña en esta zona. Mi madre ha venido a visitarnos y a conocer a su primera nieta, Rosie, que tiene tres años y medio y es más lista que el hambre.

—¡Qué maravilla! —exclamó George—. Debe de estar pasándoselo en grande.

Maureen levantó una fina ceja, desconfiada de su reacción.

—Estoy disfrutando de mi nieta, sí.

—¿Es la primera? Imagino que sus otros hijos no tardarán en animarse.

—Solo los casados, espero —contestó Maureen—. ¿Usted tiene nietos, señor Davenport?

—Oh, basta de ceremonias. Llámame George. Solo nietastros. No tuve hijos propios. Noah es lo más parecido a un hijo que tengo, aunque empecé siendo su profesor. Soy profesor en la Universidad del Pacífico en Seattle. Hace bastantes años que lo conozco. He venido para ser su padrino el viernes. Confío en que vengáis todos a la boda.

—No nos lo perderíamos por nada del mundo —contestó Luke, tomando de la mano a Shelby.

—¿Y Maureen? —preguntó George.

—No estoy segura —contestó ella evasivamente.

—Pues intenta venir —dijo él—. La gente de Virgin River sabe cómo pasarlo bien. Tengo una idea. En cuanto haya cumplido con mis deberes de padrino, propongo que vayamos a cenar. Te llevaré a cenar a un sitio bonito en algún pueblo de la costa, aunque dudo que la comida sea mejor que la del Reverendo. Pero nos merecemos pasar un rato lejos de todos estos jóvenes, ¿no te parece?

—Disculpa, George. Creía que estabas casado —dijo Maureen.

—Pues sí, he estado casado dos veces. Me divorcié hace mucho tiempo y enviudé recientemente. Mi esposa falleció hace unos años. Quizá podamos intercambiar nuestros números de teléfono y elegir un día para vernos —sugirió.

—Eres muy amable, pero no. No salgo con hombres.

—¿En serio? —preguntó él, sorprendido por su negativa inmediata—. ¿Y eso por qué?

—Soy viuda —contestó Maureen—. Una mujer sola.

—¡Qué coincidencia! Yo también estoy solo. Soy bastante liberal, pero no te pediría que saliéramos a cenar si estuviera casado. ¿Enviudaste hace poco? —George vio por el rabillo del ojo que Luke se reía por lo bajo y apartaba la mirada.

—Sí —contestó ella.

—Vaya, cuánto lo lamento —dijo George—. Tenía la impresión de que hacía años. ¿Cuándo perdiste a tu marido, Maureen?

Pareció un poco sorprendida al verse interpelada de aquel

modo. Saltaba a la vista que intentaba salir de su asombro. Le tendió la mano.

—Ha sido un placer volver a verlo, señor... George. Me alegra que hayas venido a sentarte un rato con nosotros. Quizá nos veamos en la boda de este fin de semana si no me necesitan en otra parte. Ahora debo marcharme. Tengo que conducir hasta Eureka.

Se levantó y lo mismo hizo George.

—¿Eureka? ¿No te alojas en Virgin River, con tu hijo?

—Me alojo en casa de una amiga, en la misma calle en la que vive mi nieta. Así puedo ir a recogerla al colegio. Pasamos casi todas las tardes juntas. De verdad, ha sido un placer volver a verte —se volvió hacia Luke—. Me voy a casa de Viv, Luke. Buenas noches, Shelby. Buenas noches, Art. Gracias por la cena, estaba tan buena como siempre.

—Yo también me alegro mucho de haberte visto —dijo George—. Intenta venir a la boda de Noah. Te garantizo que te divertirás.

Luke le hizo una seña a Shelby para que fuera a hablar con George mientras él acompañaba a su madre al coche, pero tuvo que apretar el paso para alcanzarla. Maureen salió del bar poniéndose todavía la chaqueta. Al parecer, tenía mucha prisa por marcharse.

—Eh, eh, eh —dijo Luke, riendo—. ¡Mamá!

Maureen se detuvo y se volvió hacia él.

—¿Se puede saber qué mosca te ha picado?

Su madre ladeó la cabeza inquisitivamente.

—¿Cómo dices?

—¡No enviudaste hace poco! Solo lo has dicho para quitarte de encima a George.

—Ah, eso —dijo ella—. No me interesa salir con nadie.

—¿Y se puede saber por qué? George parece un tipo estupendo. Y no es precisamente un desconocido sospechoso. Noah lo conoce desde hace años. Estuvo en nuestra boda. Quizá os divirtáis si salís juntos.

Ella le puso una mano en la mejilla.

—Eres un cielo, Luke —dijo—. Pero no me interesa.

—Pero ¿por qué? ¿Es que hay algo en George que no te gusta?

—¡Qué va! —dijo, sacudiendo la cabeza—. Es que no quiero salir con ningún hombre —se estremeció—. Bueno, tengo que irme. El camino es largo y tengo frío.

Luke se quedó mirándola un segundo. Se inclinó hacia ella y le dio un beso en la mejilla.

—Gracias por venir, mamá. Conduce con cuidado.

La vio meterse en el coche y pensó: «Será mejor que llegue al fondo de este asunto». Que él supiera, sus padres habían tenido una buena relación. Nunca habían sido muy cariñosos delante de sus hijos, pero todo el mundo sabía que su madre era muy puritana. Luke suponía que, puesto que habían tenido cinco hijos en diez años, en privado tenían que tener una relación apasionada. Por insistencia de su padre, su madre era tratada siempre con el mayo respeto. El hombre la adoraba. Si ella necesitaba algo, solo tenía que chasquear los dedos y allí estaba él, a su disposición. Ella lo llamaba «su caballero», pero con voz suave y tierna.

¿Qué demonios pasaba allí? Si había tenido una buena relación conyugal, ¿no debería apetecerle al menos la idea de cenar con un hombre agradable? Y, pensándolo bien, su madre era un bombón para tener sesenta y tantos años; parecía por lo menos diez años más joven. Tenía buen tipo, era ingeniosa, gozaba de una salud excelente y estaba llena de energía. Lo lógico era que saliera con hombres e incluso que hubiera vuelto a casarse hacía años.

Aiden, pensó Luke. Aiden conocía a las mujeres por dentro y por fuera. Literalmente. Seguro que a él se le ocurriría algo.

Maureen se acordaba perfectamente de George, pero no quería que pensara que se había fijado en él. Se moriría de vergüenza si él llegaba a sospechar siquiera que, en cuanto se habían conocido, hacía un mes, le había parecido guapo, encantador y divertido. Porque no le interesaba lo más mínimo volver a tener pareja. El amor era para las jóvenes, no para las mujeres de su edad.

Por fin estaba donde quería estar. Se sentía a gusto en su piel. Independiente y segura de sí misma. Estaba constantemente ocupada, se sentía bien y no le molestaba mirarse en el espejo, siempre y cuando estuviera vestida de pies a cabeza. Sus hijos, aunque no hubieran sentado del todo la cabeza, ya no eran tan frívolos e inmaduros como antes.

Había querido tener nietos y ya tenía una, y una niña, además. Siempre había querido tener una hija, pero no había estado dispuesta a tener seis hijos. Estaba segura de que Shelby y Luke la harían abuela por segunda vez muy pronto, aunque todavía no hubieran dicho nada. Suponía que querían guardar la noticia hasta que pasara el primer trimestre de embarazo. Muchas parejas lo hacían.

Vivian, por otra parte, había acudido literalmente en su auxilio para que pudiera estar cerca de Rosie sin estorbar a Sean, que estaba intentando formar una familia con Franci.

Viv se estaba convirtiendo en una buena amiga. A Maureen le caía muy bien, aunque no tuvieran mucho en común. Mientras que ella se mantenía ocupada con cosas como el golf, el bridge o su parroquia, Vivian trabajaba a jornada completa, ayudaba a su hija, cuidaba de su nieta y salía con un hombre. Ella era mucho más anticuada que Vivian: no habría podido ayudar y apoyar a una hija que hubiera decidido ser madre soltera con la misma eficacia con que lo había hecho Vivian. Claro que era casi diez años mayor y Vivian había enviudado siendo muy joven y criado prácticamente sola a su hija.

Cuando llegó a casa de Viv, la encontró arropando a Rosie.

—Vaya, hola —dijo Viv—. Pensaba que ibas a tardar más. Espero que lo hayas pasado bien.

—Claro. No sabía que esta noche nos tocaba hacer de niñeras —dijo Maureen—. Me habría quedado en casa.

—Ha sido en el último momento. Sean y Franci decidieron salir a cenar fuera y, como yo no tenía planes, les dije que Rosie podía quedarse aquí. Si deciden que se quede a pasar la noche, puede dormir en mi cama. Pero estoy segura de que vendrán a buscarla.

—Abuela Maureen, ¿me cuentas un cuento? —preguntó Rosie.

—Ya te he contado un cuento —le recordó Vivian.

—Pero otro no le hará ningún mal —dijo Maureen—. Uno cortito y luego a dormir, ¿de acuerdo?

Quince minutos después, Maureen estaba otra vez en el limpio y cómodo cuarto de estar. Vivian había encendido el fuego y tenía la tele apagada. Estaba acurrucada en su rincón preferido del sofá, con un libro sobre el regazo.

—¡Qué frío está haciendo! —dijo Maureen—. Apetece el fuego.

—¿Qué tal están Shelby y Luke?

Maureen sonrió.

—Todavía no han dicho nada. A mí, por lo menos.

—A veces las madres somos las últimas en enterarnos. Y a veces nos cuentan cosas que preferiríamos que se guardaran para ellos.

—Um —dijo Maureen, y eligió una revista de la mesa.

—Enciende la tele si quieres —dijo Vivian—. No me molesta para leer.

—No. Es agradable estar en silencio —dijo ella.

Pasaron otros diez minutos. De pronto, Vivian dejó a un lado su libro y dijo:

—¿Qué pasa, Maureen?

—¿Eh? ¡Nada! Nada en absoluto. ¿Por qué lo preguntas?

—No estás cosiendo. No estás mirando esa revista, que es de medicina y seguramente no te interesa de todos modos. Y no es que seas una cotorra, pero normalmente hablas mucho más que esta noche —sonrió—. Hasta cuando estoy leyendo.

Maureen volvió a dejar la revista sobre la mesa. Sonrió y preguntó:

—¿He sido desconsiderada?

—Tú no tienes ni un pelo de desconsiderada. Bueno, ¿qué ocurre? ¿Estás disgustada con tus hijos?

Maureen suspiró.

—No más de lo normal. Pero esta noche he hecho una cosa que está muy mal, Viv. He dicho una mentira y creo que conseguí lo que me proponía, pero eso no hizo que me sintiera mejor. Es que no me gustaba el apuro en el que estaba metida.

Vivian se echó un poco hacia delante y recogió las piernas sobre el sofá.

—No me lo imagino. Creía que, si decías una mentira, se convertiría en ácido en tu boca —sonrió casi feliz—. ¡Cuéntamelo!

—Es una tontería. Da la casualidad de que un señor al que conocí cuando vine a la boda de Luke está también de visita y nos hemos encontrado en el bar de Virgin River. He fingido que no me acordaba de él. No sé por qué lo he hecho. Seguramente porque se ha puesto un poco pesado.

—¿Pesado? —preguntó Viv—. ¿Ha intentado ligar contigo?

—No, Dios mío, ¡me habría dado un infarto! Ni siquiera ha intentado coquetear, menos mal. Pero noté que se alegraba de volver a verme y pensé que convenía desanimarlo cuanto antes, en vez de tener que rechazarlo después. Pero resulta que no he conseguido desanimarlo y que me ha invitado a cenar.

Viv se quedó callada un rato. Frunció las cejas y entornó los ojos con expresión recelosa.

—¿Y cuál es el problema? —preguntó por fin.

—Que no quiero salir a cenar con él.

—Ah —dijo su amiga, recostándose en el sofá—. ¿No es tu tipo?

—¡Vivian! —dijo Maureen, sorprendida—. ¡Yo no tengo tipo!

Viv se quedó callada otra vez.

—No sé si te entiendo, Maureen. Todos tenemos las cosas más o menos claras en cuestión de gustos. ¿Es que no te atrae físicamente?

—No es eso. La verdad es que es bastante guapo. Seguramente un poco mayor que yo, pero todavía guapo.

—¿Tiene malos modales? —insistió Viv—. ¿Mal aliento? ¿Se le sale la dentadura postiza? ¿Qué es lo que no te gusta de él?

—Nada, es muy agradable. Atractivo y encantador. Pero yo no salgo a cenar con hombres.

—¿Por qué no? —preguntó Vivian, completamente perpleja.

—Soy una mujer sola. Una viuda de cierta edad. ¡Una señora mayor!

—Maureen, tú tienes que atraer a hombres constantemente. ¡Eres muy atractiva!

—No, nada de eso —contestó—. En absoluto. Nunca voy a sitios donde pueda pasar una cosa así. Solo voy a la parroquia o a mis pasatiempos con mujeres que viven en mi urbanización. Golf, tenis, bridge, alguna que otra comida. Si me encuentro con hombres, siempre van con sus esposas.

—Pero ¿no tienes amigas de tu edad que salgan con hombres? ¿Amigas divorciadas o viudas que tengan amigos o novios?

Maureen dejó escapar un bufido de fastidio.

—Sí, y algunas son sumamente ridículas. He visto a algunas de las mujeres con las que juego al tenis o al golf perseguir a hombres como si estuvieran... como si estuvieran...

—¿Salidas? —preguntó Viv con una sonrisa.

Maureen se quedó pasmada.

—¡Qué palabra tan espantosa!

—Ay, madre —dijo Viv, riendo—. Enseguida vuelvo.

Maureen se quedó pensando qué habría ido a hacer Vivian en la cocina. Su amiga regresó enseguida y le dio una copa de vino.

—Ya me he tomado una hace un rato. Antes de la cena —dijo Maureen.

—¿Tienes alguna dolencia de la que convenga que esté al corriente? —preguntó Vivian levantando una ceja.

—No, es solo que...

—Dos copas de vino en un día no van a matarte. De hecho, si decides tomarte una tercera, no se lo diré a nadie. Tú y yo tenemos que mantener una conversación.

—¿Qué conversación? —preguntó Maureen.

Vivian regresó al sofá con su copa de vino y asintió.

—Sí, dado que tu madre, que en paz descanse, ya no puede hablar contigo. ¿Sabes?, cuando me dijiste que tus hijos te consideraban una mojigata y que tú eres de la misma opinión, no me lo tomé muy en serio. Pero debería haberlo hecho. Maureen —dijo, muy seria—. Una cosa es ser tradicional y otra dejar de vivir.

—¡Eso no puede decirse de mí! ¡Yo no he dejado de vivir! ¡Soy muy activa! Es verdad que soy un poco... Bueno, mi hijo Aiden dice que estoy almidonada. Pero yo prefiero pensar que es más bien fibra moral.

—Ya. Quizá convenga que hablemos sin tapujos, amiga mía. Hablemos de la diferencia entre la fibra moral y el miedo a no respetar los convencionalismos. Porque...

Maureen se puso un poco colorada.

—¿Es miedo a no respetar los convencionalismos desear que tu hijo se case con una chica antes de tener una hija con ella?

—Bueno, eso también me gustaría a mí. O, mejor dicho, me gustaría que mi hija le hubiera dicho a Sean que estaba embarazada antes de marcharse como se marchó. Entiendo que estaba angustiada y que lo estaba pasando muy mal, pero aun así... En fin, eso no viene a cuento ahora. Lo que deseamos que hagan otras personas no tiene nada que ver con nosotros. Eso no demuestra que una tenga fibra moral, sino que se cree con derecho a juzgar a los demás y a no perdonarlos.

—Yo no he sido así nunca —protestó Maureen.

—¿Sabes una cosa? Que te creo, absolutamente. No podrías haber acogido tan bien a mi hija y a nuestra nieta si no fuera así. Así que debe de ser que lo que tú llamas fibra moral se parece mucho más al almidón o al estreñimiento moral. Si no, irías a cenar con ese hombre tan guapo y encantador y verías si podéis ser amigos. Y dejarías abierta la posibilidad de que lleguéis a algo más. Y más.

Maureen sacudió la cabeza con tristeza.

—Tú y yo tenemos orígenes completamente distintos, Viv. ¡Yo pensaba ser monja!

Viv puso unos ojos como platos, pero solo le duró un instante.

—Pues habrías sido una monja de armas tomar, de eso no hay duda. Te he visto con tus hijos, y no se atreven ni a rechistar delante de ti. Pero está claro que algo te hizo cambiar de idea y olvidarte del convento...

—Patrick Riordan, mi marido. Me persiguió hasta que me di por vencida y empecé a salir con él, y luego hasta que me casé con él. Y ha sido el único hombre de mi vida. El único. No puedo imaginarme a otro hombre...

—Debes de haberlo querido mucho.

—Claro que sí, pero eso no tiene nada que ver. Es simplemente que soy demasiado mayor para pensar en tener pareja. Esos días ya pasaron. Bastante duro era ya cuando era joven y mi cuerpo era... —se detuvo, incapaz de acabar.

—¿Qué? Maureen, eres preciosa. Tienes una figura increíble. Haces deporte, eres muy lista y pareces muy segura de ti misma.

Maureen soltó un bufido.

—Claro que sí. ¡Con la ropa puesta! —bebió un sorbo de vino—. Patrick fue y será mi único marido.

Vivian se rio suavemente, con respeto.

—Maureen, ni siquiera he sugerido que vuelvas a casarte. Soy entrometida, pero no tanto —se acercó a su amiga—. Imagino que tus amigas que tienen pareja no te cuentan intimidades, no te dan detalles...

—Saben que no quiero saber nada de su vida amorosa —dijo con una nota de tristeza en la voz—. Soy de la vieja escuela, Vivian. De esa en la que no se habla de cosas íntimas.

—Pues eso vamos a hacer ahora, Maureen —dijo Vivian—. Quiero contarte algunas cosas sobre el amor en la madurez. Es más fácil, Maureen. Y mejor. Hay más tiempo, más ternura, más paciencia. Nuestros cuerpos ya no son lo que eran y las cosas no siempre funcionan como antes, cuando éramos unos críos de veinte años. A veces hace falta un poco de ayuda, algo que ayude con la erección, o con la lubricación. Pero todo eso forma parte de una intimidad que puede ser maravillosamente satisfactoria. Maureen, nadie tiene el mismo cuerpo que tenía hace cuarenta años. Pero te aseguro que lo más probable es que esté en perfecto estado de uso.

Maureen pareció pensárselo un momento y se puso colorada.

—Tu amigo debe de ser un sol —dijo.

—Carl es un hombre encantador y voy a ahorrarte la molestia de preguntarlo, porque sé que no vas a tener valor. Sí, tenemos relaciones íntimas. La verdad es que él es un poco más joven que yo: yo tengo cincuenta y cinco y él cincuenta. Los hombres de cincuenta años que no tienen problemas de salud suelen ser todavía muy viriles. En el caso de las mujeres, los estragos de la menopausia alteran nuestra vida sexual. Tenemos problemas de lubricación, pero es completamente normal y se remedia fácilmente. Carl y yo no podemos pasar mucho tiempo a solas, entre el trabajo y nuestras obligaciones familiares, pero lo bonito de esta edad es que no hay presión. El simple cariño, sin ninguna prisa, es muy gratificante. Y yo me pregunto, ¿sabes cuál es la zona erógena más sensible del cuerpo de un hombre?

Maureen se abanicó la cara con la mano.

—Imagino que es su... ya sabes, su pene.

—No —contestó su amiga sacudiendo la cabeza—. Igual que en el caso de las mujeres, es la mente. Cuando dos personas se gustan, el resto se da con la misma naturalidad para una mujer de cincuenta o sesenta años que para una de veinte.

—Tú tienes suerte con Carl.

—Estoy deseando que lo conozcas —dijo Vivian—. Pero, Maureen, yo no estaba buscando pareja. Estaba muy ocupada con Franci y Rosie. Además, ya trabajaba para él cuando su mujer, que en paz descanse, se estaba muriendo. Y después lo apoyé igual que los demás compañeros de la oficina. Para mí fue una sorpresa absoluta que me invitara a salir un año después de la muerte de su mujer.

—Pero lo conocías. Debías de sentirte a gusto con él.

—Cuando se te presenta un hombre que merece la pena, tienes el deber para contigo misma de al menos echarle un vistazo.

Maureen se limitó a sacudir la cabeza.

—Tengo que reconocer que ese es el único aspecto de la vida en el que me siento completamente vulnerable. Por suerte ocurre muy pocas veces. Pero no sabría por dónde empezar...

—Entonces deja que te lo diga —repuso Vivian—. Si sales a cenar con él y tiene buenos modales y es educado tanto contigo como con el servicio, y disfrutas de su compañía, ya has dado el primer paso. Eso es todo. Amistad, compañía, cariño... Cada cosa a su tiempo. Las mujeres de nuestra edad y con nuestra experiencia no tienen tiempo para tonterías. Necesitamos sustancia y sinceridad. Si la relación no es positiva al cien por cien, siempre podemos encontrar un buen libro —sonrió y miró el costurero de Maureen, sobre la mesita que había al lado del sillón—. O coser.

Maureen bebió más vino y vio que casi se había terminado.

—Da la impresión de que sabes muy bien de lo que hablas.

—Soy enfermera. Veo pacientes de nuestra edad con todo tipo de problemas relacionados con la menopausia. Algunas experimentan una especie de renacer sexual y agotan a sus maridos, otras pierden la libido y necesitan ayuda para volver a encontrarla. Y otras desean que sus maridos las dejen en paz. Como soy mujer, se sienten más a gusto contándome sus problemas que contándoselos a un enfermero o un doctor, y a muchas las envío a ginecólogas que pueden tener mayor empatía con ellas. No hablo solo por mi experiencia con los hombres, que es relativamente escasa —miró la copa de Maureen—. Deja que te la llene a la mitad, ya que parece que la conversación va a ser larga.

—Buena idea —dijo Maureen, tendiéndole la copa—. Porque tengo unas cuantas preguntas.

—Estoy deseando oírlas.

—¿Por qué no empezamos con cómo es posible que un hombre de la edad que sea se sienta atraído por una mujer cuyos pechos desnudos le llegan a las rodillas? ¡Dios mío, qué pregunta tan absurda!

—Porque seguramente ese hombre se estará preguntando cómo es posible que una mujer de la edad que sea pueda pasar por alto que tiene barriga o el culo plano. Pero ¿sabes qué es lo que más preocupa a los hombres? ¡Su pelo! Se asustan muchísimo cuando empiezan a perder el pelo.

Cuando Sean y Franci se pasaron a recoger a su hija dormida, Vivian y Maureen estaban sentadas en el suelo delante del fuego, con sendas tazas de chocolate caliente con nata montada por encima, riéndose como un par de colegialas con cara de haber hecho alguna trastada.

CAPÍTULO 13

Sean pasaba todas las noches en casa de Franci, y a ella le parecía bien. Estaba ya convencida de que a Rosie no iba a causarle un trauma verlos dormir juntos en la misma cama. De hecho, parecía gustarle dormir entre ellos.

Mientras Franci y Rosie estaban en sus respectivas clases, Sean solía pasar algún tiempo ayudando a Luke en las cabañas, hacía recados o pequeñas reparaciones en casa de Franci. Se había propuesto que la casa estuviera en perfecto estado antes de que regresara a Beale, justo después de Acción de Gracias. Si acababan mandándolo al extranjero en misión secreta, Luke se encargaría de cualquier reparación que hiciera falta.

—Me las arreglaba muy bien cuando estaba sola —le dijo Franci—. Sé llamar a un técnico si necesito uno.

—Es igual de fácil llamar a mi hermano —dijo Sean—. No solo es más barato, sino que se ofenderá si no lo llamas.

Esa noche de domingo en particular, Franci tenía trabajo. El lunes tenía un par de clases en las que tenía que poner especial atención porque se acercaba el final del trimestre, así que Sean se hizo cargo de bañar y acostar a Rosie mientras ella acababa de planificar las clases sentada en su cama con el ordenador portátil sobre las rodillas.

Sean bañó a Rosie, cantó con ella mientras la bañaba y

luego la llevó a la cama y estuvieron leyendo el libro favorito de la niña, *Todo el mundo hace caca*. Después de acostarla, llamó a Luke.

—¿Interrumpo algo? —preguntó.

—¿Bromeas? —dijo Luke—. Shelby ya está dormida. Se encuentra fatal.

—¿Otra vez? —preguntó Sean—. Vaya, ¿qué le pasa?

—¿No lo adivinas? No quiere decírselo a nadie todavía, pero está embarazada.

—¡Luke! —se oyó gritar a Shelby.

—Es Sean —dijo su marido—. Creía que estabas dormida.

Sean se rio.

—Bueno, parece que no os cuesta mucho reproduciros. Tendréis que tener cuidado con eso.

—En serio, no se lo digas a mamá todavía. Shelby quiere dejar que pasen un par de meses. Aunque vomita todas las mañanas y se queda dormida a las siete todas las noches, quiere estar segura.

—Es perfectamente comprensible —dijo Sean—. Nos vemos mañana, cuando deje a Rosie en el colegio.

Luego estuvo un rato trasteando por la casa sin hacer ruido. Ni siquiera encendió la tele del cuarto de estar porque Franci estaba trabajando. Sacó la basura, hojeó otra vez el periódico, cepilló el sofá para quitar el pelo del perro y disfrutó de la tranquilidad doméstica. Fue a ver cómo estaba Rosie y la encontró profundamente dormida, con la boca abierta. Cuando la veía dormir siempre pensaba: «Es mía». Y aunque hacía unas semanas aquella idea lo aterrorizaba, ahora lo llenaba de maravillado asombro. Rosie era un milagro que no se merecía.

Dejó sola a Franci hasta las nueve; después sirvió un cuenco de helado de vainilla y se lo llevó.

—¿Puede tomarte un descanso? —preguntó.

—Ya he terminado —dijo ella, y cerró el ordenador—. ¿Es para mí? —preguntó, tomando el cuenco de helado.

—Sí, señora.

—Te estás portando muy bien. Me encanta tener un sirviente tan guapo por la casa.

Él puso cara de tristeza.

—No voy a estar mucho más tiempo por aquí, nena. Pero llamaré todos los días y vendré siempre que pueda, en cuanto tenga más de un día libre.

Franci le tocó la mejilla.

—No te preocupes por nosotras, Sean. Estaremos bien. Considero esto temporal. Cuando sepas qué te tiene reservada la Fuerza Aérea, haremos planes más duraderos.

—Todo lo duraderos que puedan ser teniendo en cuenta que estoy comprometido con el Tío Sam.

—No te quejes. Es una buena vida. Y estoy orgullosa de ti. Tienes madera de general, Sean. Llegarás a serlo, o deberías llegar.

—Quería decirte un par de cosas antes de tener que volver a Beale. He hecho todo lo que puedo hacer por ahora, Fran. He abierto la cuenta para los estudios de Rosie, he cambiado mi testamento, he contratado un nuevo seguro de vida y he intentado engatusar a los chicos del Centro de Personal para que me den un buen destino —respiró hondo—. Tengo que decirle algo a Rosie para explicarle por qué no voy a estar aquí. ¿Crees que lo entenderá si le digo que tengo que trabajar?

Franci sonrió y asintió con la cabeza.

—Entiende que yo trabajo y que su abuela también. Sabe que has estado de vacaciones —sus ojos se empañaron—. Va a echarte mucho de menos. Y yo también.

—Creo que Jake me dará bastante tiempo libre, sobre todo teniendo en cuenta que están a punto de cambiarme de destino. Pero es muy probable que tenga que irme fuera una temporada, Franci. Y ya sabes lo difícil que es mantenerse en contacto. ¿Crees que será capaz de entender algo así?

—Yo puedo ayudarla —contestó ella—. Tú sabes que para mí nunca ha sido problema que seas militar, ¿verdad? —preguntó—. Me gustaba el Ejército. Me encantaba mi trabajo. Pero no quería seguir dedicándome a eso teniendo familia, y la familia se volvió muy importante para mí —se encogió de hombros—. Así, de repente.

Él se rio y le frotó la rodilla.

—Sí, me emocioné, me olvidé de la gomita y de pronto el tema de la familia se volvió muy importante para ti. Mira, pensaba ensayar un poco para decírtelo bien, pero el caso es que me avergüenzo de cómo era, Franci. Las cosas claras: era un egoísta, me creía el ombligo del mundo y esperaba que te quedaras conmigo para siempre, pero no estaba dispuesto a hacer nada por ti. Me creía un hombre de mundo, pero no era más que un crío estúpido. Me enfadé mucho por que no me dijeras que estabas embarazada, pero me asusta pensar en cómo podría haber reaccionado si lo hubiera sabido. Franci, la verdad es que seguramente te habría pedido que abortaras, y cuando pienso lo que eso habría significado me dan ganas de morirme. Mi vida es tan rica ahora mismo... Cuando una Rosa Silvestre de Irlanda me abraza y me llama «papá», casi no me cabe el corazón en el pecho.

Franci se quedó callada un momento. Luego le acercó una cucharada de helado a los labios.

—Lo sé —dijo—. Te has convertido en un papá maravilloso.

Él se comió el helado.

—Necesito que me perdones por cómo me porté. Si puedes.

—Te perdoné cuando te vi con nuestra hija. Ahora todo es distinto.

—Sé que ya te propuse que nos casáramos, pero tenías razón: solo estaba intentando hacer lo que creía correcto. Ahora ya no es así. Quiero casarme contigo porque eres lo más importante de mi vida. Eres el latido de mi corazón, Franci, la madre de mi hija, mi mejor amiga y mi futuro. Te quiero muchísimo. Igual que a Rosie. Daría mi vida por vosotras.

—Sean... —susurró ella con los ojos llenos de lágrimas.

—Siento mucho haberme portado tan mal. Me gustaría

borrar todo aquello y demostrarte que ya no soy un perfecto imbécil. Te quiero. Os quiero a ti y a Rosie.

—Lo sé —dijo ella en voz baja—. Nosotras también a ti.

—¿Te casarás conmigo? —preguntó, y sonrió—. ¿Morderás el polvo conmigo? ¿Seremos marido y mujer?

—Claro que sí. Es evidente que eres un desastre viviendo solo.

—Podemos organizar una boda, casarnos enseguida o esperar a que reciba órdenes. Tú decides. Como quieras. Pero creo que deberíamos sacar la licencia enseguida para estar preparados, porque necesito el documento legal. Quiero ser tu compañero legalmente, además de tu amante y tu mejor amigo. Y habrá que comprarte un anillo. ¿Querrás llevar mi apellido, nena? ¿Y dejar que se lo dé a Rosie?

—Ajá —contestó ella mientras una gruesa lágrima rodaba por su mejilla.

—Solo son detalles, cariño. Lo importante es este momento, tomar la decisión de que somos una familia.

—Somos una familia —afirmó ella.

—¡Fiu! —dijo él—. Pensaba que seguramente me dirías que sí, pero tenía mis dudas, pensaba que quizá tendría que seguir demostrándote que valgo la pena. Gracias —se inclinó hacia ella y la besó en los labios—. Gracias —repitió—. Te quiero muchísimo. Así que vamos a sacar la licencia y a comprar el anillo esta semana. ¿Qué te parece?

Ella dejó el cuenco sobre la mesilla de noche.

—Me parece que mi helado se ha convertido en sopa y que deberías cerrar la puerta y quitarte la ropa. ¿Qué te parece eso a ti?

Sean sonrió.

—Me parece que va a encantarme estar casado contigo.

Ellie Baldwin le pidió a Jo Fitch, su casera y amiga, que fuera su dama de honor y Jo respondió:

—Me encanta que me lo pidas, pero preferiría ser la madre de la novia. Pídeselo a Vanessa o a Brie y deja que yo me ocupe de algunas cosas especiales para ese día, como si fuera la madre de la novia.

—¿Qué, por ejemplo? —preguntó Ellie.

—Bueno, me gustaría reunir a algunos amigos tuyos y míos y decorar con flores la iglesia, vestir a los niños de fiesta, y quizá decorar el bar para el banquete...

—Jo, no quiero que te tomes tantas molestias, ni que gastes dinero —dijo Ellie—. Ya has hecho mucho por mí. Me salvaste la vida y gracias a ti pude recuperar a mis hijos.

—¡Precisamente! ¡Eso es lo que hace una madre! Y tú eres como una hija para mí —la tomó de las manos—. Déjame.

Así que Ellie dijo:

—Muy bien, pero no tires la casa por la ventana.

Y Jo respondió:

—Tú eres la novia. No te metas en mis asuntos y te prometo que quedará todo perfecto sin tirar la casa por la ventana. Pero déjame. Es mi única oportunidad.

El viernes por la tarde, Vanessa ayudó a Ellie a ponerse un vestido de fiesta de color crema con un amplio escote y ella se puso el vestido de gasa verde claro con el que se había casado con Paul. Se vistieron en casa de Jo. Normalmente Ellie iba a pie a la iglesia, pero ese día Vanni y ella irían en coche para no mancharse el vestido ni los zapatos y para no despeinarse por el camino. Ellie siguió las instrucciones y entró por la puerta lateral que daba al sótano de la iglesia, donde debía esperar a que las llamaran cuando llegara el momento. Fue entonces cuando vio por primera vez cómo iban vestidos sus hijos.

Jo Ellen les había comprado trajes de fiesta. Decía que no eran muy caros, pero Ellie nunca les había comprado ropa tan cara, ni tan bonita. ¡En toda su vida! Danielle resplandecía con sus volantes y Trevor estaba muy orgulloso de su primer traje.

—¿Podrán ponérselos para algo después de la boda? —le preguntó Ellie a Jo, siempre tan práctica.

—Pueden ponérselos para ir a la iglesia tantas veces como quieran, hasta que se les queden pequeños —contestó Jo. Después dio a Ellie y a Vanni sendos ramos de flores.

—¡Oh, Jo! —exclamó Ellie, que no se lo esperaba. Se le saltaron las lágrimas. Había preguntado cuánto costaban las flores y le había pedido a Jo que solo le comprara una rosa de tallo largo—. ¡Son preciosos! —sostenía en las manos un ramo hecho de rosas amarillas, helechos y crisantemos blancos.

—Sabía que te gustaría en cuanto vieras las flores.

—¡Pero no tenías que gastarte tanto!

Jo sacudió la cabeza.

—No me he gastado tanto. Solo lo justo —sonrió con cariño—. Hoy es un día feliz. Nada de lágrimas.

—Van con las flores de la iglesia, mamá —dijo Danielle.

—¿Las flores de la iglesia?

—Está preciosa —dijo Vanni—. Espera a verla.

—Nos han ayudado algunas de tus amigas —dijo Jo—. Brie, Shelby, Muriel...

—¡Y yo también! —dijo Danielle—. ¡He ayudado un montón!

Vanni acarició la mejilla de Ellie.

—¿Nerviosa? —preguntó.

—¿Por casarme con Noah? ¡Venga ya! ¡Me ha tocado la lotería! Lo que me pone nerviosa es que los niños estropeen esa ropa tan bonita.

Jo Ellen estaba absolutamente deslumbrante con un vestido de gasa azul y sonreía, llena de felicidad. Estaba muy orgullosa de los niños y de su nueva familia.

—Creo que nunca he visto una novia más guapa —le dijo a Ellie—. Nick, ¿estás listo? Porque creo que ya es la hora.

—Vamos todos arriba —dijo él, ofreciéndole su brazo a Ellie.

Cuando estuvieron arriba, detrás de las puertas cerradas de la nave principal, Jo les dijo a los niños:

—Es hora de que nos sentemos. Luego, Vanni va a recorrer el pasillo y después Nick y vuestra mamá la seguirán. ¿Listos para entrar?

Un instante después, Jo y los niños entraron en la iglesia. Vanni se inclinó hacia Ellie y la besó en la mejilla.

—Que tengas un día maravilloso, tesoro. Y muchos años de feliz matrimonio. Sois los dos fantásticos.

—Gracias, Vanni. Nunca había tenido una amiga como tú.

—Tienes montones de amigos aquí, Ellie. En este pueblo nos damos cuenta enseguida cuando alguien es amable, bueno y cariñoso. Para nosotros ha sido una suerte que vinieras a vivir aquí.

Justo en ese momento el ritmo de la música grabada se aceleró un poco y Nick tomó la mano de Ellie y la puso sobre su brazo.

—Nos vemos en el altar —dijo Vanni cuando las puertas se abrieron, y echó a andar por el pasillo.

Ellie miró a Nick.

—Se suponía que iba a ser una boda muy sencilla. No esperaba tener que recorrer el pasillo. Ni siquiera hemos ensayado.

—Creo que te saldrá espontáneamente —respondió Nick, riendo.

—Lo mejor de todo es que esta vez no me toca a mí tocar el piano —comentó Ellie.

Y en ese momento las puertas de la iglesia volvieron a abrirse, empujadas por Jack y el Reverendo, vestidos de traje. Ellie se quedó allí parada, echando un primer vistazo a la iglesia. Ahogó una exclamación de asombro y agarró con más fuerza el brazo de Nick. La iglesia estaba llena de gente (mucha más de la que asistía a los oficios de los domingos) y de flores y velas. Era noviembre, se había puesto el sol y la iglesia estaba a oscuras, pero la luz de las velas brillaba por todas partes.

—¿Quién ha hecho esto? —susurró, pasmada.

—Jo Ellen y yo, los niños, tu futuro esposo y tus amigos —respondió Nick con orgullo.

Ella miró a la derecha y, en el último banco, vio sentados a algunos hombres del campamento de indigentes de las montañas, a los que Noah no solo visitaba con regularidad, sino que también llevaba a la iglesia. Sonrió y se le escapó la risa al ver que no estaban más aseados que de costumbre. Aun así, la conmovió verlos allí. Y además de los feligreses de todos los domingos, vio a gente a la que conocía del pueblo y que no iba a los oficios de los domingos: el doctor Cameron Michael, su esposa y sus gemelos; Sean, el hermano de Luke Riordan, y su novia, su hija y su madre; algunos vecinos a los que había conocido en el bar de Jack; un joven llamado Rick y su prometida, Liz; y Dan Brady con una mujer a la que no había visto nunca antes. También estaba presente Hope McCrea, que, pese a que era la anterior propietaria de la iglesia, jamás la pisaba. Y justo delante estaban el doctor Nate Jensen, que había salvado la vida a la perra de Noah, y su prometida, Annie.

—Caramba —murmuró.

—No mires así, Ellie —dijo Nick—. Sonríe a Noah. Te está esperando. Y da la impresión de que lleva esperando una eternidad.

—No tanto —susurró ella entre lágrimas.

Las flores y las velas de la iglesia habían sido una gran sorpresa para Ellie, pero el número de gente que había asistido a la boda y luego a la fiesta en el bar de Jack también había sorprendido a Noah. Parecía que medio pueblo estaba allí y, como no era una boda típica, incluso había gente a la que

Noah y Ellie no habían visto nunca. Todos llevaron regalos y algo de comer, y felicitaron a los novios y festejaron su boda como si los conocieran de toda la vida. La feliz pareja no esperaba tantos invitados, ni tantísimos regalos de boda. Noah se dio cuenta de que, aunque no fuera el pastor de todas aquellas personas, era su vecino, y eso le produjo una satisfacción indescriptible.

El bar estaba decorado con serpentinas de colores, flores de la iglesia y servilletas con el nombre de los novios y la fecha. Pero el lugar central lo ocupaba la tarta del Reverendo, una obra maestra de dos pisos, toda blanca.

—Voy a empezar a hacer más pasteles de estos —dijo el Reverendo, orgulloso—. Creo que tengo talento.

Fue una reunión informal, pero el Reverendo había llevado unos altavoces de su casa y hubo baile, aunque apenas había sitio para moverse. No se cortó la liga de la novia, y Ellie no quiso separarse de su ramo, pero a nadie pareció importarle.

Como era costumbre en las fiestas de Virgin River, la gente empezó a marcharse temprano. Los que habían llegado en coche fueron los primeros en despedirse, seguidos por los granjeros, los rancheros y los viticultores, que no tenían días libres. Sean Riordan también se marchó temprano y regresó con su familia a Eureka. Noah sonrió al ver a su amigo George inclinarse sobre la mano de Maureen Riordan al decirle adiós y besarla rozándola con los labios como si fuera un cortesano. Nick y Jo se llevaron a los niños de Ellie a dormir a su casa, pero en el bar quedó un grupo de incombustibles que, por disfrutar de una buena fiesta, estaban dispuestos a no dormir. A medida que avanzaba la noche, los hombres empezaron a salir al porche a beber coñac y fumar puros, y las mujeres se quedaron dentro, junto al fuego, riéndose juntas. Por último, a eso de las once, se marcharon todos.

Y a las tres de la mañana de esa noche, en el pequeño apartamento de encima del garaje de los Fitch, esa noche convertido en suite nupcial, nadie había pegado ojo todavía. Noah se tumbó de espaldas y gruñó:

—¡Dios mío! ¡Te quiero!

—Eres un obseso —dijo Ellie—. Nunca he conocido a un hombre al que le gustara tanto el sexo.

Noah se rio.

—Muchas gracias, Ellie. Es un consuelo saberlo.

—En serio —insistió ella—. ¿Te has hartado por fin?

—Por ahora —contestó él. Tenía los ojos cerrados y una sonrisa en los labios.

Ella se tumbó boca abajo, se apoyó en un codo y lo miró.

—Entonces, ¿te gusta más ahora que antes, cuando teníamos que hacerlo a escondidas?

Él pasó los dedos por su pelo.

—Sí. A mí, sí —la hizo bajar la cabeza y la besó apasionadamente, con todo su corazón. No recordaba haber sido nunca tan feliz.

—A mí también —susurró ella—. ¿Podemos dormirnos ya?

Noah la estrechó entre sus brazos, Ellie apoyó la cabeza sobre su brazo y los dos se quedaron dormidos. Pero no por mucho tiempo. Ellie se levantó a primera hora de la mañana, se duchó y se puso unos vaqueros y una sudadera. El olor del café recién hecho inundaba la habitación cuando despertó a Noah.

—Vamos, no seas vago. Les prometí a los niños que empezaríamos a arreglar la casa nueva en cuanto nos despertáramos.

Noah se giró con un gruñido y se puso la mano sobre los ojos.

—¿Se puede saber qué te pasa? —preguntó.

—Estoy tan emocionada... —se echó a reír—. ¡Hace una semana que tenemos la casa y todavía no hemos tenido tiempo de hacer nada en ella! Dijiste que iríamos enseguida, en cuanto nos casáramos.

Noah gruñó otra vez.

—Para mí «enseguida» no significa lo mismo que para ti. Hay por lo menos un par de horas de diferencia. ¿No estás extasiada después de gozar de una noche de bodas espléndida?

Ella se rio.

—Ya no. Vamos, Noah. No seas perezoso.

—Perezoso, dice —masculló él, saliendo a regañadientes de la cama—. Deberían advertirle a uno que esto es lo que pasa si se casa con una chica tan enérgica.

Bajaron a la cocina de Jo y Nick. Los niños acababan de levantarse, de modo que se dejaron convencer para tomar más café y desayunar. Cuando todos empezaron a moverse a un ritmo normal, Ellie estaba ya llena de nerviosismo. Cargó unas cuantas cosas en la trasera de la camioneta de Noah: un cepillo de barrer, una fregona, trapos, detergente, cepillos de raíces, bolsas de basura... Jo prometió que Nick y ella irían enseguida con los niños. Y así, en su primer día oficial de casados, Ellie y Noah emprendieron el camino hacia su nueva casa.

Oyeron el ruido de las máquinas mucho antes de verlas, pero ni Ellie ni Noah dijeron nada, porque no podían imaginar que tuviera algo que ver con ellos. Poco después, sin embargo, vieron que el camino que llevaba a su casa estaba lleno de coches y camionetas aparcados.

—¿Se puede saber qué...? —dijo Ellie.

Noah siguió avanzando con su vieja camioneta y, nada más cruzar los árboles, se quedaron los dos atónitos. Su casa era un hervidero. Alguien estaba pasando por el jardín una segadora de tamaño industrial. Había hombres con escaleras apoyadas contra la casa, y hombres martilleando en el tejado. A nivel del suelo, la gente recogía desperdicios, acarreaba basura, decapaba pintura, cambiaba tablones y lijaba la barandilla del porche.

George estaba en el porche. Se había puesto un delantal de

carpintero y parecía estar la mar de a gusto. Noah subió los escalones del porche.

—¿Qué está pasando aquí?

—Parece que tus amigos han decidido echaros una mano. No te preocupes, Noah: hay trabajo de sobra para todos —luego sonrió.

Paul Haggerty se acercó a ellos llevando en equilibrio una docena de tablones sobre el hombro.

—Buenos días —dijo al pasar.

Dentro de la casa encontraron a Muriel subida a una escalera. Estaba usando un líquido para decapar la pintura blanca del arco de roble macizo que separaba el comedor del salón. Ya había conseguido sacar a la luz más de medio metro de la madera original del arco.

—Hola, Ellie —dijo desde la escalera—. Yo también tuve que decapar la madera de mi casa y te aseguro que después queda preciosa. Te va a encantar este arco cuando esté acabado y barnizado. Tardará un poco, pero merece la pena. Con las escaleras no hay nada que hacer, en cambio. Los peldaños están tan desgastados que habrá que cambiarlos todos, pero no es un trabajo difícil. Puedo hacerlo yo.

Ellie estaba boquiabierta. Muriel había hecho cine, había estado nominada a un Óscar y solía aparecer en la tele con vestidos de noche y joyas deslumbrantes. ¿Y le estaba hablando de cambiarle los peldaños de la escalera? Aquello parecía irreal.

Luke Riordan salió de la cocina con los brazos llenos del papel de pared viejo y mohoso que había estado arrancando y lo tiró al suelo del comedor vacío.

—Buenos días —dijo—. ¡Art! —gritó hacia la cocina—. ¿Puedes meter este montón de basura en la camioneta? Pasaré por el contenedor de vuelta a casa.

—¡Caray! —dijo Ellie—. ¿De quién ha sido la idea?

—No lo sé —contestó Walt—. Paul, ¿de quién ha sido la idea?

—No estoy seguro. ¿De Jack, quizá?

El Reverendo salió de la cocina.

—Mía —dijo, indignado—. Creo que fue idea mía. Aquí todos arrimamos el hombro cuando hace falta. La casa tiene que estar habitable antes de que haga más frío. Hay que cambiar todos los cristales de las ventanas que estén rajados o rotos, y las chimeneas necesitan una limpieza. Vais a necesitar una caldera nueva, creo. En eso no puedo ayudaros, no conozco a nadie que se dedique a eso, pero tengo un amigo en Clear River que me ha dicho que se pasaría por aquí esta tarde para limpiar la mugre acumulada en esas chimeneas durante cincuenta años. Lo va a hacer gratis, como donativo para echaros una mano, aunque seguramente te pedirá algún favor, Noah. Una boda, un funeral, un bautizo o algo así. Por norma no suele ser tan generoso.

Noah se echó a reír.

—Espero que no esté planeando un funeral. No suena muy prometedor.

—Ellie, deberías ir tomando medidas —dijo Muriel—, para los electrodomésticos de la cocina, y quizá también medir las ventanas para encargar las persianas. Y los suelos, para la moqueta. No va a costar mucho dejar habitable este sitio. Pero dejarlo bonito... Eso va a costar seis meses. Pero yo puedo ayudaros. Me encanta hacer estas cosas.

Ellie se acercó a la escalera y miró a Muriel. Llevaba un mono de trabajo, botas, una sudadera ajada, guantes y gorra.

—Muriel —dijo, perpleja—, eres una estrella de cine.

—Y también una carpintera de primera, además de pintora y experta en reformas. Deberías ver lo que hizo en su casa prácticamente sola —comentó Walt.

—Tú me ayudaste mucho, Walt —dijo Muriel—. Tenías tus motivos, claro, pero eso me daba igual. Ven alguna vez a ver mi casa restaurada, Ellie. Me encanta enseñarla.

—Vanni también quería venir a ayudar, pero está muy liada

con los niños, y solo serían un estorbo —dijo Walt—. La mayoría de estas personas tienen que trabajar toda la semana, pero algunos tenemos tiempo de sobra y volveremos después del fin de semana. Muriel y yo, George...

—¿Alguien me ha llamado? —preguntó George, asomando la cabeza por la puerta.

—No, George. Vuelve al trabajo —contestó Walt.

Ellie se dio la vuelta y apoyó la cara en el pecho de Noah. Él la abrazó y sintió que sus hombros temblaban. La oyó sollozar. Se inclinó y la besó en la mejilla.

—No llores —susurró.

Ella levantó la cabeza.

—Son tan maravillosos... ¿Cómo pueden ser tan maravillosos?

Él sonrió.

—Cuestión de práctica, creo.

CAPÍTULO 14

Maureen Riordan supo por su hijo Luke que los vecinos se estaban organizando para ayudar a Ellie y Noah Kincaid ese fin de semana. La idea le entusiasmó. Le sonaba a otros tiempos, a la época de sus padres, cuando todos los vecinos del pueblo se juntaban para levantar un granero. Así que el lunes por la mañana fue en coche a Virgin River, se tomó un café con Luke y luego, siguiendo sus indicaciones, llegó a la vieja casona para ver cómo iban las obras.

Frente a la casa solo había una camioneta desvencijada. Oyó dentro el ruido de una sierra. Pensó por un momento que tal vez no fuera buena idea ir a curiosear. Estaba claro que quien manejaba la sierra era un hombre, y ella era una mujer sola. Pero ¿qué peligro podía haber en un sitio como aquel, en el que los vecinos se aliaban para ayudarse mutuamente? La puerta estaba abierta, aunque hacía frío fuera.

Al otro lado de la puerta, en lo que debía de ser el salón, estaba George Davenport manejando una sierra circular para cortar tablones. Maureen contuvo el aliento. Había intentado esquivar a George en la boda, el viernes por la noche, pero él la había buscado, la había colmado de halagos, se había esforzado por charlar con ella ¡y hasta le había besado la mano! Solo parecía tener dos opciones para enfrentarse a aquella situación: o hablar con él cara a cara o marcharse del pueblo.

Y allí estaba él, con su cabello blanco, no muy abundante y revuelto, y los vaqueros y la sudadera cubiertos de serrín. Tenía la cara morena, pero ¿no había dicho que era de Seattle? ¿Del lluvioso y gris Seattle? Notó, a su pesar, que tenía las espaldas anchas, el trasero firme y las piernas largas. Se preguntó qué aspecto tendría con el pecho desnudo y enseguida se avergonzó de sí misma.

Debió de hacer algún ruido, porque George se volvió hacia ella. Sonrió de pronto, radiante. No llevaba dentadura postiza. Sus dientes eran blancos y fuertes. Tenía que habérselos cuidado mucho a lo largo de los años; seguramente lo único que tenían en común.

—Señora Riordan —dijo—. ¿Qué la trae por aquí?

—La curiosidad —contestó ella—. Mi hijo Luke me ha contado lo que ha pasado este fin de semana y me ha parecido una idea tan maravillosa que se me ha ocurrido pasarme por aquí para verlo con mis propios ojos —entró en la casa—. ¿Qué está haciendo?

—Estoy cortando la madera para los escalones nuevos. Noah vendrá en cuanto tenga un rato en la parroquia. Vamos a instalar los escalones y esta tarde y mañana Muriel nos ayudará a lijar y barnizar.

—¿Muriel? —preguntó Maureen.

—Conoce a Muriel Saint Claire, ¿verdad? Es una carpintera de primera clase y ha restaurado completamente una vieja granja a las afueras del pueblo. Vive justo al lado de Walt Booth. Así fue como se conocieron. Están juntos desde hace un año.

—¿Juntos? —dijo ella—. ¿Desde hace un año? —frunció el ceño—. Pensaba que eran pareja desde hacía mucho más tiempo.

Aunque muchas de sus conocidas encontraban el amor en la madurez, Maureen nunca se había acostumbrado a la idea.

Viv le decía que ya iba siendo hora de que se desprendiera de la idea de que el amor era solo cosa de la juventud. Pero aun así, cuando pensaba en parejas de la edad de Muriel y Walt, no podía evitar pensar que la suya tenía que ser una relación de índole práctica, más que amorosa.

—No, es bastante reciente, según tengo entendido —continuó George—. Walt se quedó viudo hace un par de años. Y aunque no tengo mucha confianza con Muriel, la prensa rosa afirma que se ha casado y divorciado varias veces —sonrió—. Seguro que piensa que el día que se tropezó con Walt Booth fue uno de los más afortunados de su vida.

—George, creo que te debo una disculpa —dijo Maureen—. Creo que no fui muy amable cuando nos encontramos en el bar de Jack hace una semana. La verdad es que sí recuerdo que nos conocimos en la boda de Luke. No sé por qué fingí que no me acordaba de ti. No es propio de mí comportarme así.

—Ya lo sabía, señora Riordan —repuso él.

Ella se quedó perpleja.

—¿Lo sabías?

George sonrió suavemente. Con ternura.

—Lo vi en tus ojos —explicó— . Y en cuanto te conocí me di cuenta de que eras una persona sincera. Lamento haber hecho que te sintieras incómoda.

Maureen se sentía un poco incómoda en ese momento, de hecho. Se sentía vulnerable. La habían descubierto antes incluso de que tuviera tiempo de confesar.

—Y hace bastante tiempo que soy viuda.

—Sí, eso también lo sé. ¿Doce años o algo así? —preguntó él.

Ella puso los brazos en jarras.

—¿Cómo lo sabes? —preguntó sin intentar disimular su indignación.

—Pues porque he preguntado —contestó él encogiéndose

de hombros—. Es lo que hace uno cuando le interesa una mujer. Pregunta por ella.

—¿Ah, sí? ¿Y qué más has averiguado?

—Nada embarazoso, te doy mi palabra. Solo que eres viuda desde hace bastante tiempo, que tienes cinco hijos y que son todos militares, que vives en Phoenix y que, que se sepa, no sales con nadie en especial.

«¿En especial?», pensó ella. No salía con nadie y punto, y no tenía intención de hacerlo.

—¡Qué interesante! —dijo—. Bueno, yo no sé nada sobre ti.

—Claro que sí. Que soy amigo de Noah. Que soy profesor —se rio—. Y que, evidentemente, dispongo de bastante tiempo libre.

—Eso no es mucha información —repuso ella.

George se sacó un trapo del bolsillo trasero del pantalón y se limpió la frente de sudor y serrín.

—Puedes preguntarme lo que quieras. Soy un libro abierto.

—¿Desde cuándo te dedicas a la enseñanza? —preguntó ella, empezando por un tema poco arriesgado.

—Desde hace veinte años, y estoy pensando en hacer algunos cambios. Tengo setenta años y siempre he pensado que, si me jubilaba, me convertiría en un viejo chocho e inútil, pero me lo estoy replanteando. Me gustaría tener más tiempo para dedicarlo a las cosas que más me gustan, y por suerte tengo una pequeña pensión y algunos ahorros. Además, estoy cansado de horarios rígidos.

—Entonces, ¿vas a jubilarte?

—A jubilarme otra vez —George se rio—. Ya me jubilé una vez a los cincuenta años y, después de llevar veinte en la universidad, puedo volver a hacerlo. Hay muchos profesores jóvenes a los que les encantará que un carcamal como yo les deje vía libre.

—¿Y a qué te dedicabas antes de ser profesor?
—Era pastor presbiteriano —contestó él.
—¡Será una broma! —exclamó ella.
—Me temo que es la verdad.
—¡Yo soy católica!
George se rio.
—Me alegro por ti.
—Te estás burlando de mí —dijo Maureen en tono de reproche.
—Me estoy burlando de tu cara de sorpresa —dijo él—. ¿Entre tus amistades no hay ninguna persona que no sea católica?
—Claro que sí. Muchas, pero...
—Porque yo tengo unos cuantos amigos católicos. Y judíos, y mormones, y de otras confesiones. Estuve jugando al golf con un amigo mío cura todos los jueves por la tarde durante años. Tuve que dejarlo. Era un tramposo.
—¡Imposible!
—Tienes razón, no lo era. Solo lo he dicho para verte indignada. Nadie se indigna como una pelirroja. La verdad es que lo trasladaron a otra parroquia. Todavía tengo noticias suyas de vez en cuando. Nos los pasábamos en grande contando chistes de curas, pastores y rabinos. Estuvimos mucho tiempo buscando un rabino aficionado a jugar al golf, pero no encontramos ninguno.
—No te tomas las cosas muy en serio, ¿verdad? —preguntó ella.
—Ahora menos que cuando era joven. Y me enorgullezco de ello, por cierto. Así que, ¿qué te parece si elegimos una noche para ir a cenar?
—¿Has estado casado? —preguntó ella.
—Eso ya me lo preguntaste. Dos veces —contestó—. ¿Me descalifica eso como compañero de cena?
La verdad era que Maureen había estado tan nerviosa

cuando volvieron a verse en el bar de Jack que no había prestado atención a su respuesta.

—¿Eres viudo?

—Sí. Mi segunda esposa murió de cáncer hace unos años. Te habría gustado. Era una mujer encantadora y muy divertida. Mi primera esposa está viva y goza de perfecta salud. Me dejó hace más de treinta y cinco años. Ella no te habría gustado en absoluto. No le gustaba a casi nadie —frunció el ceño y sacudió la cabeza—. La verdad es que era una de las mujeres con peor carácter que he conocido nunca. Guapísima, en cambio. Muy guapa, pero muy... En fin, da igual. Hacía mucho tiempo que no me quejaba de ella, creía que lo tenía superado.

—¿Divorciado? —preguntó Maureen—. ¿Un reverendo divorciado?

—Te asombraría la cantidad de curas, pastores y rabinos que tienen que encarar problemas de la vida real que les atañen directamente. Y ahora...

—¿Sabes?, eres un hombre muy peculiar —comentó ella—. ¿Por qué quieres cenar conmigo?

—Creía que era evidente —repuso George—. Eres una mujer espectacular, de carácter fuerte y divertida. Divertidísima, diría yo. ¡Qué cantidad de preguntas y preocupaciones graciosas pareces tener! ¿Acaso la iglesia católica castiga a los fieles que salen con personas de otra fe?

—Estoy chapada a la antigua. Cuando era pequeña, era impensable salir con una persona de otra religión. Aunque, naturalmente, si ibas a un colegio católico para chicas, ni se te pasaba por la cabeza. Además, yo no era una católica corriente. Yo fui novicia una temporada.

—Vaya, vaya —George sonrió.

—¿Qué pasa? —preguntó ella.

Él se encogió de hombros.

—Eres muy devota, ¿no? Así que resulta que tenemos más en común de lo que pensábamos —sonrió—. Me alegro de que no te hicieras monja, pero desde luego eso explica cómo es posible que parezcas tan sofisticada por un lado y tan anticuada por el otro. ¿Quieres pensarte un poco más lo de ir a cenar?

Ella suspiró profundamente.

—Me gusta pasar todas las tardes que puedo con mi nieta. Pero, evidentemente, no puedo estar todos los días con ella. Si no, mi hijo no puede disfrutar de ella y de su madre sin estorbos, pero...

—Ah, pero quieres tener las noches libres, por si acaso tienes que quedarte con tu nieta. Es comprensible. ¿Qué te parece, entonces, si vamos a comer un día tranquilamente?

—Salir a comer no lo descarto —contestó ella, y sorprendió a sí misma.

—¡Estupendo! ¿Mañana?

—¿No tienes tarea aquí?

—Imagino que voy a pasar bastante tiempo en esta vieja casona —contestó George—. Pienso quedarme hasta después de Acción de Gracias. Y, además, hay que buscar el equilibrio. No es bueno trabajar constantemente, sin divertirse nunca, ¿sabes?

—Eres muy insistente, ¿verdad?

—Absolutamente —contestó él—. Ahora, ¿me permites al menos que te llame Maureen? ¿O tengo que seguir llamándote «señora Riordan» eternamente? Me da la impresión de estar intentando ligar con una mujer casada.

Ella se rio a su pesar.

—Mis hijos se van a quedar de piedra.

—¿Por qué?

—Más vale que sepas la verdad. No he salido con ningún hombre desde que murió mi marido. Y tampoco salí con muchos antes de conocerlo a él.

—No sé por qué, pero no me sorprende, Maureen. Nunca me había encontrado con una mujer con la que me costara tanto quedar para salir. Vamos a pasárnoslo bien tú y yo —y entonces le sonrió.

Maureen no sabía a cuántas personas iba a decirles George Davenport que habían quedado para comer, pero ella no vio necesidad de decírselo a nadie. No lo estaba manteniendo en secreto, se dijo; era simplemente que no quería darle importancia. Pero la verdad era que no soportaba la idea de tener que contestar a ninguna pregunta, ni antes ni después de la comida. Estaba nerviosa, emocionada, un poco asustada, temía llevarse una desilusión, y temía más aún no llevársela. Tuvo toda la mañana un hormigueo en el estómago mientras limpiaba la casita de Viv y se preparaba para que George fuera a recogerla. Intentó imaginarse todos los escenarios posibles. ¿Y si George se ponía demasiado insistente? ¿Y si intentaba algo? ¿Y si intentaba besarla? O peor, ¿y si resultaba ser terriblemente aburrido y ella no quería volver a verlo, ni para comer ni para ninguna otra cosa?

Su nerviosismo se disipó pocos minutos después de que George fuera a recogerla.

—¿Has estado en Ferndale, Maureen? —preguntó él.

—No conozco casi ningún sitio de por aquí.

—¡Estupendo! —exclamó George—. No me refiero a que sea estupendo que no hayas visto ningún sitio, sino a que es estupendo que yo puedo enseñártelos. Es un pueblecito precioso, lleno de casas victorianas restauradas. Hay muchas tiendas y justo a las afueras del pueblo hay un cementerio maravilloso, construido en lo alto de una colina. Es muy antiguo e interesante. Una de las iglesias más grandes del pueblo ha sido remodelada y convertida en pensión. He pensado que podíamos dar un paseo por el pueblo y curiosear un poco por las tiendas. En el maletero llevo una neverita y una cesta con comida. Si el tiempo no se tuerce y sigue haciendo sol, podemos sentarnos en lo alto de la colina, encima del río, y comer pan, vino, queso y fruta. También llevo una manta en la parte de atrás. Hará fresco, pero no frío.

—Parece muy agradable —dijo ella. «Perfecto», pensó. «Y sencillo».

—¿Aguantarás con eso? Como comida no es gran cosa, pero después te llevaré a comer un postre si quieres. En el pueblo hay un antiguo hotel victoriano maravilloso con restaurante.

—Da la impresión de que lo tienes todo pensado —comentó ella—. ¿Sales mucho con mujeres?

—Supongo que podría decirse que sí —contestó él—. Tengo amigas con las que comparto ciertos intereses. Hay una vecina a la que conozco desde hace años. Es crítica gastronómica y trabaja para un periódico, y a veces me invita a los restaurantes a los que tiene que ir. ¡Menuda oportunidad! No escucha ni una palabra de lo que le digo sobre la comida, pero a mí me encanta la experiencia. También tengo una compañera a la que puedo invitar a esas fiestas de facultad a las que me veo obligado a asistir. Es soltera y tampoco tiene costumbre de salir con hombres. La verdad es que entre mis amistades hay bastantes mujeres y que, si tengo algo que hacer, siempre puedo llamar a una de ellas —la miró—. Pero ahora mismo no tengo pareja, Maureen. Por ridículo que sea pensar que un hombre de mi edad pueda ser un donjuán, te aseguro que yo no lo soy.

—No quería decir...

Él sonrió y agarró su mano.

—Claro que sí, y eso me halaga.

—Pues te equivocas —replicó ella—. No quería decir eso.

George volvió a reírse de ella.

Llegaron a Ferndale, pero George se pasó la salida y tomó una carretera secundaria que ascendía zigzagueando por una colina. Se detuvo a un lado de la carretera, frente a un corral en el que había cuatro hermosos caballos.

—La primera vez que pasé por este sitio, lo primero que pensé fue que era un sitio perfecto para una comida campestre. Sé que hace un poco de fresco para comer al aire libre. ¿Estarás incómoda? Llevo otra chaqueta en el asiento de atrás.

—Me parece una idea estupenda —contestó ella—. Me encanta estar al aire libre.

—Bien, ven conmigo, entonces. Tú agarra la cesta y la manta, que yo me encargo de la nevera. Podemos subir un poco por este camino, hasta que tengamos buenas vistas.

Maureen lo siguió durante un rato; luego, cuando él se detuvo, se volvió y dejó escapar un suspiro. La colina descendía abruptamente y por debajo de ellos se extendían el río y el valle.

—Es precioso —dijo Maureen.

—¿Verdad que sí?

George dejó la nevera, extendió la manta, se puso de rodillas y comenzó a sacar las cosas que había llevado. Había queso gouda curado y un poco de brie suave, cheddar y münster. Sacó dos cajistas de galletas saladas y, usando la tapa de la nevera como mesa, sacó uvas, manzanas, kiwi en rodajas que llevaba en una bolsita y un pequeño recipiente con bolitas de melón.

—¡Cuántas molestias te has tomado, George! —dijo ella—. ¡Solo te ha faltado cocinar!

—No soy mal cocinero, en realidad. ¿Te apetece una copa de merlot? También hay refrescos y agua mineral.

Ella eligió el vino y brindó con él.

—Me alegro de que seas tan persistente —dijo—. Esto es una maravilla.

Comieron tranquilamente, contándose cosas sobre sus vidas. Hablaron, por ejemplo, de por qué él no había tenido hijos.

—Quería tenerlos, pero no los tuve con mi primera mujer, y la segunda tenía dos de un matrimonio anterior y, dada su edad, no quería tener más. Mi primera esposa volvió a casarse y tuvo un hijo, así que sospecho que, si no los tuvimos, fue por culpa mía. Dios siempre me ha salvado el pellejo en los peores momentos. Era una relación espantosa.

George quiso saber cómo era criar a cinco hijos.

—Como la guerra —respondió ella—. Mi marido era un buen padre, pero trabajaba mucho y hacía muchas horas extras. Descubrí muy pronto que convenía que los niños supieran que mi palabra era ley, o estaba perdida. Sé que a mis espaldas me llamaban La Generala. ¡Sabe Dios qué me llamarán ahora!

Hablaron sobre sus amigos, sus aficiones, sus comidas y libros favoritos, sobre los viajes que les gustaría hacer, sobre sus casas y lo que les gustaba de ellas. Hablaron sobre sus actividades de voluntariado: a él le gustaba colaborar en el comedor benéfico y el banco de alimentos, ella moderaba en su parroquia un grupo de terapia para afrontar el duelo y colaboraba en todas las campañas de recaudación de fondos que organizaban. Al final, hablaron de sus cónyuges y sus muertes. El marido de Maureen había tenido cardiopatía y, aunque había recibido tratamiento, no había sobrevivido mucho tiempo después del diagnóstico.

—Supongo que intentó no hacer caso de los síntomas durante demasiado tiempo y, aunque yo insistía e insistía, no quería ir al médico. Es muy normal en los hombres, ¿sabes? Y las buenas esposas no quieren empeorar las cosas poniéndose pesadas. Si pudiera dar marcha atrás, haría que lo secuestraran y lo llevaran al médico por la fuerza para hacerle una revisión general.

—No me extraña —dijo George—. Sé a lo que te refieres.

Ella le preguntó por su mujer.

—Fue una situación parecida. Su médico insistió en que se hiciera una colonoscopia para estar seguros de que todo estaba bien. Hay que hacérsela por rutina en torno a los cincuenta años. Pero Mary era muy terca. Le daba miedo y fue posponiéndolo. No tenía síntomas de ninguna clase, a fin de cuentas. Pero en lo que no caímos fue en que, cuando tienes síntomas, quizá sea ya demasiado tarde. La operaron y le dieron quimioterapia, y así duró un año —esbozó una leve sonrisa.

Maureen se sorprendió colocando su mano sobre la de él.

—Con el tiempo todo es más fácil —dijo ella—. Yo lo hice lo mejor que pude en aquel entonces, igual que tú.

A primera hora de la tarde recogieron sus cosas y se fueron a Ferndale a dar un paseo. Estuvieron recorriendo el pueblo y viendo sus casas mientras charlaban y reían. Tomaron un helado, miraron los escaparates y finalmente subieron al cementerio de la colina, a las afueras del pueblo. Maureen, que sentía fascinación por las lápidas, leyó muchas de ellas. De pronto miró su reloj y se dio cuenta de que había perdido la noción del tiempo.

—¡Dios mío! —exclamó, y sacó apresuradamente su móvil del bolso—. ¡Rosie!

—Solo son las tres —dijo George.

—¡Pero prometí recogerla hoy a las tres!

—Podemos estar allí a las tres y media. No irán a dejarla en la acera, ¿verdad?

—No, el colegio está abierto hasta las seis para los padres que trabajan, pero...

George la agarró con fuerza de la muñeca para que le prestara atención.

—Maureen, llama al colegio y diles que vas para allá. No pasa nada.

—Sean. Debería llamar a Sean. Puede que esté en casa de Franci, esperando a que lleve a Rosie.

—Entonces llámalo —dijo él con calma—. Rosie está a salvo, Maureen. Y tú no eres una mala abuela por haber salido de excursión conmigo.

Maureen se calmó inmediatamente. Miró su móvil y llamó a Sean.

—Hola, hijo, soy yo. He salido a comer y se me ha hecho tarde. Puedo estar allí para recoger a Rosie a las tres y media si... Está bien, nos vemos en casa de Franci dentro de media hora, más o menos. No, voy para allá —colgó y guardó el móvil en el bolso—. Ha dicho que no hace falta que vaya enseguida, que va a recogerla él. Pero prefiero que nos vayamos.

—Claro —dijo George. Estaban en medio del cementerio y se acercó a ella. Le levantó la barbilla y la miró a los ojos verdes—. Has perdido la noción del tiempo porque estábamos disfrutando. Eso significa que nuestra cita ha sido un éxito —se inclinó hacia ella y le dio un suave beso en los labios—. Ahora relájate. Voy a llevarte a casa.

Y de pronto, inesperadamente, Maureen le echó los brazos al cuello y lo besó en la boca. George se tambaleó, dio un par de pasos hacia atrás y chocó con una lápida que impidió que se cayera. Por fin pudo rodearla con sus brazos y agarrarse a ella para besarla.

Ella lo soltó por fin.

—Vaya —dijo él—. Deberías avisarme cuando pienses hacer algo así. Podríamos habernos caído rodando por la colina y habernos roto la cadera. Y eso es peor que llegar un poco tarde al colegio.

—No sé qué me ha pasado —dijo ella.

—No importa. Pero asegúrate de que vuelva a pasarte pronto. Me gusta —le tendió la mano—. Vamos. Tenemos que bajar. Despacio.

Casi a finales de noviembre, Franci y Sean hablaron con Rosie para explicarle que papá tendría que volver a su trabajo después de Acción de Gracias y que solo podría ir a visitarlas cuando tuviera días libres. Sean le explicó que esperaba poder pasar las Navidades con ellas, pero que no estaba seguro de que fuera posible.

—Pero te llamaré y hablaremos por teléfono siempre que pueda. A veces todos los días.

—Vale —contestó Rosie.

Evitaron hablarle, en cambio, del problema principal: que Sean sería trasladado a otro destino seguramente poco después de Año Nuevo. Quizás a un lugar adonde no podría llevarse a su familia.

Sacaron la licencia matrimonial y encargaron un anillo muy bonito para Franci, pero sus planes tendrían que esperar hasta que supieran algo más sobre su futuro.

Franci había superado el miedo y la ira que había sentido al reencontrarse con Sean. Ya no le preocupaba que volviera a romperle el corazón, ni estaba enfadada por el modo en que se habían separado cuatro años antes. Todo eso era agua pasada, y se preguntaba cómo había logrado vivir todo aquel tiempo sin él. Ignoraba, por otra parte, cómo había conseguido Sean convertirse en un padre maravilloso, pero así era. Parecía sentirse muy cómodo en su papel, y era extremadamente cariñoso y atento con Rosie.

—¿Antes no nos peleábamos continuamente? —le preguntó Franci.

—Parecía que discutíamos mucho, pero cuando rompimos solo me acordaba de las cosas buenas —repuso él—. Lo que sé es que ahora está todo claro, nena. Puede que tengamos algunos inconvenientes por culpa de la Fuerza Aérea, pero de aquí en adelante todo irá sobre ruedas.

—Siento no haberte dicho lo de Rosie —le dijo ella.

—Y yo siento que fuera imposible que me lo dijeras —contestó él.

Maureen se encontraba cada día en territorio ignoto. Sin decirle nada a nadie, excepto a Viv, había quedado varias veces para comer con George Davenport durante las dos semanas anteriores a Acción de Gracias. George también tenía pensado regresar a su casa después del fin de semana de las fiestas.

—Final de trimestre —dijo—. Tengo que estar allí. Pero ¿qué te parece si volvemos a vernos aquí en Navidad?

—Me encantaría —respondió ella.

—¿Estás muy encariñada con ese piso que tienes en Phoenix?

Maureen se encogió de hombros.

—Es perfecto para mí. No tengo que segar el césped, ni quitar la nieve con la pala.

—Pero ¿te gusta?

—Claro. ¿A ti te gusta tu casa?

—Ha sido un buen hogar durante veinte años, pero estoy pensado en cambiar de aires. Los hijos de Mary ya son mayores y se han ido a vivir lejos, y ellos son la única familia que tengo, aparte de Noah. No creo que vaya a quedarme mucho más tiempo en mi casa de Seattle. Ni tampoco en la universidad. Estoy listo para dar el siguiente paso. Un estilo de vida más ligero. Viajar y tener más libertad.

Ella sonrió y dijo:

—Quizá visites Phoenix.

—Puede que sí. Me prestarás tu habitación de invitados, ¿verdad?

Maureen sonrió y sacudió la cabeza.

—En la urbanización hay varios apartamentos para invitados que podemos reservar cuando tenemos visita.

George levantó una ceja.

—No te dará miedo estar a solas conmigo, ¿verdad, Maureen?

—En absoluto, pero no quiero habladurías.

—Habrías sido una monja fabulosa —repuso él. Y se echó a reír.

Pero Maureen dejaba que la besara. Besos suaves, cariñosos. Con eso bastaba. Empezaba a sucederle algo, sin embargo, para lo que no estaba preparada. Incluir a George en su vida no era simplemente una cuestión práctica, no se debía únicamente a la necesidad de compañía. Cuando él estaba cerca, cuando la tocaba un instante, cuando sus labios se rozaban, sentía dentro de sí un suave temblor. Ignoraba que una mujer de más de sesenta años pudiera sentirse como una adolescente, y recordaba a menudo lo que le había dicho Vivian sobre el amor en la edad madura: era más pausado, más dulce, más tierno y muy satisfactorio. Tales pensamientos la hacían estremecerse.

Ese día tenía planeada otra larga comida con George. Querían aprovechar al máximo el tiempo que pudieran pasar juntos antes de que llegara Aiden para Acción de Gracias y Maureen volviera a concentrarse en su familia. Cuando oyó un bocinazo delante de la casa de Vivian, se quedó de piedra. Se acercó a la ventana pensando que no podía ser George. George era, por encima de todo, un caballero.

Pero allí estaba George, de pie delante de la vieja autocaravana de Noah. Un poco boquiabierta, salió de la casa.

—¿Qué es esto, George?

—Me apetecía muchísimo llevarte a comer al campo, esta vez en la costa, junto al mar, pero con este viento tan frío sería un calvario. Así que me ofrecí a hacerle el repaso semanal a la caravana de Noah: vaciar los inodoros, cargar agua potable, todas las cosas que hay que hacer periódicamente. Noah aceptó encantado, dado que estoy usando la caravana como si fuera un hotel. Pero voy a decirte de verdad por qué quería llevarme la caravana: voy a llevarte a comer al mar. Pero comeremos dentro, en la mesa de la ventana grande, y así estaremos cómodos y calentitos. Y solos.

Maureen sonrió y comprendió que la suya era una sonrisa de colegiala.

—No sé si debo montar en esa clase de vehículo contigo.

—Bueno, por lo menos no habrá vecinos que puedan chismorrear. Vamos, ve a buscar tu chaqueta y tu bolso, cierra la casa y en marcha.

—Tardo un minuto —dijo ella.

Cuando regresó, George estaba sentado detrás del volante. Subió a la autocaravana y se sentó junto a él. Mientras avanzaban por la calle, Maureen se volvió para mirar el interior del vehículo.

—¡Qué cocinita tan mona! —dijo—. ¿Qué has hecho para comer?

—He comprado algo para llevar. No quería perder el tiempo preparando comida. ¿Qué tal vas ahí?

Ella miró por la ventanilla.

—Me gusta —dijo—. Es estupendo ir tan alta. Me siento frustrada cuando veo esos coches tan grandes por la carretera. Enormes todoterrenos, camionetas, furgonetas, camiones... Siempre he odiado ir detrás de ellos y no ver la carretera. Esto está muy bien.

—No solo hay cuarto de baño, cocina, lavadora y secadora, dormitorio y cuarto de estar, sino también radio y televisión por satélite y un compartimento para almacenaje debajo. Y es una caravana muy vieja. No sé mucho de mecánica, así que espero que funcione sin problemas.

—Ay, George, ¿y qué hacemos si se avería? —preguntó, preocupada.

—Llamar a Noah —contestó él—. Vendrá con su caja de herramientas. Hace años que se encarga del mantenimiento de este cacharro. Es muy agradable, ¿verdad?

—Sí. ¿Es difícil de conducir?

—En absoluto. Puedes intentarlo si quieres.

—No, gracias —se rio y pasó una mano por el salpicadero—. Pero es divertido, George. Eso tengo que reconocerlo: siempre eres divertido.

—Vaya, muchas gracias, señora Riordan —dijo él—. Verás, ya he decidido qué voy a hacer a partir de ahora. Tengo que volver a la universidad, claro. Pero el próximo semestre voy a reducir mis horarios. Necesito más libertad. Voy a ir preparando mi jubilación. ¡Y me voy a comprar una de estas! —exclamó, dando un golpe sobre el volante—. Los hijos de Mary están casados y tienen hijos. Son unos chicos estupendos, unos hijastros maravillosos. Uno vive en Texas y otro en Florida. Voy a poner mi casa en venta y a jubilarme a final de curso, justo a tiempo para empezar a viajar. Voy a recorrer este país estado por estado, y voy a ir a ver a esos chicos. Tienen unas esposas increíbles. Uno tiene tres hijos y el otro dos. Y aunque soy su padrastro, me llaman papá. Iré a visitarles de vez en cuando mientras esté viajando, después me iré a sitios más lejanos, y luego volveré. ¿Qué te parece la idea?

La sonrisa de Maureen estaba llena de vida.

—Suena maravilloso. Vas a disfrutar muchísimo. Y puede que de vez en cuando te vea por Virgin River.

—O podrías acompañarme —sugirió él—. Tus hijos son militares y están repartidos por todo el país. También podríamos ir a visitarlos a ellos. Y créeme, en cuanto un par de ellos se casen y tengan hijos, los otros les seguirán. Lo he visto millones de veces. En cuanto me hagan una oferta por la casa, empezaré a buscar una buena autocaravana. He estado viendo algunas en Internet. ¡Y no te imaginas los avance tecnológicos que tienen ahora, Maureen! Vienen con lados extensibles, con duchas para dos personas, con congelador, con televisión de pantalla grande en el cuarto de estar y el dormitorio... ¡Hasta con jacuzzi! ¿Qué te parecería tener un jacuzzi sobre ruedas, Maureen?

Ella lo miró. Estaba tan entusiasmado que se había acalorado un poco, y Maureen se descubrió confiando en que no tuviera la tensión alta. Si alguna se presentaba la oportunidad, se lo preguntaría. Pero después de oírlo hablar con tanto entusiasmo de su futura caravana, solo pudo decir:

—¿Acompañarte?

—Es la solución perfecta para los dos —afirmó él—. Podríamos estar juntos, pasarlo bien. Veríamos a la familia, viajaríamos...

—Eso es escandaloso, George. Solo hemos comido juntos unas cuantas veces...

—¡Y habrá muchas más! También podemos escribirnos por e-mail, hablar por teléfono, vernos de vez en cuando. En Virgin River, pero también en Phoenix y en Seattle. Estos próximos seis meses pueden servirnos para ver si de verdad congeniamos tan bien como parece.

—¿A larga distancia? ¿Visitas ocasionales? —preguntó ella, poco convencida.

—Así tendrás tiempo de echar un vistazo a mis cuentas para estar segura de que no voy a birlarte tus ahorros —se rio de su propia broma—. Claro que teniendo cinco hijos como los que tienes, estás relativamente a salvo de un tipo peligroso como yo —la miró con expresión juguetona—. Ya no somos jóvenes, Maureen. Tenemos que asegurarnos de que nos sentimos atraídos el uno por el otro y de que nos llevamos bien, pero no debemos perder el tiempo. Cada día es un tesoro —alargó el brazo y apretó su mano—. Me siento muy atraído por ti. Me encantaría tenerte a solas un par de años en una bonita caravana.

Maureen se rio. Odiaba comportarse como una colegiala.

—¿Has perdido el juicio?

—He estado preguntándome qué podía hacer a partir de ahora. He tenido dos carreras muy satisfactorias, pero no puedo seguir predicando y enseñando eternamente. Me aburriría. En algún momento tengo que jubilarme. Cuando perdí a Mary, llené mi tiempo con distintas actividades: salía a cenar con amigos, iba al cine o al teatro... Tuve una vida muy agradable con Mary. La quería profundamente, como estoy seguro de que tú querías a Patrick. La echo de menos. Pero también echo de menos tener una buena amiga con la que compartir mi vida. Sé que lo que voy a decir no va a dejarte con la boca abierta, pero eres la primera mujer que conozco en años que de verdad podría ser esa clase de amiga. Es asombrosa la cantidad de cosas que tenemos en común.

—¡Pero si no tenemos nada en común! —exclamó ella—. ¡Yo soy católica y tú presbiteriano! ¡Yo casi fui monja y tú fuiste pastor!

—Una casi monja con cinco hijos en diez años y, para tu información, yo todavía estoy ordenado.

—¡Bah! —dijo ella—. A mí me gusta jugar al tenis, al golf y al bridge.

—Y a mí correr —dijo él— . Pero podría aprender a jugar al tenis. El golf siempre me ha gustado, pero con el bridge me aburro como una ostra.

Maureen rompió a reír.

—Yo también —dijo—. Pero las mujeres se reúnen para jugar al bridge, así que juego con ellas. Pero, George, no puedo comprometerme con un hombre al que hace tan poco tiempo que conozco y...

—¡Claro que no, Maureen! Lo que te propongo es que sigamos así. ¿Qué mal puede hacernos? Podemos seguir en contacto, vernos, ir conociéndonos mejor cada vez, pasar tiempo juntos siempre que podamos. Tú querrás venir a visitar a su nieta, y yo tengo que venir a ver a Noah para vigilar que no vaya por mal camino. Y dentro de seis meses estaremos más seguros de lo que queremos y de nuestra relación. Y, créeme, seis meses es mucho para un tipo de setenta años como yo.

Ella entornó los ojos.

—¿Cómo andas de salud?

—¡Estupendamente! Después de lo que le pasó a Mary por no querer ir al médico, me hago un chequeo completo cada seis meses. Tomo pastillas para el colesterol, pero en mi opinión es una pérdida de tiempo. Mi padre vivió hasta los ochenta y ocho.

—Yo tomo pastillas para el colesterol y para la tensión alta.

—¿No me digas?

—Y funcionan —se encogió de hombros.

—¿No es increíble? Mi médico dice que, mientras podamos diagnosticar y tratar estas cosas, va a costar mucho matarnos.

Maureen sacudió la cabeza y sonrió. No pensaba considerar siquiera aquella idea descabellada, pero sabía, sin embargo, que se lo pasaría bien con él. Que se lo pasaría en grande.

—Tendré que consultarlo con mi confesor —dijo.

—Como quieras —contestó George—. Pero ¿qué le vas a consultar? ¿Lo de conocerme mejor o lo de venir conmigo en la caravana?

Maureen no contestó. Se mordisqueó el labio y pensó en cuando había acudido al cura de su parroquia, siendo joven, para decirle que no podía seguir teniendo hijos. Que no se sentía con fuerzas. Había querido que le diera su bendición (la bendición de la iglesia) para utilizar anticonceptivos, antes de que perdiera la cordura y la salud. El cura no había sido de gran ayuda, y ella ya había intentado utilizar métodos naturales, controlando su ciclo, etcétera. De esos intentos habían nacido Sean y Patrick hijo. Chasqueó la lengua sin darse cuenta. De eso hacía más de treinta años y desde entonces la iglesia había hecho ciertos progresos al respecto. Pero tenía que reconocer que en su momento le había resultado muy duro aceptar algunas de sus normas.

—Olvida lo que he dicho —dijo de pronto—. ¿Qué has traído para comer?

—Unos sándwiches de embutido deliciosos, ensalada de col, té dulce y pastelillos de chocolate. ¿Qué te parece?

Ella le sonrió.

—Una maravilla.

George paró junto a la carretera, en un mirador, junto al mar. Se sentaron a la mesa y se comieron los sándwiches mientras hablaban de todos los sitios de Estados Unidos que no habían visto y que les encantaría visitar. Maureen vivía en Arizona y nunca había estado en el Gran Cañón; George quería viajar por Alaska y Canadá. Todo empezaba a sonar como un viaje fantástico, de ensueño.

—George —dijo ella— ¿y si uno de los dos se pone enfermo?

Él se encogió de hombros.

—No vamos a ir a la selva africana. Podemos parar en un hospital. Iremos al médico o... —de pronto sonrió—. Aunque deberíamos, si nos apetece.

—¿Qué?

—Ir a África. Y quizás hacer un largo crucero...

Maureen se recostó en su silla.

—¿Llevas muchos años soñando con esto?

George sacudió la cabeza.

—Al contrario. No sabía qué iba a hacer. Ya no soy joven. Tengo por delante unos cuantos años para viajar, pero luego seguramente tendré que establecerme en un sitio y conformarme con viajar muy de vez en cuando. A ti te queda más, supongo. Pero, si te digo la verdad, Maureen, todas estas ideas no se me habían ocurrido hasta que te conocí. Mary pensaba en cosas así, pero nunca pudimos ponerlas en práctica. ¿Sabes qué solía decir? Que su meta era que sus nietos preguntaran: «¿Alguien ha visto a la abuela?» —se echó a reír. Luego se puso serio—. Perdona, seguramente es una idiotez intentar tentarte con cosas que decía mi difunta esposa.

Pero a Maureen le encantó. ¡Hacía tanto tiempo que nada la tentaba! Ni un hombre, ni un entretenimiento, ni el riesgo, ni la temeridad, ni la vida misma. Le encantaría vender su piso, desprenderse de los muebles que atesoraba y a los que había sacado brillo durante años, unos muebles que nunca habían quedado bien en aquel piso tan moderno y elegante. Le encantaría entregar a sus hijos los recuerdos que había guardado para ellos. Los viejos dibujos del colegio, las notas y las huellas de las manos impresas en arcilla. ¿Y las figurillas de porcelana y cristal que le habían dejado su madre y su suegra? ¿Qué pasaría con ellas después de su muerte? Los chicos podían quedarse con todos los adornos de Navidad de su infancia, con sus dibujos de cuando eran pequeños, con sus trabajos del colegio; y sus mujeres podían quedarse con la plata y la vajilla de su bisabuela. De todos modos, no se sentaba por las noches a acariciar melancólicamente aquellos objetos cuando se sentía sola. ¡Prefería ver el Gran Cañón!

Pensó en ir visitando a sus nietos por todo el país, en llevarlos a pasar la noche a la caravana, en ir de viaje y comprarles regalos en Europa, en Asia, ¡en África!

Seis meses, había dicho George. Seis meses para ver si de verdad eran tan compatibles como parecían. De pronto se echó a reír. A su marido no lo había hecho esforzarse mucho más tiempo para conquistarla.

—¿De qué te ríes? ¿Te he ofendido? —preguntó George.

Ella tomó sus manos por encima de la mesa de la caravana.

—En absoluto. Creo que me habría encantado Mary. Habríamos sido amigas. A pesar de que fuera presbiteriana.

—Eso creo yo —contestó él—. Pero, Maureen, no creas que eres igual que ella. No me he fijado en ti porque te parezcas a mi difunta esposa. De hecho, sois muy distintas en muchos aspectos. Pero eso te lo contaré otro día. No es de buena educación hablar de tu mujer con tu novia —frunció ligeramente el ceño—. Tienes una expresión extraña. ¿Te molesta que hayamos hablado de ella? ¿No te gusta mi proyecto?

—No, no es eso en absoluto —contestó.

No quería demasiada información tan pronto, pero lo cierto era que ardía en deseos de hacer cosas. Cosas emocionantes y divertidas que nunca antes se le habían ocurrido. Cosas que podría compartir con alguien tan maravilloso como George. De pronto se dio cuenta de que, aunque había estado satisfecha esos últimos años, hacía mucho tiempo que no tenía ilusiones. De hecho, no recordaba cuándo había sido la última vez que se había sentido así.

CAPÍTULO 15

El mismo día en que George propuso la idea de la caravana, Vivian y Carl invitaron a cenar a Maureen. De hecho también invitaron a George, pero Maureen no estaba lista aún para una cita doble: era todo demasiado nuevo para ella. Se había ofrecido a hacer una cena rica, pero Vivian se había negado.

—Carl es un magnífico cocinero y le encanta cocinar. Sus hijos tienen planes esta noche y va a pasarse a hacer la compra cuando venga hacia aquí —le había dicho—. Por una vez, confórmate con ser una invitada.

Así que, después de pasar un par de horas jugando con Rosie, Maureen volvió a casa de Vivian para cenar. Vivian y Carl ya estaban en la cocina. Carl estaba dorando algo en una cazuela y Viv estaba picando verdura en la tabla de cortar.

—¡Maureen! —exclamó, encantada, limpiándose las manos con un paño—. Ya estás aquí. Este es Carl, el doctor Johnson.

Y cuando Carl se volvió y le tendió la mano, Maureen se encontró cara a cara con un hombre negro, muy alto y guapo.

—Carl Johnson —dijo él como si ella no hubiera oído su nombre.

—¿Cómo estás? —Maureen tomó su mano y lo miró. Lo primero que pensó fue que Vivian debería haberle mencionado que era negro. Desconcertada todavía, balbució—. ¿Johnson? ¡Eres sueco!

Él echó la cabeza hacia atrás y soltó una espléndida carcajada.

—¡Viv me había dicho que ibas a encantarme! Afroamericano, coreano, indio americano y caucásico —añadió.

—Es un placer. ¿Cuánto tiempo llevas en Eureka? —preguntó Maureen.

—Más de veinte años. Mi mujer era de Frot Bragg y acabamos montando la consulta aquí. Es un buen sitio para criar a los niños. Tengo un chico y una chica.

—Eso me ha dicho Vivian —dijo ella—. ¿Puedo ayudaros con la cena?

—Por lo que me han dicho, va a ser difícil que te quedes sentada sin hacer nada ni siquiera cinco minutos, pero puedes acercar un taburete a la barra del desayuno y darnos conversación. Te va a encantar esto —prometió él, volviéndose hacia la cazuela—. ¿Qué tal una copa de vino?

—Perfecto —respondió ella—. ¿Blanco y seco, quizá?

—Para ti, mejor tinto —dijo Carl—. ¿Qué te parece un merlot?

—Las horas de consulta han terminado, Carl —le reprendió Vivian mientras sacaba una copa y servía a Maureen el mismo chardonnay que estaba tomando ella.

Cuando tuvo su copa, Maureen dijo:

—Bueno, contadme cómo os conocisteis.

Carl tenía una risa profunda y vibrante que a Maureen le gustó enseguida. Era un hombre verdaderamente apuesto; sus orígenes mestizos daban a su tez el color del café con mucha leche, y sus ojos grandes y oscuros tenían un ligero sesgo casi exótico. Medía mucho más de metro ochenta, quizá uno noventa, mientras que Vivian era más bien bajita. Ella era de complexión menuda y él, en cambio, corpulento. Ella tenía el pelo rubio claro y él marrón oscuro. Y sin embargo parecían perfectos el uno para el otro. Bromeaban, se lanzaban pullas y se hacían pequeños gestos de afecto mientras trabajaban en la cocina.

—Es una historia muy aburrida. Mi socio contrató a Vivian. La clínica tenía cada vez más pacientes y, en lugar de contratar a otro médico, optamos por una enfermera especializada.

—Trabajé en una clínica ginecológica en Santa Rosa durante años antes de mudarme aquí con Franci. Pensaba que no me iba a ser fácil encontrar un buen trabajo por aquí, dado el tamaño del condado. Y resulta que acabé teniendo un trabajo estupendo en la mejor consulta médica de todo el estado.

Carl dejó un momento la cazuela y sonrió.

—Puede que en eso no esté siendo muy objetiva. Tenemos una clínica pequeña, pero agradable. Y trabajamos bien.

—Entonces, tu socio la contrató ¿y luego qué pasó? —preguntó Maureen sin rodeos.

Vivian y Carl se volvió y la miraron un momento, como si les extrañara su pregunta. Fue Carl quien contestó:

—Congeniamos enseguida, pero cuando empezamos a trabajar juntos mi mujer estaba muy enferma y murió poco después. Francamente, en ese momento no podía concentrarme en nada más. No le pedí a Vivian una cita hasta un año después de su muerte. Estamos saliendo desde entonces, hace poco más de un año. Pero solo hace dos años que falleció mi esposa, y a mis hijos, que tienen menos de veinte años, les está costando hacerse a la idea. Sobre todo a mi hija de diecinueve años. No me imagina con otra pareja y yo prefiero darle tiempo suficiente —sonrió, rodeó a Vivian con el brazo y la apretó contra sí—. Tiempo suficiente, pero no una eternidad. Está en la universidad, en segundo curso, y dentro de poco tendré que decirles que no son ellos los únicos que tienen derecho a vivir.

Carl preparó un gulash espléndido y mucho después de la cena seguían sentados alrededor de la mesa del comedor, charlando y riendo. Carl fue quien recogió la mesa y se encargó de servir la tarta de queso y el café de sobremesa. Cuando llegó el momento de fregar, Vivian y Carl no dejaron que Maureen entrara en la cocina. La mandaron al cuarto de estar a ver la tele, a leer o a coser, y prometieron reunirse con ella en cuestión de unos minutos.

Mientras estaba sentada en el sillón que solía utilizar, se descubrió pensando que, aunque había llevado una vida independiente y feliz, había permitido que sus horizontes se estrecharan demasiado. Tenías bastante amigas, pero en realidad eran poco más que conocidas: personas con las que se relacionaba desde hacía años y a las que sin embargo no se sentía tan unida como a Vivian, a pesar de que solo hacía unas semanas que se conocían. Se había mantenido constantemente ocupada: tenía actividades día sí y día no, y sin embargo no había nada que de verdad le pareciera estimulante. Nunca se arriesgaba, nunca intentaba nada mínimamente atrevido. Se había quedado pasmada al descubrir que Vivian estaba enamorada de un hombre negro. ¿Acaso no era eso estrechez de miras?

¿Qué ocurriría si ella, que había estado a punto de ser monja, se lanzara a recorrer el país en una autocaravana con un pastor presbiteriano?

Al final, fue lo que oyó en la cocina lo que la llenó de envidia. Cuando el agua dejó de correr y oyó los susurros y las risas suaves de la conversación de Carl y Vivian mientras guardaban los platos y los cubiertos, anheló todo aquello. Una relación romántica y profunda, amor y afecto, risas y aventura.

Oyó reír a Vivian y ronronear a Carl. Seis meses le parecieron de pronto mucho tiempo. En ese preciso instante, se hizo una promesa a sí misma.

«Tengo más de sesenta años. He tardado en alcanzar la lucidez. A partir de ahora, prometo ser incansablemente feliz, ridículamente osada, escandalosamente amplia de miras y apasionadamente optimista».

Al empezar la semana de Acción de Gracias, en concreto el domingo a mediodía, el bar de Jack estaba lleno de gente con cajas y bolsas llenas de comida no perecedera. Jack y el Reverendo llevaban varias semanas encargándose de recoger las donaciones para las cestas de Acción de Gracias. A Jack le gustaba la idea de presentar la comida en cestas bonitas y bien adornadas, pero era muy poco práctico para lo que tenían planeado. Al final, fue a un almacén y compró unas cuantas cajas bien robustas.

Desde hacía un par de meses, el Reverendo y él tenían encima de la barra un bote con un cartel que decía «donativos para cestas de Acción de Gracias». Habían recogido dinero más que suficiente para comprar pavo y jamón en conserva, manzanas y naranjas. Era la primera vez que lo hacían y calculaban que podrían repartir quince cajas de comida a personas y familias necesitadas. Noah Kincaid y Mel Sheridan habían hecho una lista de personas que podía necesitar ayuda. Si quedaba algo de comida después de repartir las cajas, a Mel no le costaría dar con más nombres. Tenía muchísima experiencia en esas cosas.

Jack estaba supervisando el llenado de las cajas: latas de verduras, leche en polvo, puré de patatas instantáneo, arroz, salsa para el pavo, relleno en conserva, y hasta arándanos en lata. Había cosas que en realidad no tenían cabida en el menú de Acción de Gracias, pero que la gente se alegraría de tener si andaba escasa de dinero: macedonia de frutas, jamón y alubias en conserva, chili, lentejas, judías blancas, caldo de pollo.

—¿Salchichas de cóctel? —preguntó, levantando una latita—. ¿A quién se le ocurre darle salchichas de cóctel a una familia necesitada?

—Puede que haya sido yo —contestó Hope McCrea, y se subió las grandes gafas negras por la nariz.

—La lata está hinchada —dijo Jack.

—Hace mucho tiempo que no me apetecen las salchichas de cóctel —contestó Hope, impertérrita.

Jack tiró la lata a la basura.

—Lo siento, Hope. No podemos arriesgarnos a matar a alguien la primera vez que hacemos esto —sacó una bolsa de plástico llena de pequeños abrelatas y se los fue pasando a su mujer, a Noah y Ellie, al Reverendo y a Paige, a Mike y a Brie. George Davenport también estaba allí, claro.

—Aseguraos de que haya uno en cada caja. Mel, ¿te estás ocupando de las cajas para familias con niños pequeños? Tenemos pañales, leche de fórmula y comida para bebés.

—Estoy en ello —contestó ella—. Los casos más urgentes que vemos Noah y yo son familias con niños pequeños, o bien ancianos. ¿Verdad, Noah?

—Sí —contestó él.

—Hay más de quince familias que necesitan ayuda —dijo Jack—. Deberíamos haber empezado a hacer esto hace años. Reverendo, ¿por qué no lo hemos hecho nunca? —preguntó.

—Porque hacemos todo lo demás —contestó el Reverendo.

Y era cierto: si alguien necesitaba ayuda, siempre procuraban dársela. No era raro ver a Jack y al Reverendo metidos debajo del capó de un coche o de una camioneta, o haciendo la compra para viudas o madres jóvenes mientras iban a comprar las cosas que necesitaban para el bar. Ayudaban a Mel y a Cameron en la clínica cuando se lo pedían, y siempre estaban disponibles si hacía falta montar una batida de búsqueda y rescate por las montañas. El invierno anterior, un autobús escolar se había salido de la carretera y había caído por una ladera, y todos los hombres se habían presentado al instante, listos para ayudar a los equipos de emergencia. Jack fue el primero en presentarse, seguido por el Reverendo.

Noah se rio al oír el comentario del Reverendo.

—Por lo que he podido ver, la gente de este pueblo arrima el hombro siempre que puede. Mi casa está casi habitable gracias a los vecinos. Puede que este año no podamos asar un pavo, pero allí estaremos para Navidad. Los niños van a recibir a Santa Claus en su propia casa —miró a su alrededor—. ¿Quién se apunta para repartir estas cajas de comida?

Todos levantaron la mano. Noah se rio otra vez.

—Entonces me parece que vamos a acabar enseguida. Pero no dejéis ninguna en la puerta. Tenéis que dejarlas en manos de un adulto, o podría meterse algún animalillo dentro. Si no hay ningún adulto en casa, volveremos otra vez. Sé que hasta el jueves no es Acción de Gracias, pero creo que lo más práctico es repartirlas ahora. Los que puedan intentarán guardar estas cosas para la cena de Acción de Gracias y los que no... —hizo una pausa—. No pueden esperar —dijo por fin.

—Me avergüenza un poco que haya tenido que venir un predicador de ciudad para poner en marcha una iniciativa así en nuestro pueblo —dijo Jack—. Deberíamos haberlo hecho nosotros. Vamos a empezar a trabajar enseguida para Navidad. Y luego para el Cuatro de Julio del año que viene. Y Hope, no metas más salchichas en las cestas.

—Nunca se sabe a quién puede apetecerle una salchicha —contestó la anciana con un brillo en los ojos.

—Daría cualquier cosa por ver el interior de ese mausoleo en el que vives —masculló Jack.

—Está lleno hasta el techo de latitas de salchichas de cóctel —replicó ella.

Se abrió la puerta del bar y entraron Dan Brady y Cheryl Creighton. Dan llevaba una caja grande y Cheryl dos bolsas.

—¿Llegamos a tiempo de añadir esto a las cestas de Acción de Gracias? —preguntó él—. Queríamos hacerlo antes, pero...

—Llegáis a tiempo, no hay problema. De hecho, si no me equivoco, puede que con eso ya sobren cosas, lo que significa que podemos añadir un par de familias a nuestra lista —dijo Jack. Miró el interior de la caja que sostenía Dan y sacó un tarro lleno de un líquido oscuro—. ¿Zumo de ciruela? —preguntó.

—No pienso beberme eso. Jamás —dijo Dan.

—Jack —dijo Noah, divertido. Puso una mano sobre el hombro de Jack y lo zarandeó un poco—. No puedes ponerte a criticar los donativos de la gente —pero siguió riéndose.

—Sabe fatal, pero es muy nutritivo —afirmó Cheryl—. Tiene un montón de vitaminas. Y me he pasado por el bar de carretera en el que trabajaba antes y he convencido al dueño de que nos diera algunas latas de comida de tamaño grande. Están ahí fuera, en la camioneta de Dan. Seguramente se os ocurrirá algún modo de repartirlas.

Jack la miraba con una sonrisa.

—Me alegro de que estés aquí —dijo—. No sé cómo se te ha ocurrido emparejarte con ese chalado —añadió sonriendo a Dan—, pero me alegro mucho de que estés aquí. Gracias.

Ella entrelazó sus dedos con los de Dan y sonrió.

—No hay por qué darlas.

—¿Has puesto en venta tu casa? —preguntó Jack.

—Sí. Los de la inmobiliaria piensan que se venderá bastante rápido. Dan la ha dejado preciosa.

—¿Volveréis por aquí después de venderla? —preguntó Jack—. Quizá me dejéis que os invite a cenar.

Ella se rio. Durante sus días de borrachera, Jack no la dejaba entrar en el bar.

—Pero ¿aquí se sirve comida? —enlazó a Dan por la cintura y él le rodeó los hombros con el brazo—. Sí, me pasaré por aquí de vez en cuando para saludar.

—Nos encantaría, Cheryl —dijo el Reverendo—. Ven el jueves si no tienes otros planes.

—Trabajo toda la semana.

Dan se rio y la estrechó entre sus brazos.

—Esta semana, no, cariño. Es Acción de Gracias.
Ella pareció sorprendida un instante.
—¿Y abrís en Acción de Gracias? —preguntó.
—A unos cuantos nos gusta reunirnos —contestó el Reverendo—. Y hago toda una exhibición culinaria. No deberías perdértelo. Es a las cuatro.

Franci había estado tan atareada las últimas semanas que no había vuelto a pensar en T.J. Brookner. A veces, cuando estaba en la facultad, pensaba en su breve noviazgo y en las ásperas palabras que le había dedicado él en el momento de romper, y se decía: «¡De buena me he librado!». Se preguntaba cuánto tiempo más podría haber estado con T.J., dejando que él pidiera la cena, o que le dijera qué debía gustarle y qué no, si no hubiera aparecido Sean. Se alegraba infinitamente de haber roto con él, sobre todo después de haberle visto montar en cólera. Había sido horripilante.

Luego, de pronto, descubrió por casualidad una nueva faceta de aquel hombre.

Había estado un rato entrenando en la sala de pesas de la facultad y acababa de darse una ducha cuando oyó a un par de mujeres hablando junto a las taquillas mientras se secaba.

—Se acabó, tengo entendido —estaba diciendo una—. Es probable que vayan a despedirlo. Bendita Internet, ¿eh?

—¿Ha sido como me han dicho? —preguntó otra mujer—. ¿Lo pillaron con las manos en la masa? ¿Con una minicámara?

—Con los pantalones bajados, literalmente —contestó la primera—. Tuvo que ser fantástico. ¿Qué te parece? Llevaba años haciéndose la víctima, quejándose de que corrían rumores sobre él solo porque era un poco guapo y las chicas coqueteaban con él. Pobre Profesor Cañón, pillado in fraganti con dos rubias de dieciocho años desnudas.

Se rieron las dos. Franci sofocó un grito de sorpresa y dejó caer la toalla.

—Dicen que el *ménage à trois* empezó en Cabo en su último viaje de buceo. Imagino que pensó que tenía perfectamente dominadas a las chicas, y resulta que eran ellas las que tenían la sartén por el mango. Una de ellas llevaba una cámara escondida y colgó el vídeo en Internet. Por los comentarios que ha hecho la gente, no era la primera vez, ni mucho menos. Lleva haciéndolo desde siempre.

Franci se acercó un poco para oírlas mejor. ¿Cabo?, pensó. ¿Qué había de aquello que le había contado T.J. acerca de que siempre había otra persona presente? Se suponía que todavía eran novios cuando había hecho aquel viaje. ¡Menudo caradura!

—A mí él me parece un imbécil, pero ¿a qué viene tanto jaleo? ¿Va contra la ley o algo así?

—No sé si va contra la ley. Dicen que todas consentían, pero al decano no le ha hecho ninguna gracia que se tire a las alumnas en los viajes programados por la facultad. Hay normas respecto a eso. Nada de líos con las alumnas. Y los comentarios que corren no lo dejan muy bien parado. Por lo visto lleva años manipulando a las alumnas para ponerlas en situaciones sexualmente comprometidas. La gente que lleva más tiempo por aquí cuenta que su mujer lo dejó porque no paraba de acosar a las alumnas de primero.

—No es el primero al que le gustan jovencitas...

Las voces se apagaron cuando se abrió la puerta del vestuario y salieron las dos mujeres. «Y yo me creí todo lo que me dijo», pensó Franci, desanimada.

Se puso sus vaqueros y su sudadera. Tenía tanta prisa por salir de allí que metió el sujetador en el bolso y se puso las botas sin calcetines. Se marchó del gimnasio sin secarse el pelo y salió a la calle con la cabeza mojada. Tenía el estómago revuelto. Imágenes que no podía controlar asaltaban su cerebro. Chicas de primer curso, alumnas vulnerables de las que se aprovechaba un hombre de cuarenta años, un profesor. ¿Cambiaba sexo por notas?

«Tú me das credibilidad», le había dicho T.J. Nadie chismorreaba sobre él teniendo una novia con su físico y su intelecto.

Así que había sido para él una simple tapadera. De pronto se sentía violentada.

Condujo hasta casa aturdida.

Pisó a fondo el acelerador, ansiosa por ver a Sean. No se le ocurrió ni por un momento ocultárselo. Cuando entró en su casa, Sean estaba sentado a la mesa del comedor con el periódico desplegado ante sí.

—¿Dónde está Rosie? —preguntó antes de saludar.

—Mi madre ha ido a recogerla. Se iban a parar a hacer la compra. Maureen va a cocinar para... Oye, estás blanca como la pared —se levantó—. ¿Qué pasa? ¿Has tenido un accidente o algo así?

Franci se quedó mirándolo un momento. Pensó en contárselo allí mismo, pero se acercó a él y dejó que la abrazara.

—Casi —contestó—. Abrázame. Luego te lo contaré todo.

—¿Estás bien?

Ella se apretó contra su cuerpo. De pronto comprendió, inquieta, que en realidad apenas sabía nada de T.J. De Sean, en cambio, lo sabía todo. Conocía sus puntos fuertes y sus flaquezas. Él nunca le había mentido. La primera vez que se vieron, hacía un mes, había pensado que iba a destrozarle la vida. Había deseado literalmente partirle la cara. Ahora, en cambio, corría a sus brazos en busca de apoyo y consuelo. Era su mejor amigo. Un hombre en el que sabía que podía confiar.

—Sí, ahora ya estoy bien —respondió.

Aiden llegó a Virgin River el martes a última hora con intención de quedarse hasta el domingo. No llevaba allí mucho tiempo cuando se dio cuenta de que las relaciones en el seno de su familia estaban transformándose rápidamente. Encontró a su hermano mayor muy domesticado, mimando a su bella y joven esposa, siempre pendiente de ella. Si la veía entrar en la habitación con la cesta de la colada, corría a quitársela de las manos. Si la veía subirse a un taburete para alcanzar el estante más alto de un armario de la cocina, se apresuraba a bajarla de él y a agarrar lo que estuviera buscando. Aiden estaba ansioso por cenar con ellos para ver si también le cortaba la carne.

En cierto momento en que pilló a Shelby a solas un momento, le preguntó:

—¿Cuándo sales de cuentas?

—¿Cómo lo has adivinado?

—Nunca he visto a Luke comportarse así. Tan tierno, tan atento, tan mimoso.

—Y tan exasperante, empalagoso y paternal. No sé la fecha. Todavía no he ido al médico, pero sospecho que fue en la noche de bodas, como planeaba Luke.

Aiden se rio.

—Más vale que tengáis cuidado, a no ser que queráis tener seis.

—Bueno, dos puede que tenga, pero seis, no —sonrió—. Tendrá que hacerse la vasectomía.

—Admiro a las mujeres previsoras —dijo Aiden con una sonrisa—. Enhorabuena.

—Supongo que no tiene sentido guardarlo en secreto, ya que lo sabéis Sean y tú. Y si lo sabe Sean, lo sabe Franci. Y si no se lo decimos pronto a Maureen, se sentirá excluida.

—Hablando de Maureen, ¿no te está volviendo loca?

Shelby sacudió la cabeza.

—Me siento muy culpable por que no esté viviendo aquí, con nosotros, pero es muy lista. Entre dos mujeres que pasan mucho tiempo bajo el mismo techo siempre acaba habiendo una lucha de poder. Pero no en el caso de Maureen y Vivian. Entre ellas parece haber un vínculo especial. Luke dice que son una pareja de lo más extraño —dijo con una sonrisa—. Pero la verdad es que parece que se llevan muy bien.

—El mérito es mío —afirmó Aiden.

Shelby se echó a reír.

—Me encanta tu humildad.

—En serio. Le aconsejé que no estorbara. No sé mucho de madres e hijas. Puede que se lleven bien cuando la visita se alarga. Te aseguro que todos los Riordan idolatramos a nuestra madre, no hay mujer a la que admire más, pero no quiero convivir con ella más de cuatro días seguidos. Y no me preocupaba cómo te llevaras tú con ella, Shelby. Me preocupaba que Luke la estrangulara a los dos días.

—Pero ¿por qué?

—Maureen es muy comprensiva con todo el mundo. Sabe hacer que la gente se sienta a gusto, que esté cómoda con ella. Pero con sus hijos pone el listón muy alto. Intenta refrenarse, pero siempre acaba opinando sobre cómo debemos vivir nuestra vida. Y ni uno solo de nosotros ha hecho las cosas como a ella le habría gustado.

—¿Qué? ¡Eso no puede ser verdad! ¡Está muy orgullosa de todos vosotros!

—Sí, ya —Aiden se rio—. Excepto por algunas cosillas. Luke pasó demasiado tiempo soltero después del fracaso de su primer matrimonio. Colin ha tenido problemas con las mujeres desde que tenía quince años. Conmigo se llevó un desengaño porque solo estuve casado tres meses. Cree que no me esforcé lo suficiente. Sean ha tenido una hija fuera del matrimonio. Y se rumorea que Patrick, su orgullo, su niño, su alegría, está pensando en casarse con una chica que no es que no sea católica, ¡es que es agnóstica! ¿Sabías que mi madre estuvo a punto de ser monja?

—Sí, ya lo he oído. Puede que eso explique algunas cosas.

—Créeme, conozco a monjas más liberales que Maureen —se rio y sacudió la cabeza.

—Tu hermano está preocupado por ella. Pensaba hablar contigo sobre eso. Quizá tú puedas echar una mano. Parece que a ti te hace más caso.

—¿Qué ocurre?

—Puede que no sea nada. La verdad es que yo ni siquiera me di cuenta al principio. Un amigo muy amable del pastor presbiteriano estuvo hablando con nosotros una noche, mientras cenábamos en el bar de Jack, y Maureen se lo sacudió de encima como si fuera un moscardón. La invitó a salir a cenar y ella le mintió y le dijo que no porque había enviudado recientemente. Es un hombre encantador: guapo, divertido, y solo unos años mayor que ella. Luke se lo reprochó y ella le dijo que no pensaba salir con nadie jamás, ni siquiera para conversar. Que eso para jovencitas.

Aiden levantó las cejas, sorprendido.

—¿En serio? Nunca me he parado a pensarlo, pero suponía que salía de vez en cuando y que simplemente no nos lo decía. Ella es así. Puede ser tan reservada que casi parece hermética. Yo no quería meterme donde no me llamaban, pero parecía estar siempre muy ocupada, siempre atareada con algo. En realidad odiaba pensar que mi madre se pasaba la vida colaborando en la parroquia o saliendo con otras viudas. Es guapísima y puede ser muy divertida. Siempre me ha extrañado un poco que no haya vuelto a casarse, aunque los primeros años, después de la muerte de mi padre, reconozco que me alegró que no encontrara pareja enseguida.

—¿Te alegró?

—No quería que se precipitara porque se sintiera sola y que resultara ser un error. Pero después de doce años, cada vez resulta más duro verla siempre sola.

—No está sola —contestó Shelby—. Tiene un millón de amigas y montones de cosas que hacer, pero cree que es demasiado mayor para enamorarse.

Aiden sonrió.

—El año pasado tuve una paciente cuya madre acababa de casarse en segundas nupcias a los ochenta y tres años. Se puso un vestido blanco de encaje —se echó a reír—. Y sus zapatos ortopédicos. Mi paciente decía que su madre había estado un mes como en una nube. Era verdadero amor. Prefiero pensar que mi madre está abierta a algo así.

—¿Intentarás hablar con ella, entonces? ¿Tendrás cuidado?

—No me queda más remedio que tenerlo. Mi madre solo habla de cosas personales si atañen a sus hijos —rodeó a Shelby con el brazo y la apretó—. No te preocupes por Maureen, Shelby. Creo que es feliz con su vida. Si no quiere que sea más satisfactoria, a fin de cuentas es decisión suya.

«Y si ni siquiera sabe lo que se está perdiendo, tiene suerte», añadió para sus adentros. Él, por su parte, era muy consciente de lo que le faltaba.

Maureen tenía previsto cocinar en casa de Luke la víspera de Acción de Gracias. Fue en coche al supermercado, compró todo lo que necesitaba y regresó a Virgin River. Sean no había llevado a Rosie al colegio para que pudiera conocer a su tío Aiden antes de la gran cena de Acción de Gracias. Maureen iba a hacer lo que más le gustaba: pasar tiempo con su familia y prepararles sus dulces favoritos. Lo único que faltaba para que todo fuera perfecto era que Paddy y Colin estuvieran allí, pero ninguno de los dos estaba de permiso. Habría sido maravilloso compartir el día de Acción de Gracias con George, pero él, naturalmente, estaría con Noah y su familia.

Cuando llegó a casa de Luke, Aiden estaba esperando en el porche con una taza de café en la mano. Dejó la compra en el coche y se acercó a él. Su hijo apoyó la taza sobre el barandilla del porche y la abrazó, riendo.

—Estás fantástica —dijo—. Creo que ser abuela te sienta bien.

Maureen se apartó de él.

—No sabes cuánto, Aiden. Rose es absolutamente maravillosa.

—Eso tengo entendido. No tardará mucho en llegar. Sean ha llamado para decir que venían de camino. Me extraña que hayas llegado antes que ellos.

—He salido temprano —dijo ella—. Tengo la compra en el coche. ¿Me ayudas a traerla?

—Será una broma, ¿no? Entra y sírvete una taza de café mientras voy a por la compra.

Cuando toda la compra estuvo sobre la encimera de la cocina, Maureen y Aiden se sentaron a la barra del desayuno con un café para mantener una larga conversación. Estaban solos, lo cual era raro. Luke y Art habían salido a hacer un recado y Shelby estaba en la facultad.

—Cuéntame qué tal tu visita hasta ahora —dijo Aiden—. ¿Qué tal van las cosas entre Franci y Sean?

Ella levantó una ceja.

—¿No has hablado con tu hermano?

—Varias veces, pero me interesa saber tu opinión.

—Si su relación tiene el más mínimo fallo, no sé cuál es, como no sea que no están casados. Bueno, lo retiro: el único fallo es que estamos todos un poco nerviosos pensando en dónde van a mandar a Sean y cuándo. Por lo demás, se les ve muy felices.

—A mí también van a trasladarme dentro de poco —dijo Aiden—. Sean ya se ha pasado de plazo. Cualquier día recibirá la notificación oficial. Y no quiere arrancar a Rosie y a Francine de su hogar y de su rutina cuando puede que le asignen otro destino dentro de un mes o dos.

—¿Y tú, Aiden? —preguntó su madre—. ¿Qué esperas que pase?

—No tengo ni idea. He solicitado una beca de investigación en la especialidad de embarazos de alto riesgo, pero no sabré nada hasta la primavera —contestó él—. En cuanto a la familia de Sean, hasta que no le asignen destino permanente, es mejor que Franci se quede donde está, en su casa, con un trabajo que le gusta y una madre que puede ayudarla a cuidar de Rosie.

—Rosie va a echar mucho de menos a tu hermano cuando se vaya a Beale —comentó Maureen—. Están juntos todos los días.

Aiden se rio, sacudiendo la cabeza.

—Y eso que no quería tener hijos.

—Los dos hombres más tercos de la familia —dijo Maureen—. Luke y Sean, los mayores playboys de Occidente. Comparados con ellos, los demás siempre habéis parecido monaguillos, y los dos están completamente domados por sus mujeres. Aunque tampoco se han dado prisa que digamos. Me alegro de haber vivido lo suficiente para verlo. Patrick es joven y le he oído hablar de la misma chica más de dos veces, pero me pregunto qué tal le irá a Colin.

—A ese tal vez convenga que lo descartes, mamá —dijo Aiden—. Para domesticar a Colin haría falta una mujer especial de verdad. Es muy bruto.

—¿Más que Luke? —preguntó ella, levantando una ceja.

—Debes de haber encendido un millón de velas para que Luke se encontrara con Shelby. Es una entre un millón.

—¿Y tú, Aiden? —preguntó su madre con insistencia.

Él se recostó en la silla y respiró hondo.

—Yo estoy viviendo una transición interesante, mamá, y está muy relacionada con las mujeres. Tú sabes que no estoy esquivando el matrimonio, pero están a punto de trasladarme, la Marina necesita oficiales médicos a bordo y no me apetece pasarme dos años en un enorme barco gris, apartado de mi especialidad. Además, es poco probable que encuentre a mi media naranja en el mar. Si no me dan esa beca, quizá tenga que considerar otras alternativas.

—No puedes retirarte —afirmó ella.

—No, es demasiado pronto. Pero puedo dejar el Ejército.

—¿Y hacer qué? —preguntó su madre.

—Seguir ejerciendo la Medicina, obviamente. Tocoginecólogo, claro. Puede que me dedique a ello como civil.

—¿Dónde, Aiden?

—No tengo ni idea —respondió—. Solo lo estoy pensando.

—¿Y ahora mismo no hay ninguna mujer especial en tu vida? —preguntó su madre.

Aiden se inclinó hacia ella.

—No, madre. Por desgracia. Bueno, creo que ya hemos hablado de casi todo el mundo. Pero solo casi. Faltas tú.

—¿Yo? —preguntó ella, sorprendida, y se puso un poco colorada.

—Sí, tú. Luke me ha contado una cosa muy extraña. Por lo visto le diste calabazas a un hombre encantador diciéndole que hacía poco tiempo que eras viuda.

—Ah, eso —Maureen se rio, haciendo un ademán para quitarle importancia al asunto—. Fue el amigo del pastor presbiteriano, que había venido a pasar unos días de visita. Volví a encontrarme con él y le pedí disculpas. Fue muy amable, como yo esperaba. Está todo olvidado. Pero ¿por qué le preocupa a Luke?

—No solo le preocupaba a él, mamá. Imagino que, como estás siempre tan ocupada, ninguno de nosotros ha contemplado nunca la idea de que no estés saliendo con hombres. De que los estés evitando deliberadamente. Yo, por ejemplo, suponía que de vez en cuando salías con alguien. Pensaba que, cuando pasaran unos años de la muerte de papá, encontrarías un hombre con el que te apetecería volver a casarte. Eras tan joven cuando murió... Pero lo que le dijiste a Luke nos ha preocupado. Parece como si no tuvieras ningún interés en relacionarte siquiera con el sexo opuesto. Cuéntame qué pasa con eso.

—¡No seas ridículo! —exclamó ella, ligeramente indignada—. ¡No voy a hablar con mi hijo de eso!

—¿Por qué no? Tú nos preguntas por nuestras novias constantemente.

—¡Y casi nunca me decís nada!

—Eso es porque la información que podríamos darte sobre el tema no es muy adecuada para que la oiga una madre. Por lo menos, hasta que Luke y Sean se dejaron cazar. Tú misma lo has dicho: dos de tus hijos, por lo menos, eran los mayores playboys de Occidente. No creo que te hubiera gustado conocer con detalle sus experiencias amorosas.

—Ya sabía yo que era eso lo que pasaba —dijo ella, sacudiendo la cabeza— ¡Como si a mí pudieran ocultarme algo! A veces me pregunto quién los crio.

—Pero todo eso es agua pasada. ¿Qué me dices de ti?

—¿Qué pasa conmigo?

—¿Te niegas a salir con hombres? ¿Has tomado la decisión de no volver a tener pareja? O, mejor dicho, ¿has decidido no contemplar siquiera esa posibilidad?

—Pero ¿tú te estás oyendo? —preguntó Maureen—. ¿Se puede saber a ti qué te importa? O a Luke.

—O a Sean, e incluso a Patrick. Colin es tan obtuso que no se interesa por la vida amorosa de nadie, excepto por la suya.

—¡Dime que eso no es verdad! —exclamó su madre, atónita—. ¡Dime que no habláis de mi presunta vida amorosa!

Aiden se inclinó hacia ella sobre la barra del desayuno.

—Mamá, eres una mujer muy atractiva que acaba de entrar en la sesentena. Eres inteligente y enérgica y, que yo sepa, gozas de una salud excelente. Lo sé de buena tinta: me pasas los resultados de tus análisis y los informes de todas tus citas con el médico.

Maureen hizo una mueca.

—Te escuché lamentarte muchas veces cuando intentabas aprobar tus exámenes, así que creo que me he ganado ese derecho, ¿no?

—Yo no me he quejado —repuso él—. Me alegra saber exactamente cuál es tu nivel de colesterol y qué tensión tienes.

Alguien tiene que saberlo en esta familia. Me he propuesto hacer todo lo posible para que tengas una vida plena y feliz hasta que seas extremadamente vieja. Pero, mamá, eres demasiado joven y vital para renunciar a una vida sexual normal. Todavía puedes disfrutar plenamente esa faceta de la vida.

Maureen se puso pálida.

—¿Cómo te atreves a decirle eso a tu madre? —preguntó en un susurro.

—Soy ginecólogo. Se lo digo a montones de mujeres de cincuenta y sesenta años. Y de setenta, por si tienes curiosidad. De hecho, en consulta soy mucho más directo, y espero que tu médico también lo sea. Y ahora volvamos a la pregunta del principio. ¿Has tomado la ridícula y arbitraria decisión de no plantearte siquiera tener pareja?

Justo en el momento crítico, se abrió la puerta de la casa de Luke y entró Rosie brincando y agitando sus rizos rojos.

—¡Abuela! —gritó, corriendo a subirse a su regazo—. ¿Vamos a pescar?

—Estás obsesionada con la pesca —dijo Maureen—. ¡Creía que te apetecía hacer tartas con la abuela!

—¡Quiero pescar! —contestó la niña, abrazándose a su cuello.

—Está bien, está bien. Pero primero quiero que conozcas a tu tío Aiden —hizo volverse a Rosie sobre sus rodillas—. Rosie, este es Aiden. Aiden, esta es Rose.

—Rosa Silvestre de Irlanda —dijo la pequeña con una sonrisa.

Aiden se rio y le tendió la mano.

—Eso he oído. Encantado de conocerte.

—¡Vamos a pescar! —exclamó ella.

Sean entró en la casa.

—¡Papá! ¿Nos vamos a pescar ya?

—Sí, vámonos de una vez, renacuaja. No ha parado de pedírmelo desde que le dije que íbamos a venir a casa del tío

Luke a pasar el día. Claro que su idea de pescar consiste en tirar pan al río para las truchas. No pescamos ni por casualidad.

—Cuando vuelvas de pescar, tendré preparada la masa, Rosie —dijo Maureen. Bajó a Rosie de sus rodillas, revolvió en un armario en busca de pan y le dio varias rebanadas a Rosie—. Recuerda: solo puedes acercarte al río con papá o mamá.

Aiden se ofreció a acompañarles y, mientras iba a buscar su chaqueta, Sean y Rosie salieron y echaron a andar hacia el río. Aiden se puso la chaqueta y le dijo a Maureen:

—Podemos continuar esta conversación después.

—No creo —contestó su madre—. Sois más cotillas que un montón de viejas y creo que va siendo hora de que os metáis en vuestros asuntos.

Aiden se inclinó hacia ella y la besó en la mejilla.

—Qué más quisieras tú.

CAPÍTULO 16

El Día de Acción de Gracias tenía un significado especial para John Middleton, Reverendo para sus amigos. Su madre había fallecido en torno a esos días cuando él tenía diecisiete años, y durante muchos años después de su muerte, cuando se acercaban las fiestas, se había esforzado por sobrellevarlas lo mejor que podía. Siempre se sentía aliviado cuando pasaban aquellas fechas. Pero, tras descubrir Virgin River y conocer a Paige, su mujer, todo en su vida había cambiado, y ahora esperaba con ilusión la llegada de las fiestas. Tenía muchas cosas por las que dar gracias.

Todos los días de Acción de Gracias, el Reverendo preparaba un gran pavo y mantenía el bar abierto para todo aquellos que no tuvieran compromisos en otra parte. Se había convertido en tradición servir una gran cena gratis para los amigos y para cualquier desconocido que pasara por allí. El Reverendo podría haber utilizado su casa para agasajar a sus invitados, pero no habría sido lo mismo. Además, le gustaba la idea de tener el bar abierto para los forasteros que estuvieran de paso o que se vieran obligados a hacer un alto allí en un día tan señalado.

Mel Sheridan y el doctor Michaels iban a turnarse en fiestas ese año. Como Cameron y su mujer habían tenido gemelos hacía poco, querían tomarse unos días de vacaciones en Navidad, así que Mel y Jack iban a pasar Acción de Gracias en casa de la familia de Mel en Sacramento. No faltarían, sin embargo, los invitados en la gran cena del Reverendo.

Paige y él juntaron las mesas del bar para formar una sola mesa larga y ancha. Paige la decoró con una cornucopia llena de calabazas y hojas de colores. Puso también velas de color naranja que daban una luz suave. Cada sitio de la mesa estaba señalado por un pavo de cartulina hecho por su hijo Christopher y por ella. Al mirar la larga mesa, el Reverendo sonrió y dijo:

—Tú sí que tienes clase, nena.

A las cuatro en punto sacó el pavo del horno para dejarlo enfriar una hora antes de trincharlo. Los platos de guarnición estaban listos y los aperitivos sobre la barra. Había puesto a respirar un cabernet, tenía una chardonnay en el congelador, zumo y refrescos fríos para los niños y los abstemios, los vasos de agua estaban llenos y el café listo para hacerse. El Reverendo paseó la mirada por el bar, henchido de orgullo.

Los primeros en llegar fueron Rick y Liz, que ayudaron a entrar a Lydie, la madre de Liz. Luego llegaron Connie y Ron, de la tienda de la esquina. Joy y Bruce, dos buenos amigos que vivían en aquella misma calle, hicieron acto de aparición y justo detrás de ellos llegó Hope McCrea. Poco después se presentaron Cameron y Abby con sus gemelos, Julia y Justin, tan cargados de artículos para bebés que podrían haber puesto una guardería. El Reverendo, que sostenía en brazos a su hija pequeña, Dana Marie, se echó a reír al darse cuenta de que, en efecto, habían abierto una guardería.

Sonrió de oreja a oreja cuando la puerta se abrió de nuevo y entraron Dan Brady y Cheryl. Había confiado en que acudieran, pero no sabía si Cheryl iba a sentirse a gusto entre ellos. Después de superar sus problemas con el alcohol, le había costado un tiempo acostumbrarse a la idea de que la gente de Virgin River no la despreciaba en absoluto. En realidad, todo el mundo estaba muy orgulloso de ella.

Paige y el Reverendo pasaron los aperitivos y las bebidas y, cuando llevaban veinte minutos charlando, las mujeres empezaron a sacar las guarniciones con las que iban a acompañar el pavo, a acomodar a los niños en sus tronas y a buscar platos para todo el mundo. Entonces y solo entonces sacó el Reverendo el pavo en una gran bandeja, rodeado de manzanas asadas y perejil. Lo puso delante de su sitio, a la cabecera de la mesa, y se deleitó oyendo las exclamaciones de admiración de los invitados mientras se preparaba para trinchar.

Justo en ese momento se abrió la puerta del bar y un hombre apareció en el hueco. Tenía el pelo bastante largo y parecía un poco desaliñado. Llevaba deshilachado el cuello de la chaqueta.

—Ah, perdonen. Pensaba que estaba abierto.

—Pasa, pasa —dijo el Reverendo—. Llegas justo a tiempo.

—No, no —dijo el desconocido, sacudiendo la cabeza—. Ya veo que están cenando. Y tengo a la familia en el coche. Vamos a casa de mis suegros, al condado de Trinity, y el coche ha empezado a hacer ruidos raros, así que hemos decidido parar un rato. Pero voy a echar un vistazo al motor y seguimos.

Dan Brady se levantó.

—Dile a tu familia que entre, hermano. Cenad con nosotros y luego echaremos un vistazo al coche. Por lo menos no os iréis con hambre.

—Yo, eh... Llevamos unos sándwiches en el coche para los niños...

—Será un placer que os unáis a nosotros. Por favor. Nadie paga por una comida o una bebida, ni siquiera por la reparación de un coche, un día como hoy. Es un día para la familia —dijo el Reverendo—. Pasad y os presentaré a todo el mundo. Acompañadnos. Será un honor.

En casa de los Riordan, Luke había comprado una par de mesas y sillas plegables para la cena de Acción de Gracias. Con ayuda de Art, recolocó los muebles y dejó sitio para que las mujeres montaran la mesa de la cena.

—No se me dan muy bien estas cosas —le dijo Shelby a su suegra.

—¡Qué tontería! Has rellenado el pavo y se está asando estupendamente. De momento lo has hecho fenomenal.

—He seguido las instrucciones de mi tío Walt. Es un cocinero excelente. No tenemos platos suficientes, así que mi prima Vanni va a traer algunos de su madre y unos manteles para la mesa. No va a quedar muy bonita, con los platos y los cubiertos desparejados, pero...

—Cariño —dijo Maureen, poniéndole una mano en el brazo para hacerla callar—, no se me ocurre nada que puedas hacer para que todo sea más perfecto.

Shelby sonrió y se inclinó hacia ella.

—A mí sí —le dijo en voz baja—. Tienes que dejar que lo anuncie Luke, pero voy a darte una pista. Vamos a darle un primo a Rosie.

Maureen la abrazó.

—Enhorabuena, tesoro. ¿Para cuándo es?

Shelby se encogió de hombros.

—En pleno verano, como había planeado Luke.

—¿Y te encuentras bien?

—La verdad es que estoy hecha una mierda. Uy, perdón —se disculpó—. Quiero decir que estoy muy cansada y que algunas mañanas tengo náuseas. Y según Luke tampoco estoy de muy buen humor. Puede que después de la cena lo consulte con mi cuñado.

—Buena idea —dijo Maureen—. Quizás él pueda darte algún consejo. Bueno, vamos a preparar la casa para los invitados.

Los primeros en llegar fueron Sean, Franci, Rosie y Vivian. Viv se fue derecha a la cocina para ayudar a Maureen mientras Rosie buscaba a alguien con quien ir a pescar.

Luego llegaron Paul y Vanni con sus pequeños y con un par de cajas de platos, manteles y cubiertos. Detrás de ellos llegaron Walt y Muriel. El hijo de Walt, Tom Booth, y su novia, Brenda, iban a cenar con la familia de ella, pero pensaban pasarse por allí a la hora del postre. La cocina estaba llena de mujeres hablando y riendo, y el general hacía lo que podía por poner orden.

La casa estaba llena de gente cuando Art preguntó en voz baja a Luke cuánto faltaba para la cena. Cuando le dijo que quedaba al menos una hora (la cena sería sobre las cuatro), Art se escabulló sin que nadie lo viera y fue a su cabaña, allí al lado, a recoger su caña y su sedal. Le encantaba la gente, pero las grandes aglomeraciones lo ponían un poco nervioso. ¡Y todos esos niños! Se consideraba un poco torpe a veces. ¡Le daba miedo pisarlos!

Hacía poco que Luke le había regalado un reloj muy bonito por su cumpleaños, y cuando le decía que estuviera a una hora en tal sitio o hiciera algo, siempre era puntual. Le encantaba su reloj. Hacía lo mismo que los hermanos Riordan: consultaba su reloj de pulsera y se quedaba con la hora en la cabeza. Nunca se le olvidaba. Fantaseaba con ser un Riordan. Valiente, guapo y audaz.

Al llegar a la orilla del río, caminó corriente arriba hasta llegar a su lugar favorito, una zona en la que el río era poco profundo y muy estrecho. Había algunas piedras planas en las que podía pisar para ponerse en mitad de la corriente y lanzar desde allí. Lanzar la caña era todavía algo nuevo para él, y aprender no le había resultado fácil, pero Luke había tenido mucha paciencia y nunca le hacía sentirse estúpido. De todas las cosas que le gustaban de él, lo mejor era que siempre lo trataba como a un hombre.

Pisó en las piedras planas (una, dos, tres) muy despacio y

con cuidado. Si no se apresuraba, no caería ni una gota de agua sobre sus zapatillas de tenis. Avanzó despacio y con cautela para no resbalar. Luke decía que quizá le regalaran unas botas de agua para Navidad, y le hacía muchísima ilusión.

Se detuvo casi en medio del río, lanzó la mosca hacia la parte más profunda y recogió lentamente el sedal. Si pescaba un pez, lo guardarían en el congelador de Luke para otro día. Esa noche tocaba pavo.

Siempre se sentía feliz cuando pescaba. No solo lo relajaba, sino que, cuando atrapaba un pez y se lo daba a Luke y Shelby, se sentía como si estuviera aportando algo a la familia. Cenaban pescado unas dos veces por semana, casi siempre algo que había pescado él. Por el rabillo del ojo vio moverse algo. Al volverse vio a Rosie de pie al borde del agua. Llevaba un poco de pan en la mano y estaba cortando trocitos y arrojándolos al agua para ver si los peces se acercaban. ¡Se estaba mojando los pies y ni siquiera se había puesto el abrigo!

Justo en ese momento arrojó un poco de pan al agua y perdió el equilibrio.

—¡Rosie! —gritó Art.

La niña se incorporó, con el agua por encima de los tobillos.

—¡Rosie, no tienes que estar aquí! —gritó él.

—Estoy pescando —contestó ella tranquilamente. Arrojó más pan al agua y resbaló otra vez.

¡Estaba al lado de una hoya! No era muy profunda para él, pero ella era muy pequeña. Si caía dentro, podía ahogarse. Junto a la orilla, la corriente no tenía fuerza suficiente para arrastrar a alguien del tamaño de él, pero la pequeña Rosie no tendría fuerzas.

—¡Quédate ahí! —gritó.

Soltó la caña sin pensarlo dos veces, atento solo a Rosie. Dio dos pasos enormes, rápidamente, pero al tercero resbaló en una piedra y perdió pie. Se tambaleó y cayó hacia delante. Extendió las manos, pero llevaba mucho impulso. Cayó de bruces al río, se golpeó la cabeza con una roca y quedó tendido boca abajo en el agua.

Cuando sacaron el pavo del horno, listo para trinchar, Franci fue en busca de Rosie: era hora de lavarse las manos. Acababa de verla en el suelo con Mattie y Hannah, los hijos de Vanni, pero ahora no la veía por ninguna parte. Miró en el cuarto de baño y en el dormitorio de Shelby, pero no estaba allí. Miró por la escalera. ¿Habría subido al piso de arriba?

Subió corriendo y se asomó a las dos habitaciones, pero estaban vacías. Volvió a bajar corriendo, preguntándose dónde se habría escondido la muy granuja.

—¡Sean! —gritó—. ¿Dónde está Rosie?

Sean miró a su alrededor.

—¿En el baño? —sugirió.

Franci negó con la cabeza. Luego miró en la cocina. Allí, sobre la encimera, había una bolsa de pan de molde. Pero estaba abierta. Ningún adulto la habría dejado así. Estaban a punto de cenar: no era hora de hacerse un sándwich. Franci ahogó un grito y sintió un vuelco en el corazón.

—¡El río! —gritó hacia el cuarto de estar, lleno de gente—. ¡Ay, Dios! ¡Se ha ido al río!

Sean salió por la puerta de un salto, seguido por ella, y corrieron los dos frenéticos hacia el río. Franci oyó llorar a Rosie y apretó el paso. El río estaba cerca. Vio a su hijita de pie en la orilla, agarrando una rebanada de pan. Sean llegó primero. La levantó en brazos inmediatamente.

—¡Sean! —gritó Franci señalando a Art, que yacía boca abajo en el agua.

Se oyeron pasos tras ellos. Varias personas llegaron corriendo por el sendero.

Sean dejó a Rosie de pie en la orilla y corrió hacia Art. Casi había llegado cuando Luke y Aiden se metieron hasta la rodilla en el agua helada y entre todos sacaron a Art a la orilla. Le dieron la vuelta y Aiden se sentó a horcajadas sobre su cintura y empezó a presionar su pecho hacia arriba.

—¡Que alguien llame a una ambulancia! Vamos a necesitarla —dijo mientras presionaba el pecho de Art—. ¡Y mantas! ¡Montones de mantas!

En medio de aquel ajetreo, mientras otros corrían a llamar por teléfono y a buscar mantas y toallas, Maureen llevó a Rosie a casa. Aiden se arrodilló junto a Art y comenzó a hacerle el boca a boca.

Franci se arrodilló al otro lado.

—Puedo sustituirte —le dijo.

—No, estoy bien —dijo antes de insuflar otra bocanada de aire en los pulmones del joven—. ¡Vamos, Art!

Como respondiendo a una orden, Art tosió y arrojó agua al aire. Tosió otra vez, dejó escapar un silbido y gimió. Aiden y Franci lo tumbaron de lado y, después de mucho toser, vomitó un montón de agua del río. Mientras Art intentaba incorporarse, Luke sacudió una manta y se la echó sobre los hombros.

—Ya está —dijo Aiden—. Respira despacio si puedes, Art. Tose para expulsar el agua.

El chico tenía una mirada aterrorizada y un gran chichón en la frente. Le costó recuperar el aliento para poder hablar. Saltaba a la vista que estaba angustiado. Por fin, sin apenas voz, miró a su alrededor frenéticamente y preguntó:

—¿Y Rosie? ¿Se ha caído?

—No, amigo mío. Te has caído tú. Pero vas a ponerte bien.

Aquello no pareció convencerlo.

—¿Dónde está Rosie? ¿Dónde está?

Luke se arrodilló delante de él y lo envolvió bien en la manta.

—Su abuela se la ha llevado a casa para que no tenga frío.

—Luke —dijo Art con voz ronca—, he pisado demasiado rápido y sin mirar.

—Un accidente, compañero —contestó Luke—. ¿Estabas intentando ayudar a Rosie?

El chico asintió y volvió a toser.

—No puede pescar sin Sean. ¿Se ha caído?

—No, está bien. Pero tú te has salvado por los pelos. Me has dado un buen susto, Art.

—Lo-lo-lo siento, Luke —contestó con un castañeteo de dientes.

Retiraron la manta mojada y lo envolvieron en una seca. Cuando se recuperó lo suficiente para respirar mejor, Luke y Sean hicieron una silla con sus brazos y lo llevaron a la casa para que pudiera sentarse junto al fuego.

—He llamado a Cameron —dijo Walt—. Pero en cuanto volvió en sí anuló el traslado en helicóptero. Cameron tardará menos, unos cinco minutos. Luke, tú puedes conducir el Hummer para que él vaya detrás con Art —el general se inclinó hacia el chico—. Art, vas a ir al hospital para que te echen un vistazo y se aseguren de que no tienes una conmoción cerebral ni demasiada agua en los pulmones.

—No quiero ir —gimió Art.

—Yo iré contigo, compañero —dijo Luke—. Ahora mismo voy a tu casa a buscar algo de ropa seca.

—Es-es-está bien —contestó el chico.

Maureen se acercó. Llevaba en brazos a Rosie, que seguía sollozando. Art la miró con el ceño fruncido.

—No-no-no puedes ir a pescar sin Sean —la reprendió.

Ella escondió un momento la cara en el hombro de su abuela; luego volvió a mirar a Art y preguntó entrecortadamente:

—¿No puedo salir?

—No, no puedes —contestó Art—. ¡Y se acabó salir a pescar sin Sean!

Ella asintió con la cabeza y se aferró a su abuela.

Se abrió la puerta y Cameron asomó la cabeza.

—Me han dicho que alguien ha estado nadando con este frío.

Esa tarde, a las siete, en el Valley Hospital, las radiografías dejaron claro que Art estaba fuera de peligro. Cabía el riesgo de que desarrollara una neumonía por haber estado a punto de ahogarse, y Cameron quería que se quedara a pasar la noche en el hospital, con antibióticos para evitar el peligro de infección y un tratamiento para mantener limpios sus pulmones.

—No quiero quedarme aquí —dijo Art, todavía ronco.

—Yo me quedaré contigo —dijo Luke.

—¡Pero es Acción de Gracias, Luke!

—Quiero asegurarme de que...

Shelby asomó la cabeza a la habitación. Llevaba una bandeja tapada.

—Pero, Art, ¿creías que iba a permitir que te perdieras la cena de Acción de Gracias? —preguntó—. ¿Es que crees que no sé que no hay nada que te guste más que comer?

Él le sonrió y Shelby entró en la habitación. Puso la bandeja sobre la mesilla de noche.

—Lo he traído encima de una botella de agua caliente, pero si no está muy caliente, las enfermeras pueden prestarnos su microondas —apartó el papel de aluminio que cubría los platos—. Me parece que esto te va a gustar.

Él hundió primero su tenedor en el puré de patatas y sonrió.

—Está bueno. ¿Tú también vas a quedarte a pasar la noche? —preguntó.

—Seguramente no —contestó ella, riendo—. Si Luke está aquí contigo, puedo estirarme y tener toda la cama para mí —se inclinó y le dio un beso en la cabeza—. Ten más cuidado —dijo—. No soporto pensar que puedas hacerte daño.

Art se puso muy colorado.

—Toc, toc —dijo alguien desde la puerta. Sean entró en la habitación con Rosie en brazos—. La Rosa Silvestre de Irlanda no podía irse a dormir sin verte primero. Nunca había estado en un hospital.

Franci entró detrás de ellos diciendo:

—Y hemos traído... —se quedó callada de pronto al ver que Art tenía delante una copiosa cena de Acción de Gracias—. Pastel.

Cinco minutos después, Rosie estaba sentada en la cama, junto a Art, ayudándole a comerse la cena, que a él no parecía importarle compartir con ella.

De pronto se oyó retumbar la voz de Walt Booth desde la puerta.

—¡Vaya! ¡Y yo que pensaba que había tenido una idea muy original! —entró con su bandeja de sobras.

Detrás de él entró Muriel sosteniendo una gran ración de tarta.

Luego llegó Paul con más tarta.

—Vanni te manda esto —dijo.

Y justo detrás de él llegó el Reverendo.

—He oído que había habido jaleo en la cena de los Riordan —comentó cuando entró en la habitación llevando un par de cajas de comida para llevar.

Y, por último, llegaron Aiden y Maureen.

—Menos mal que no hemos traído comida —dijo ella—. Solo queríamos ver cómo estabas y asegurarnos de que estabas acompañado. Pero fíjate... ¡Cuántos amigos tienes!

—Tengo muchísimo amigos —contestó Art—. Muchísimos.

El día siguiente amaneció soleado, aunque muy frío. Maureen le dijo a Vivian que tenía que hacer un par de recados pero que volvería a tiempo de ayudarla a preparar la cena en casa de Franci. Esa noche Shelby, Luke, Art y Aiden iban a ir a cenar otra vez en familia antes de que produjera el gran éxodo y tuvieran que separarse.

Maureen fue en coche hasta Ferndale y regresó al cementerio. Vio el coche de George aparcado a un lado de la carretera y paró a su lado. George estaba en medio de la ladera, leyendo una lápida. Maureen subió los peldaños de piedra hasta llegar a su lado.

Él se volvió y abrió los brazos. Maureen se dejó envolver por ellos.

—¿Crees que es de mal augurio que nos veamos en un cementerio? —preguntó.

—Le tengo especial cariño a este sitio —contestó él—. Es exactamente aquí donde perdiste el control, te arrojaste sobre mí y me besaste apasionadamente. Me gusta estar aquí.

—Creo que yo me sorprendí más que tú.

—Imposible. Pensaba que tendría que perseguirte años y años antes de que me dejaras darte un beso —acarició su pelo—. ¿Estás lista para irte?

—Tanto como puedo estarlo. ¿Y tú?

—Preferiría no tener que hacerlo —reconoció él—. Pero tengo responsabilidades. Lo bueno es que voy a poner orden en mis asuntos rápidamente para poder poner en práctica mi plan cuanto antes. Estoy deseando pasar a la siguiente fase.

—¿Y volverás por Navidad? —preguntó Maureen.

—¿No te lo he prometido?

—Supongo que puedo confiar en que cumplas tu palabra —dijo ella. Luego lo rodeó con los brazos y lo estrechó con fuerza—. ¿Todavía piensas irte mañana?

George asintió con un gesto.

—Conduciré todo el día y así tendré todo el domingo para organizarme antes de las clases. Creo que voy a poner los exámenes más duros de toda la historia. Quiero que me recuerden por algo.

—Te recordarán, George. ¿Quién puede olvidarte?

—¡Espero que tú no! —besó su frente—. ¿Puedes, por

favor, llamarme cuando llegues a casa? ¿Solo para saber que estás bien?

—Claro. En cuanto me libre de Aiden.

—No seas gruñona —dijo él—. El viaje será más agradable con él. Y es bueno que cuide de su madre.

—No es bueno, George, es un incordio. Se le ha metido en la cabeza que tenemos que hablar de tú a tú sobre mi vida de pareja. Ha sacado a relucir el tema, ¿sabes? Por lo visto, a mis hijos les preocupa que esté sola. O, más concretamente, les preocupa que esté empeñada en estar sola.

—¡Debería darte vergüenza, Maureen! ¡Dile a ese pobre chico que no vas a estar sola!

—¡No! ¡No es asunto suyo!

—No seas cabezota. Puede que, si esté preocupado, se tranquilice.

—No pienso hablarle de ti a Aiden. Además, en cuanto se lo diga a uno de mis hijos, lo sabrán todos. Son unos cotillas. Para ellos no hay nada sagrado. No pienso confesárselo a ninguno.

—El viaje se te puede hacer muy largo —observó George.

—Ya contaba con ir sola. Me gusta conducir. Y me apetecía estar sola y pensar. Tengo muchas cosas en la cabeza, ¿sabes?

George se rio.

—Lo sé. Además, necesitas tiempo para consultar con tu párroco y ver si consigues engañarlo para que te dé su bendición.

—Quiero que me des tu opinión sobre una cosa —dijo ella sonriendo con timidez—. Sé que tu formación teológica es muy endeble comparada con la de un sacerdote católico...

—¿De veras? —preguntó él, divertido.

—Pero ¿crees que a mi edad Dios confiará en que sea capaz de decidir por mí misma?

Él echó la cabeza hacia atrás y soltó una carcajada.

—Maureen, ¿has oído alguna vez la historia del luterano que fue al cielo?

—Creo que no.

—Bueno, veamos si la recuerdo correctamente. Que yo recuerde no había cometido pecados graves, para ser luterano, y fue al cielo por sus buenas obras. San Pedro le estaba enseñando un poco aquello. Cruzaron unos magníficos jardines, varias mansiones espléndidas y cascadas y arcoíris maravillosos. En un jardín fabuloso vieron un grupo de gente y san Pedro dijo: «Esos son los baptistas. Allí no se puede bailar, ni jugar a las cartas». Siguieron andando y pasaron por un lugar en el que se estaba celebrando una gran fiesta, había mucho bullicio y san Pedro dijo: «Metodistas. Aquí todo vale». Un poco más adelante había un grupo de personas charlando y riendo, pasándoselo bien, y san Pedro dijo: «Shh, no hagas ruido». Cuando el luterano preguntó por qué, san Pedro le dijo: «Esos son los católicos. Creen que están solos aquí».

Maureen se rio y le dio un golpe en broma en el brazo. George se puso serio.

—Maureen, tienes que hacer caso a tu corazón. Eres una buena mujer y Dios te ama —sonrió casi con timidez—. Y creo que yo también.

—Este mes se me va a hacer muy largo sin verte —dijo ella, melancólica.

—Vas a echar de menos a Rosie, ¿verdad?

—Muchísimo. Y tú a Noah y a Ellie.

—Y a los niños. Aunque no soy el padre de Noah, me siento como si lo fuera. Nunca lo había visto tan feliz. Se me hace menos duro estar lejos de él, sabiendo cuánto ama la vida ahora mismo. Pero me va a costar mucho estar lejos de ti —la besó profundamente, con amor—. Conduce con cuidado, cariño. Y no seas muy dura con Aiden.

Durante el mes de diciembre, Maureen estuvo muy atareada preparando unas Navidades muy especiales. Mientras compraba regalos para Rosie y para su futuro nieto, pensaba: «Para eso es la Navidad: ¡para los niños!». Hablaba con Rosie por teléfono un par de veces por semana y hacía planes con ella.

—Cuando vaya a California, iremos a comprar juntas y a ver las luces de Navidad —le había dicho a su nieta—. Te ayudaré a comprar regalos para tus papás, si quieres. Y podemos hacer galletas de Navidad para toda la familia.

También había hablado con Sean. Su hijo estaba pasando unos cuatro días a la semana (solo tres noches) en Beale, y pasaba tantos fines de semana largos en Eureka que casi parecía que no se había ido. Iba a tener libre las fiestas y Franci llevaba ya su anillo de compromiso. Pronto harían planes para la boda. Maureen estaba contentísima.

Tuvo noticias de Colin y Paddy: irían a Virgin River a pasar al menos un par de días durante las fiestas. Colin llegaría de Fort Benning, Georgia, y Paddy de Virginia.

Hablaba a menudo con George por teléfono (más a menudo que con sus hijos) y él le contaba sus planes de viaje. Según decía, Noah y Ellie habían avanzado tanto en las obras de su casa que iban a poder mudarse a tiempo de pasar allí la Navidad. Él, sin embargo, pensaba alojarse en la habitación de encima del garaje de los Fitch que Ellie acababa de desocupar.

—Seguro que voy a estar casi todo el tiempo con Noah y su familia, y contigo cuando consiga arrancarte de tu nieta, pero según Noah todavía queda mucho por hacer en la casa, y no tienen dónde meterme, como no sea un sofá lleno de bultos.

—¿Cuándo llegarás a Virgin River? —preguntó ella.

—Voy a ir pronto. En cuanto acabe en la facultad, iré para allá. A Noah le vendrá bien que le eche una mano en la casa. Y ya he puesto mi casa en venta, Maureen.

—¿En serio? —preguntó, sorprendida—. Entonces, ¿vas a hacerlo de verdad?

—Voy a hacerlo de verdad. Mira tu e-mail: te he mandado

fotos de varias autocaravanas. Y cuando nos veamos te enseñaré unos folletos.

—Pero no has comprado ninguna todavía, ¿verdad?

—No voy a comprarla hasta que venda la casa. Y quiero acabar el próximo semestre. Además, tu opinión me importa mucho. Pero después levaré anclas.

Como Nochebuena caía en viernes, Maureen pensaba llegar a Virgin River el sábado anterior. Había quedado en recoger a Aiden en Sacramento para hacer con él el resto del viaje. Había decidido que esa vez iba a quedarse en casa de Luke. Como estaban en plena temporada navideña, había algunas cabañas vacías y no había tardado mucho en convencer a Luke de que dos de sus hermanos podían quedarse en casa con él mientras ella se alojaba en una cabaña.

Durante el trayecto desde California, después de Acción de Gracias, Aiden había vuelto a sacar el tema de su negativa a salir con hombres. Ella le había asegurado que nada más lejos de la realidad: que si conocía a alguien que le gustara, no tendría ningún problema en salir con él. Y después había añadido que el tema estaba zanjado.

El viaje de Sacramento a Virgin River iba a ser mucho más interesante.

Cuando llegó a Sacramento, su hijo ya la estaba esperando. Había llegado primero, se había ocupado del alquiler del coche y estaba esperándola en la zona de equipajes del aeropuerto. Cuando salieron, mientras circulaban a toda velocidad en dirección norte, con tráfico más bien escaso, Maureen dijo:

—Tengo un par de cosas que decirte, Aiden.

—Adelante —dijo su hijo, lanzándole una mirada y una sonrisa.

—Estoy pensando en vender mi piso. Puede que lo ponga en venta después de Navidad. Repartiría los muebles y los recuerdos que tengo guardados desde hace más de cuarenta años, claro. ¿Hay algo en particular que te gustaría tener?

—Espera, espera, espera —dijo él—. ¿Vas a desprenderte de todo?

—De todo, no —contestó ella—. Pero sí de los muebles que me traje de Illinois, de la vajilla y la cristalería que me dejaron tus abuelas y de absolutamente todas las cosas de vuestra infancia que tengo guardadas. Creo que es hora de que os hagáis cargo de vuestros boletines de notas y vuestras fotografías de fin de curso.

—Entiendo —dijo él, receloso—. ¿Y dónde vas a vivir?

—Bueno, es una historia bastante larga, pero resumiendo te diré que no me he negado a salir con hombres en absoluto. De hecho, he salido unas cuantas veces con ese amigo al que conocí en Virgin River. George Davenport, el amigo del pastor Kincaid al que Luke me acusó de haber dado calabazas.

Aiden se quedó callado un momento.

—¿Vas a casarte o algo así? —preguntó con cautela.

—No —se rio—. Eso sería prematuro. Hace poco que nos conocemos, aunque hablamos todos los días desde antes de Acción de Gracias, y comimos juntos unas cuantas veces cuando estábamos en California.

—Está bien, vamos a recapitular un poco. Entonces, no le diste calabazas después de todo y...

—¡Sí que se las di! Estuve muy grosera, de hecho, y me disculpé, y salimos a comer y empezamos a conocernos. Y descubrí que me gustaba. Es muy agradable. Resulta que tenemos mucho en común.

—Pero estás pensando en vender tu piso —señaló Aiden—. ¿Qué piensas hacer?

—Viajar —contestó su madre—. Hemos estado hablando de lo dispersas que están nuestras familias. Él tiene un par de hijastros ya mayores que tienen hijos. Hijos que lo consideran su abuelo. Y mis hijos están repartidos por todo el país. Sean y Luke pueden estar más o menos en el mismo sitio ahora, pero es temporal. Y con Rosie y el bebé de Luke en camino... Pero lo de ir a ver a los nietos es solo una parte. ¡Hay tantas cosas que no he visto...! ¡Desde el Gran Cañón a Yellowstone! Y me estoy haciendo mayor, ¿sabes?

—¿Y piensas viajar con ese tal George? ¿Con ese hombre al que he visto una vez?

—Pienso presentároslo a todos en Navidad —contestó su madre con calma—. Va a ir a Virgin River, a visitar a Noah y a su familia. Así podréis conocerlo todos.

—¡Qué bien, mamá! —contestó Aiden con sarcasmo—. ¿Vas a presentárnoslo y acto seguido vas a marcharte con él? ¿A hacer turismo? ¿Con un hombre al que no conocemos de nada y al que tú apenas conoces?

—No seas ridículo, por favor —Maureen se rio—. Pensaba que quizá Sean o Luke pondrían el grito en el cielo, pero creía que tú, que me habías sermoneado acerca de esa parte de mi vida que todavía no ha acabado, conservarías la calma y tendrías curiosidad.

—Está bien. Voy a conservar la calma y tengo curiosidad. ¿Piensas presentarnos a ese hombre y luego irte de viaje con él?

—No exactamente. Hace poco que nos conocemos. Lo que voy a hacer es seguir conociéndolo. Voy a ir a visitarlo a Seattle y él vendrá a verme a Phoenix, y nos encontraremos en Virgin River una o dos veces. Es profesor, ¿sabes?, y tiene que acabar el curso. También nos escribimos por e-mail y hablamos por teléfono. Si al acabar el curso en junio no hemos cambiado de idea, haremos algunos viajes juntos.

—Entiendo —dijo Aiden con calma—. Entonces ¿vas a casarte?

—No lo sé con seguridad —respondió ella—. Tengo que pensarlo, pero la verdad es que ahora mismo no tengo ninguna prisa. Creo, de todos modos, que George tiene razón: somos ya demasiado mayores para seguir posponiendo las cosas que siempre hemos querido hacer. Como viajar. Además, hay asuntos prácticos que tener en cuenta: las pagas de la Seguridad Social, las pensiones, esas cosas. Tendría que pensármelo muy seriamente —se encogió de hombros—. Puede que aún no me haya decidido en junio. Quizá quiera probar un poco primero, antes de lanzarme a la piscina. Ya sabes, ver si seguimos congeniando después de pasar mucho tiempo juntos.

Aiden empezaba a ponerse rojo.

—Entonces, ¿vas a vender tu piso, a desprenderte de tus muebles y a dedicarte a viajar? ¿Y si no sale bien?

—Supongo que tendré que decir: «Lo siento, no ha salido bien». Y luego buscar un apartamento o una casita cerca de uno de vosotros. Estoy intentando ser flexible. Estoy un poco cansada de tanta rigidez.

—Entiendo. ¿Vas a gastarte los ahorros de toda una vida en billetes de avión? ¿En habitaciones de hotel?

Maureen se echó a reír.

—No, Aiden. George va a comprar una autocaravana nueva. Ha estado mirando y me ha mandado fotografías de varios modelos. Va a llevar folletos a Virgin River. Esas autocaravanas nuevas son tan grandes y modernas como el piso en el que vivo.

—¡Mamá! ¿Es que has perdido la cabeza?

—Pues la verdad es que, cuando empecé a pensar en esta aventura, llegué a la conclusión de que había sido una locura cerrarme tanto. Estos últimos doce años no he hecho más que dejar pasar el tiempo. He estado muy ocupada, ¿sabes?, pero mi vida no ha sido muy emocionante. Vosotros me visitáis cuando podéis, y eso es maravilloso, pero sé que como mucho os quedáis tres días. ¡Hacía años que no estaba tan ilusionada con algo!

—No sé qué decir, mamá. Es todo tan repentino, tan sorprendente...

Ella miró su reloj.

—Tienes cuatro horas para hacerte a la idea. No soy la única que va a tener seis meses para averiguar todo lo que pueda sobre George. Lo mismo os pasa a ti y a tus hermanos. Estoy segura de que él responderá encantado a todas vuestras preguntas.

—Genial —comentó Aiden, malhumorado.

—Quería hablar contigo primero por una razón, Aiden. Tú siempre has sido la voz de la razón en esta familia. Creo que eso lo has heredado de mi padre. Él también era así. Así que vamos a tener unas Navidades fantásticas. Las primeras con Rosie, con un nuevo bebé en camino, Luke casado, Sean prometido y todos mis hijos juntos. No quiero que me las estropeéis haciendo un drama de esto, vosotros, que de todas formas no os molestáis en venir a verme más de tres días seguidos. Me apetece tener compañía. Y divertirme. Puedes hablar con George todo lo que quieras, preguntarle todo lo que se te ocurra, pero confío en que hagas entrar en razón a tus hermanos —alargó el brazo y le tocó el hombro—. Cuento contigo, Aiden.

Él comenzó a refunfuñar.

—¿Qué dices, cielo? —preguntó su madre.

—Digo que has pasado de ser una aspirante a monja tan mojigata que llevaba doce años sin salir con un hombre a ser una chiflada que piensa marcharse en una caravana con un anciano al que ninguno de nosotros conoce y vivir en pecado. ¡Y lo único que sabemos de él es que es amigo de un pastor presbiteriano! ¿Y esperas que les venda esa idea a mis hermanos?

Maureen no pudo evitarlo: rompió a reír.

—¿Una aspirante a monja? Supongo que tendré que encajarlo, aunque suene patético. Y George no es solo un amigo de un pastor, Aiden. Resulta que él también es ministro presbiteriano.

Aiden miró por el retrovisor, puso el intermitente y paró

en la cuneta. Apagó el motor y se volvió hacia Maureen. Se quedó mirándola un rato. Luego dijo:

—¿Quién eres tú y qué has hecho con mi madre?

Sean llegó a casa de Franci el 23 de diciembre a eso de las diez de la noche. Había llamado a las cuatro para avisar de que saldría de la base de Beale lo antes posible. La puerta de la casa no estaba cerrada con llave cuando llegó, y al entrar dejó su petate en el suelo, a la entrada.

Unos segundos después Franci estaba en sus brazos.

—¿Estás bien? —le preguntó.

—Sí —contestó él—. No tengo que volver a Beale. El quince de enero salgo para Iraq desde San Francisco. Pero hemos tenido suerte, Fran: una misión de seis meses y después un año en la Escuela Superior Militar. Podría haber sido mucho peor. ¿Se lo has dicho a alguien?

Ella sacudió la cabeza.

—¿Ni siquiera a Rosie?

—Deberíamos hacerlo juntos.

Sean había recibido órdenes la semana anterior y la primera persona a la que se lo había dicho había sido Franci. Iba a ir a Iraq a pilotar un U-2 en una misión de paz de la ONU. Tenía que relevar a un comandante de vuelo que llevaba allí desde julio. Después pasaría un año en la Escuela Superior Militar, en Alabama. Un puesto muy difícil de conseguir. En conjunto, era regalo. Podrían haberlo enviado a Iraq un año; o haber perdido la oportunidad de entrar en la Escuela Superior Militar.

—Han ido los de la mudanza. Todos los muebles de mi casa ya están en el almacén —dijo—. En la inmobiliaria tienen orden de intentar venderla, y si pasan tres meses sin que se haya vendido, la alquilarán. No tienes que hacer nada. Pero ¿has pensado lo de...?

—Sí —contestó ella—. Casémonos antes de que te vayas.

—No quiero que sea una boda triste —dijo Sean—. No es triste. Será el día más feliz de mi vida. Pero si no tienes tiempo de organizar una boda bonita...

—Me he comprado un vestido —dijo ella con una sonrisa—. Me he comprado un vestido, he hecho una lista, he llamado al pastor de Virgin River y le he hecho jurar que lo guardaría en secreto. Mañana a la hora del desayuno se lo diremos a Rosie.

—¿Estás segura? No te lo estoy pidiendo porque me dé miedo que pase algo. No va a pasar nada. Voy a pilotar uno de los aviones más seguros y mejor protegidos del mundo. Pero, por si me atropella un todoterreno y me muero, quiero que la Fuerza Aérea se haga cargo de Rosie y de ti.

Franci acarició el pelo rubio oscuro de su sien.

—No me preocupa que te pase nada. No tengo miedo. Solo quiero ser tu mujer —sonrió—. Quiero ese trozo de papel.

—Mi madre se va a llevar una alegría —dijo Sean.

—Tu madre está poniendo la familia patas arriba. Estoy deseando contártelo. Todos tus hermanos están aquí y ella tiene planes de...

—Ah, ya lo sé —dijo Sean—. Aiden me llamó para contármelo. Tenemos órdenes estrictas de no fastidiarle a santa Maureen sus primeras Navidades con Rosie criticando sus planes. Además, esta noche no quiero hablar de mi madre, ni de mis hermanos —la apretó contra sí—. Quiero darle un beso a Rosie, asegurarme de que está dormida y quedarme contigo a solas. Completamente a solas, con la puerta cerrada.

Colin y Patrick llegaron a Virgin River el día 23 y refunfuñaron un poco a cuenta de los planes de Maureen. Incluso llegaron a afirmar una o dos veces que había perdido del todo la cabeza. Pero el día veinticuatro a primera hora, George hizo su primera visita a casa de Luke, y no tardaron mucho en empezar a bromear sobre aquella alocada idea, una idea que nadie empezaría a tomarse completamente en serio hasta que sucedieran ciertas cosas, como la venta del piso, la compra de la autocaravana y la concreción de su disparatado proyecto. Sus hijos aceptaron tan rápidamente a George no por su encanto y su ingenio naturales, sino porque Maureen parecía muy cambiada cuando estaba con él. George la suavizaba; su sonrisa era casi juvenil. La Generala se había convertido en una mujer enamorada. Después de un par de horas de camaradería generalizada, Colin estrechó la mano de George y declaró:

—Tío, deberíamos haberte contratado hace años para que ablandaras un poco a nuestra vieja.

—¡Te he oído! —dijo Maureen desde la cocina.

Al día siguiente, cuando estaban todos en casa de Luke, Rosie entró corriendo, con el abrigo desabrochado y los rizos al viento. Miró a su alrededor, buscando a su abuela. Cuando la vio en la cocina, lanzó un grito y corrió hacia ella.

—¡Abuela Maureen! ¡Mamá y papá van a hacer una boda! ¡Y luego papá se va a Iraq! ¡Es muy importante!

De pronto se hizo un silencio mortal. En el cuarto de estar, los hombres se levantaron lentamente. Maureen acarició los rizos de Rosie.

—¿De veras? —preguntó.

—Sí. Y antes de que se vaya a Iraq, vamos a comprar un calendario para que marque con una equis los días que faltan para que vuelva a casa. Va a ir en su avión. ¿Te acuerdas de su avión? ¿El grande? ¡Es un trabajo muy importante! —dejó de hablar un momento y miró a la gente que había a su alrededor. En voz baja le preguntó a su abuela—. ¿Son los tíos?

—Sí —dijo Maureen—. Y tienen muchas ganas de conocerte —se rio suavemente—. Siempre entras con mucho ímpetu, Rosie, eso hay que reconocerlo.

Se abrió la puerta y entraron Franci y Sean. Miraron a los

presentes, que seguían en silencio, y a Rosie, que seguía abrazada al cuello de Maureen. Sean sonrió.

—Bueno, supongo que ya sabéis la noticia —dijo. Rodeó los hombros de Franci con el brazo—. Tener una hija como Rosie es mejor que tener pregonero. Si podéis quedaros un par de días más, va a haber una boda.

El 27 de diciembre había un cartel en la puerta del bar de Jack anunciando que ese día cerraría a las cinco de la tarde para una fiesta privada. Paige y el Reverendo trabajaron todo el día para preparar una cena deliciosa a base de asado con toda clase de guarniciones. El Reverendo preparó un precioso pastel de boda blanco, de dos pisos. Maureen y Shelby llegaron a las cinco y colocaron los arreglos florales que había hecho ellas mismas con ramas de arizónica, acebo y rosas blancas. Los hermanos Riordan fueron al valle a comprar vino y champán, y Ellie y Noah Kincaid se presentaron con varios rollos de cinta plateada, palomitas de papel blancas y sartas de lucecitas para decorar el bar y la mesa del bufé.

Poco antes de las siete empezó a reunirse gente frente a la puerta del bar. Iban todos bien abrigados con sus mejores prendas de invierno. A las siete en punto, cuando Jack encendió las luces del árbol de Navidad, había sesenta personas con pequeñas velas encendidas en las manos.

Con exquisita puntualidad, Noah ocupó su lugar delante del árbol de Virgin River, decorado en rojo, blanco, azul y oro y adornado con insignias militares. Tenía su Biblia en la mano y estaba delante de un formidable grupo de amigos y vecinos. George daba la mano a Maureen y Vivian agarraba del brazo a Carl. Para una boda tan poco corriente no hacían falta sillas. La ceremonia no duraría mucho y el marco era perfecto. Hicieron un gran semicírculo alrededor del árbol, de unas cinco filas de anchura.

Primero salieron Shelby y Luke por la puerta del bar. Luke llevaba su traje de boda y Shelby un precioso abrigo de color malva que le llegaba hasta la rodilla, cuello de piel negro y botas del mismo color. Sostenía un ramo de acebo y rosas blancas. Luego salieron los novios y la niña que llevaba las flores. Franci lucía un hermoso abrigo largo de color blanco, con cuello y puños de piel blancos y un gorro de piel a juego que tapaba por completo su pelo supercorto. Llevaba un ramo de acebo y rosas ligeramente más grande que el de Shelby y calzaba botas blancas de tacón alto. Rosie iba vestida con un abriguito corto a juego y botitas blancas. Sean estaba resplandeciente con su uniforme de gala de la Fuerza Aérea.

De la mano de Rose, los novios bajaron del porche, se acercaron al espléndido árbol y se detuvieron entre Shelby y Luke. Se inclinaron sucesivamente para besar las mejillas de Rosie antes de que se apartara y fuera a colocarse junto a su tía Shelby. Después se miraron el uno al otro, tomados de la mano delante de un árbol decorado para rendir homenaje a los hombres y mujeres que estaban sirviendo a su país.

En ese instante comenzó a caer una suave nevada. Los copos se deslizaban brillando hasta el suelo entre la luz de las velas.

Noah dijo:

—Queridos hermanos, nos hemos reunido aquí para unir en santo matrimonio a un hombre y una mujer muy especiales...

Agradecimientos

Le estoy profundamente agradecida a mi amiga Michelle Mazzanti, de las Biblioteca Públicas del distrito de Henderson, por la dedicación y la constancia con que lee mis primeros borradores y por sus fantásticas sugerencias. Cuento contigo mucho más de lo que te imaginas.

A Kate Bandy y Sharon Lampert, mis queridas amigas, mi brazo derecho y mi brazo izquierdo, gracias por leer mis borradores, por ir conmigo de gira y por apostaros en las librerías para vender libros en persona.

A Colleen Gleeson, escritora lista donde las haya, mi más profunda gratitud por criticar, sugerir y debatir ideas, leer borradores y hacerme las sugerencias más excepcionales.

Tengo el equipo más maravilloso para guiarme y ayudarme, y para darme apoyo moral y profesional. Estaría perdida sin vosotras. Gracias a Nancy Berland, de Berland PR Agency, a Liza Dawson, de Liza Dawson Associates, y a Valerie Gray, editora jefe de Mira Books. Sois auténticas diosas.

Gracias a Jeanne Devlin, de Berland Agency, y a Cissy Hartley, de Writerspace.com. Yo recojo el fruto de vuestras muchas horas de trabajo creativo. Soy muy afortunada por teneros a mi lado.

Me gustaría dar las gracias con humilde admiración a todo el equipo de Harlequin. Sé que yo hago la parte divertida y que vosotras cargáis con todo el trabajo, y os lo agradezco profundamente. Gracias desde el fondo de mi corazón por esta fabulosa oportunidad de pasar cada día en Virgin River.

Gracias a los hombres y mujeres que se reúnen en el bar virtual de Jack en Internet: vuestro entusiasmo es a menudo la luz brillante de un día nublado. Sois como mi familia y disfruto muchísimo de vuestra compañía. Gracias en especial a Ing Cruz, el cerebro detrás del bar de Jack. ¡Eres una joya!

Y por último, a los miles de lectores que me han escrito con comentarios y sugerencias, con muestras de ánimo y anécdotas personales: estoy en deuda con vosotros. Me tomo cada e-mail muy en serio y nunca sabréis cuánto significa para mí que os toméis el tiempo de escribir.

Con mis mejores deseos,

Robyn Carr

Últimos títulos publicados en Top Novel

En el punto de mira – DIANA PALMER
Secretos del corazón – KASEY MICHAELS
La isla de las flores / Sueños hechos realidad – NORA ROBERTS
Juegos de seducción – ANNE STUART
Cambio de estación – DEBBIE MACOMBER
La protegida del marqués – KASEY MICHAELS
Un lugar en el valle – ROBYN CARR
Los O'Hurley – NORA ROBERTS
La mejor elección – DEBBIE MACOMBER
En nombre de la venganza – ANNE STUART
Tras la colina – ROBYN CARR
Espíritu salvaje – HEATHER GRAHAM
A la orilla del río – ROBYN CARR
Secretos de una dama – CANDACE CAMP
Desafiando las normas – SUZANNE BROCKMANN
La promesa – BRENDA JOYCE
Vuelta a casa – LINDA LAEL MILLER
Noelle – DIANA PALMER
A este lado del paraíso – ROBYN CARR
Tras la puerta del deseo – ANNE STUART
Emociones secuestradas – LORI FOSTER
Secretos de un caballero – CANDACE CAMP
Nubes de otoño – DEBBIE MACOMBER
La dama errante – KASEY MICHAELS
Secretos y amenazas – DIANA PALMER
Palabras en el alma – NORA ROBERTS

www.ingramcontent.com/pod-product-compliance
Lightning Source LLC
LaVergne TN
LVHW030338070526
838199LV00067B/6343